燃烧的雪花

北京冬奥会和冬残奥会志愿者的闪亮瞬间

共青团河北省委员会
河北省青年志愿者中心 编
河北省青年志愿者协会

河北大学出版社·保定

燃烧的雪花

北京冬奥会和冬残奥会志愿者的闪亮瞬间

RANSHAO DE XUEHUA

BEIJING DONG'AOHUI HE DONGCAN'AOHUI ZHIYUANZHE DE SHANLIANG SHUNJIAN

出 版 人：朱文富
责任编辑：赵彩霞
装帧设计：杨艳霞
责任校对：陈浩苏
责任印制：常 凯

图书在版编目（CIP）数据

燃烧的雪花 ：北京冬奥会和冬残奥会志愿者的闪亮瞬间 / 共青团河北省委员会，河北省青年志愿者中心，河北省青年志愿者协会编 . -- 保定 ：河北大学出版社，2023.2

ISBN 978-7-5666-2116-0

Ⅰ . ①燃… Ⅱ . ①共… ②河… ③河… Ⅲ . ①纪实文学－作品集－中国－当代 Ⅳ . ① I25

中国国家版本馆 CIP 数据核字 (2023) 第 013376 号

出版发行：河北大学出版社
地址：河北省保定市七一东路 2666 号 邮编：071000
电话：0312-5073019 0312-5073029
邮箱：hbdxcbs818@163.com 网址：www.hbdxcbs.com
经 销：全国新华书店
印 刷：保定市正大印刷有限公司
幅面尺寸：170 mm × 240 mm
印 张：24.75
字 数：270 千字
版 次：2023 年 2 月第 1 版
印 次：2023 年 2 月第 1 次印刷
书 号：ISBN 978-7-5666-2116-0
定 价：108.00 元

《燃烧的雪花——北京冬奥会和冬残奥会志愿者的闪亮瞬间》编委会名单

志愿者学习手语动作

张家口迎冬奥城市志愿者骨干交流营

冬奥村成立冬奥青年先锋队

国际奥委会北京冬奥会协调委员会主席小萨马兰奇先生到国家越野滑雪中心看望慰问工作人员和志愿者

国家冬季两项中心志愿者为运动员提供服务

国家跳台滑雪中心志愿者合影

云顶滑雪公园场馆群志愿者合影

张家口颁奖广场礼仪志愿者

张家口山地新闻中心志愿者岗前培训

张家口山地转播中心党、团日活动

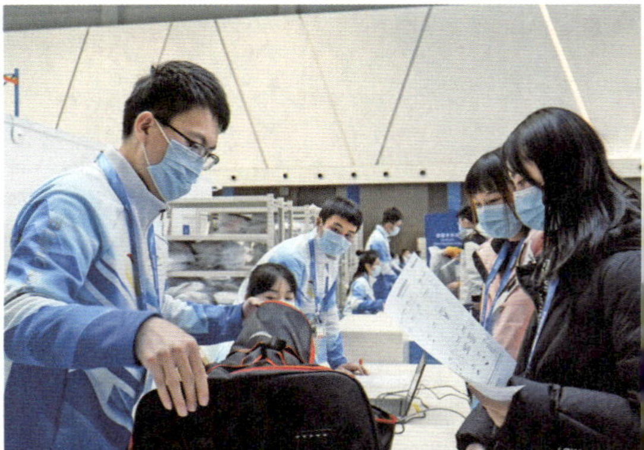

张家口制服和注册分中心志愿者工作场景

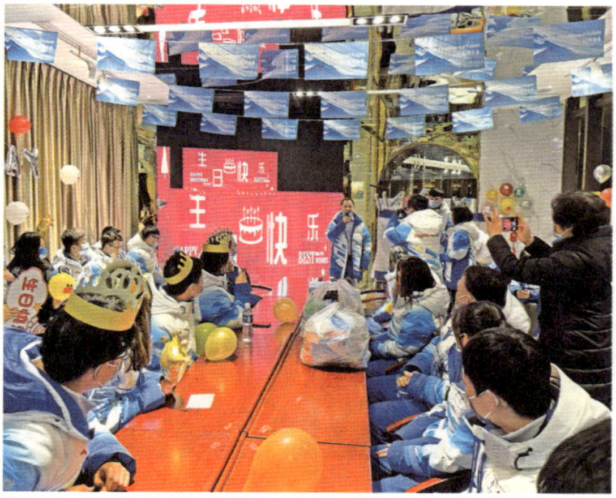

奥雪小镇驻地为志愿者过生日

多乐美地驻地志愿者分享交流会

景泰山麓驻地面向志愿者开展消防安全培训

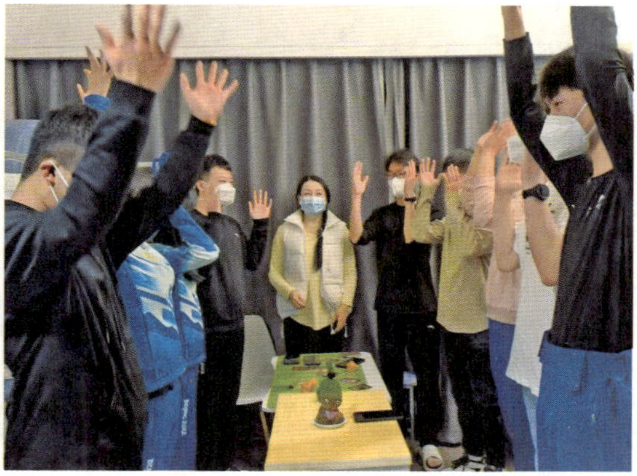

南山里驻地志愿者开展心理解压活动

文创商街驻地指挥部向共青团河北省委赠送锦旗

志愿者欢度春节

燕山大学志愿者宣誓

河北工程大学志愿者入驻张家口制服和注册分中心

河北师范大学志愿者宣誓

河北北方学院冬奥会闭环内赛会志愿者
在雪如意前合影

河北建筑工程学院志愿者出征仪式

河北大学志愿者赠送巴赫主席礼物

华北理工大学志愿者临时党、团支部成立大会

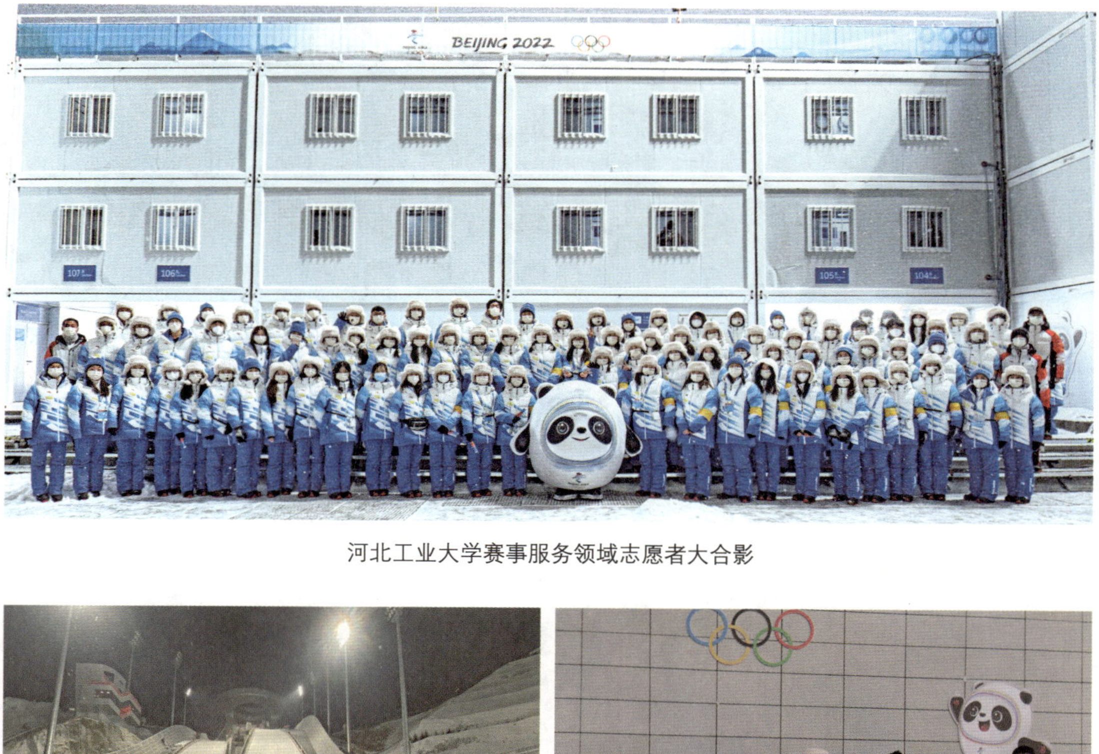

河北工业大学赛事服务领域志愿者大合影

河北经贸大学志愿者在雪如意前合影

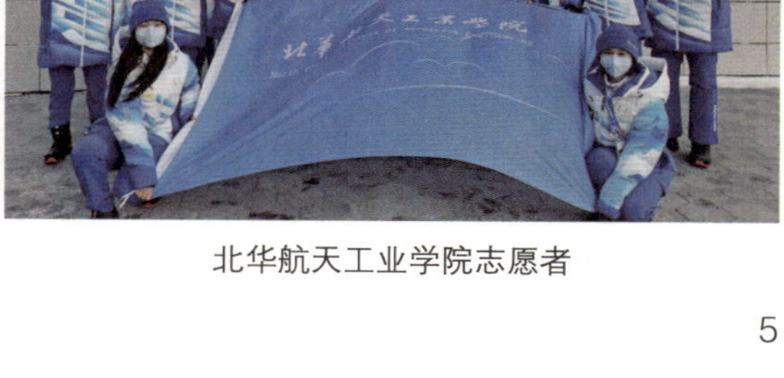

北华航天工业学院志愿者

河北地质大学冬奥志愿服务大讲堂开班仪式

河北金融学院志愿者

河北科技大学志愿者

河北科技师范学院志愿者

河北农业大学志愿者

承德医学院志愿者

河北体育学院志愿者出征仪式

河北医科大学志愿者出征仪式

河北中医学院志愿者出征仪式

华北电力大学志愿者出征仪式

廊坊师范学院志愿者迎新春

石家庄铁道大学志愿者动员大会

东北大学秦皇岛分校志愿者出征仪式

河北传媒学院北京冬奥会倒计时100天志愿者座谈会

河北外国语学院志愿者

保定学院志愿者

张家口学院志愿者

张家口市职教中心志愿者出征仪式

张家口职业技术学院志愿者

张家口城市志愿者

共青团中央青年志愿者行动指导中心党委书记张朝晖（右一）开展专题培训指导，共青团河北省委书记侯贵松（左一）主持

共青团河北省委书记侯贵松调研冬奥志愿者一线工作（右二）

共青团河北省委副书记王丽涛参加冬奥倒计时100天“一起向未来”畅享会

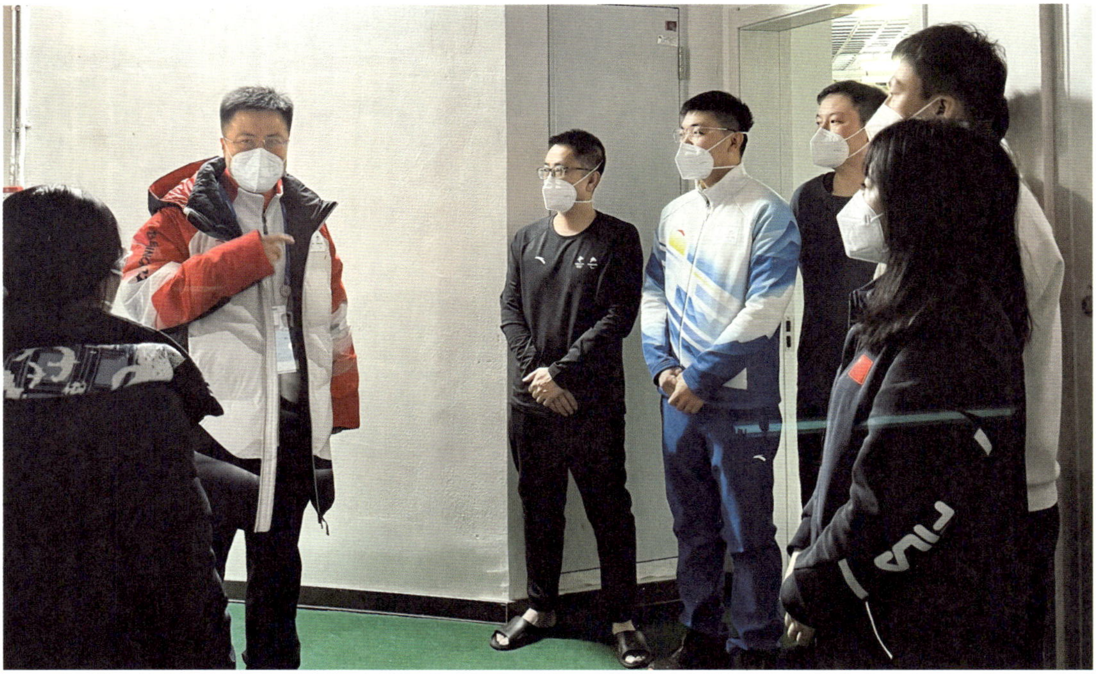

共青团河北省委副书记孙贺（左二）看望文创商街驻地志愿者

共青团河北省委冬奥专班到古杨树场馆群调研

序　言

春华秋实，岁物丰成。在北京冬奥会、冬残奥会成功举办一周年之时，《燃烧的雪花——北京冬奥会和冬残奥会志愿者的闪亮瞬间》正式出版了。谨代表共青团河北省委和编写团队，向关心、支持和帮助河北志愿服务事业的各位领导、社会各界人士，为本书倾注心血的专家、学者和工作团队表示衷心的感谢！向为北京冬奥会、冬残奥会志愿者工作做出贡献的志愿者和工作人员表示崇高的敬意！

北京冬奥会和冬残奥会胜利举办，举国关注，举世瞩目。中国人民同各国人民一道，克服各种困难挑战，再一次共创了一场载入史册的奥运盛会，再一次共享奥林匹克的荣光。成就源于奋斗，胜利来之不易。从2008年的首次献花，到2022年的一盏灯笼，14年如一日，我们对志愿精神的大力弘扬，正是对奥林匹克精神的紧密呼应，这是一种跨越山海的力量，无私包容，热情友善，足以抚平沟壑、团结人心。

习近平总书记在北京冬奥会和冬残奥会总结表彰大会上指出，“北京冬奥会、冬残奥会是在全党全国各族人民向第二个百年奋斗目标迈进的关键时期举办的重大标志性活动”，“广大志愿者用青春和奉献提供了暖心的服务，向世界展示了蓬勃向上的中国青年形象”。热情的雪，为大地融化，簇拥着冬梦，暖了春芽。北京冬奥会和冬残奥会志愿者用自己的热情微笑和专业服务，绽放成为冬日严寒、冰雪赛场中最璀璨燃烧的雪花，闪耀华夏大地，点亮冬奥梦想。冬奥会期间，张家口赛区4 315名赛会志愿者服务于9个场馆、4个志愿者驻地、16家签约酒店，在36个业务领域、1 067个点位累计服务120万小时，顺利保障了74场赛事、49场颁奖、144场训练；冬残奥会期间，2 058名赛会志愿者服务于6个场馆、4个志愿者驻地、5家签约酒店，在37个业务领域、710个点位累计服务23万小时，顺利保障了26场赛事、44场颁奖、17场训练。冬奥会和冬残奥会期间，2 735名城市志愿者在张家口市13个县（市、区）的98个点位累计服务39万小时，全力保障了城市运行。北京冬奥会和冬残奥会志愿者是赛会顺利运行的重要保障，默默奉献的同时积极传递正能量，生动诠释了“胸怀大局、自信开放、迎难而上、追求卓越、共创未来”的北京冬奥精神和“奉献、友爱、互助、进步”的志愿精神实质内涵，成为冬奥会和冬残奥会最温暖的光。

聚是一团火，散是满天星。本书整理汇编了71篇冬奥会和冬残奥会志愿者的纪实文稿，内容凝聚着不同业务领域、不同服务场馆、不同服务岗位、不同来源单位的冬奥会及冬残奥会志愿服务精彩故事、自我感悟和重要经验，真实再现了北京冬奥会和冬残奥会志愿者在服务各阶段的闪亮瞬间。既有志愿者招募、培训、管理、协调过程中的一波三折，也有跨文化服务交往经历中的丰富体验；既有服务之余的个人成长和感悟，还有对国家日益强大的骄傲与自豪。这些生动鲜活的志愿故事，真实记录和反映了河北省冬奥志愿者的精神风貌，真切体现了河北志愿者在中国特色社会主义伟大事业中建功立业、无私奉献、实现自身价值和人生理想的追求与豪情。

冬奥盛会虽已落下帷幕，但北京冬奥精神和志愿精神永不落幕。习近平总书记指出，“我们要积极谋划、接续奋斗，管理好、运用好北京冬奥遗产”，“越是往前走、向上攀，越是要善于从走过的路中汲取智慧、提振信心、增添力量”。在新的征程上，如何更好地把青年团结起来、组织起来、动员起来，为实现第二个百年奋斗目标、实现中华民族伟大复兴的中国梦而奋斗，是新时代中国青年运动和青年工作必须回答的重大课题。习总书记的谆谆教导为青年志愿服务工作指明了方向。我们更需要总结好、坚持好、发扬好冬奥会留下的丰厚精神财富和宝贵经验，自觉将北京冬奥精神和志愿精神转化为在新时代、新征程中赓续奋斗的澎湃力量，紧紧把握中国式现代化的战略部署，充分发挥志愿服务实践育人作用，在推进冬奥会工作成果转化、后奥运经济发展进程中取得新的进步和成绩，通过志愿服务活动加强青少年思想引领、推动社会文明建设做出新的探索和努力。

我们相信，在北京冬奥精神和志愿精神的感召下，在北京冬奥会和冬残奥会志愿者的引领下，一定会有越来越多的有志青年涵养家国情怀，顺应时代召唤，积极融入以中国式现代化全面推进中华民族伟大复兴的历史洪流，在创造人类文明新形态的伟大实践中不懈奋斗，让志愿青春在全面建设社会主义现代化国家的火热实践中，在奋力开创加快建设经济强省、美丽河北新局面中绽放绚丽之花！

共青团河北省委书记　侯贵松

目　　录

一、细致精微：赛会保障篇

为了冬奥，我愿贡献自己的全部力量

张婧宇，张家口职业技术学院财经旅游学院教师，北京2022年冬奥会和冬残奥会张家口注册业务领域志愿者。

多年来，我一直投身志愿服务事业，多次参加志愿服务活动，对志愿服务情有独钟。2019年12月5日，北京冬奥组委发布志愿者招募信息后，我第一时间报了名。我和其他18位小伙伴作为入驻张家口制服和注册分中心的首批赛会志愿者，是整个张家口赛区到岗时间最早、在岗时间最长的志愿者，累计服务时长超过1 000小时。125天的时间里，有欢笑，有泪水，更有满满的收获和无尽的荣耀。

2021年11月8日，我们冒着风雪集体出发奔赴赛区，学院领导为我们准备了大量物资，早早就等候在学校门前，并亲自帮我们搬运行李。挥手送别的那一刻，大家热泪盈眶。这个我们准备了两年多、经历了无数次选拔考试才得来的机会，承载了太多亲人、朋友、同事的期望，我们暗暗下定决心，一定要以十倍的细心、百倍的责任心投入到家门口的奥运中。

一路奔波，我们终于赶到了驻地，业务领域经理们列队两侧鼓掌欢迎，高喊着“服务奥运光荣”，我的奥运志愿之旅从那一刻正式开始。

经过了一系列培训后，我们立即上岗，开展专用设备调试，实现了“到岗—培训—上岗”的无缝衔接。我们终于来到了期待已久的工作岗位——注册业务领域，来到了生产车间，开始了全封闭的制证工作。我负责“核验”流程，看似简单重复，却是电子技术层面的最后一道关卡。我告诉自己，一定要仔细认真审核每一张证件，确保每个涉奥人员都能准确无误地进入到相应的工作区域。

12月6日，我被选调到了客服岗位，新的岗位，新的使命，新的担当。客服岗位是整个注册业务领域对外的唯一窗口，责任重大。信息核验、材料收取、对接库房、证件清点发放、签字确认、材料归档、问题处理、证件激活、挂带清点发放……一次次演练，一遍遍重复，我不敢有丝毫懈怠疏忽。12月9日，客服全体工作人员培训合格，持证上岗，着装上岗。那一刻，说不出的兴奋与激动，一个多月的精心准备，终于“开门营业”啦！我们迎来了第一批领取证件的工作人员，一切都在有条不紊地进行着。那一天，央视记者、河北电视台记者、张家口新闻记者齐聚在这里，共同见证这一时刻。北京2022年冬奥会和冬残奥会期间，我们累计发放证件40 000余张。工作过程中一次次打破日发放记录，一次次再创新高，圆满完成了张家口赛区涉奥证件保障工作。

2022年1月17日，我们接到任务，有一批工作人员证件需要紧急制作发放。直到如今，回忆起来那一刻的场景，依旧清晰，依然感动。很多志愿者伙伴来不及吃下一口早饭，来不及换掉被风雪浸湿的外衣帽子，慌慌张张，匆匆忙忙，迎着凛冽

图1 张婧宇在证件发放区进行服务

的寒风，冒着及膝的大雪奔赴场馆。

那一天，从制证到入库，再到发放，所有人都在连轴转，体力已经透支到了极点；那一天，注册业务领域已经没有了领导和志愿者的区分，没有了职责岗位的区分，哪里忙工作力量就汇集到哪里。嗓子喊哑了，那就换个人继续喊；一只手磨破了，那就用另一只手继续；错过饭点，那就吃口面包继续工作。

临近晚上10点，我们终于完成了既定工作目标。就在大家都以为可以收拾个人物品准备返程的时候，我们意外发现一批证件无法正常激活，接近100张证件显示注销。等待领取证件的工作人员急得满头大汗，催证的电话一个接着一个，气氛紧张到了极点，喧嚣的大厅安静得只剩下了不间断的接打电话声，领导也急得一直在电话联系技术和相关部门。再次制证已经来不及了，涉及的工作人员即将到达。证件无法发放意味着工作人员需要在-25℃的寒风中一直等待，在疫情防控的大背景下，有人生病发热会浪费大量的医疗资源。非战斗减员是所有人都不愿意看到的情况。

我试着调整情绪，复盘证件发放的每一个步骤，再次对接库房，确保出证环节批次单号和数量无误后，我告诉面前满脸焦虑的工作人员："您先别着急，请相信我们一定能找到问题源头，尽快解决问题，一定不会耽误工作人员进入场馆。"在我的安慰下，他的情绪稍稍稳定。这时候领导要求重新走一遍核验流程，避免由于系统升级造成证件无法激活的情况。制证的志愿者已经返回驻地，只能从现有的志愿者中确定人选进入车间操作。凭借着上岗培训的记忆，我自告奋勇带着两位志愿者走进了制证车间。开机、登录系统、跑程序，一张张核验证件。半小时后，90多张证件终于核验完成，我们还配合其他工作人员顺利完成了证件激活！

深夜的场馆微微有些寒冷，但是每个人的脸上都挂着汗滴。我看到领取证件的工作人员的神色终于不再紧绷，激动地握住场馆负责人的手，嘴里一直说着："谢谢、谢谢，辛苦了。"墙上的时钟显示已经23:40分，我们的工作人员终于在12点前完成了证件领取，所有等待的人终于可以按期顺利进入场馆了。那一天，我们实现了单日发证7 296张的峰值。那一天，脑子里只有数字。深夜下班回去的路上大家调侃，这辈子都不想再数数了，这辈子都不想再听到"发放"两个字了，可是隔天又激情澎湃地投入到了下一场的发放任务中。

2月4日，我们在场馆集体观看了北京2022年冬奥会开幕式。"二十四节气"出现，运动员入场，奥运主火炬点燃，"微火"理念传递……这一刻，我们更加真切地感受到了志愿服务的意义。每天都在看着冬奥倒计时，现在，这一天真的来了。这一刻，世界上第一个双奥之城诞生了。疫情之下，我们的国家承受了太大的压力，为世界贡献了这场“简约、安全、精彩”的冬奥盛会。而我们，是这一神圣时刻的见证者，更是亲历者。我们全身心地投入、参与到这场盛会中，这是怎样一种骄傲与自豪，这是怎样一种欣慰与庆幸！何其幸运，生在伟大中国；何其幸运，生在盛世中华！

一场赛事的成功举办，需要各类人员的协同配合，台前幕后忙碌的身影不单单是一个人，更是一个个家庭共同为了目标而努力的缩影。作为一名军属，我对这句话有着深刻的体会。为了能够参与到冬奥中，我放弃了一年一度与爱人团聚的机会。其实我也在担心，也有害怕，我知道身为一名军人，他已经在自己的岗位上付出了太多，奉献了太多。但是我也深知，“一家不圆万家圆”，两个人能够在各自的工作岗位中为我们的党和国家做一点点贡献，这是多么值得庆幸的事情。得知成功入选志愿者的那一刻，我第一时间给爱人打了电话，他在电话中表达了对我的支持和鼓励。同时，也有更多的不舍，因为这意味着我们一年不能相见。但是，当张家口职业技术学院的志愿者出现在央视虎年春晚的镜头中，当2月4日晚看到冬奥会开幕式的那一刻，那种骄傲和自豪是任何事情无法取代的，一切的辛苦和付出都是值得的。总结大会上，场馆主任说：“志愿者是最温暖的光，彰显了中国青年的骨气、志气、底气、勇气。感谢你们在最美好的年华曾经为国奉献。”每每回忆起来我都倍感振奋，每朵雪花，皆为荣耀！

2022年3月14日，随着北京2022年冬残奥会圣火的缓缓熄灭，冬残奥会徐徐落下帷幕，125天的冬奥志愿服务工作结束，我转入隔离期。志愿服务没有完成时，我要继续在这条路上走下去，在“胸怀大局、自信开放、迎难而上、追求卓越、共创未来”的北京冬奥精神指引下，用爱心去温暖他人，并带动身边更多青年人加入到我们的志愿服务行列，共同为社会公益事业贡献自己的力量。

冬奥会中的螺丝钉精神

韩亚男，河北金融学院管理学院教师，北京2022年冬奥会和冬残奥会张家口赛区后勤领域志愿者。

2022年1月16日，由河北金融学院师生组成的冬奥志愿者在天微微亮的时候启程了。作为志愿者的一员，我怀着无比激动的心情踏上了服务冬奥的征程。

我服务的岗位是冬奥会和冬残奥会张家口赛区后勤领域的行李运输助理。我的日常工作简单来说就是将运动员在机场托运的行李经过层层手续，最终于现场交付本人手中。这个工作听起来比较简单，但当深入其中的时候我才发现，一件简单的行李从机场托运到最终交付，需要一个团队经过精心设计与合作才能实现。而这团队中的一个个鲜活的个体，宛如在冬奥运行团队这个大机器运转中的一颗颗螺丝钉，任劳任怨，默默无闻，共同为世界呈现了一届最美的冬奥盛会。

我所负责的部分是行李交付的最后一个环节——现场交付。我们在冬奥村把北京方向发来的行李交付各国代表手中，他们确认行李数量无误、行李质量完好之后，一单行李交付便完成了。在整个赛事期间，我们行李运输志愿者共完成了近

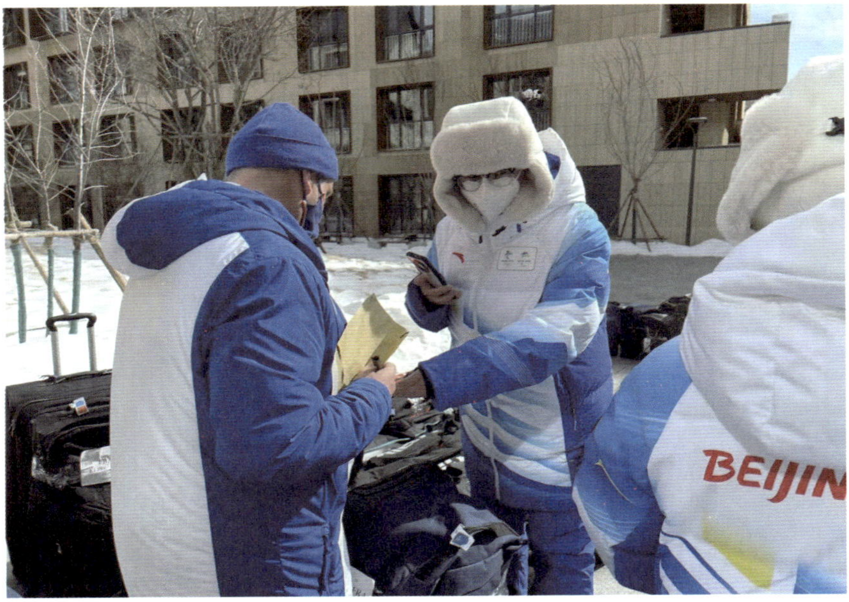

图2　韩亚男正在向法国代表团交付行李

300单这样的交付，交付的行李数量达到了2 000件，平均每天都要交付接近30件行李。从清晨的第一缕阳光洒到冬奥村，到夜晚代表团已经下榻入睡，我们都忙忙碌碌地出入于冬奥村的各个角落。

让我印象最深刻的是2月16号的那天晚上，天气预报显示最新的一股冷空气到达了张家口地区，夜晚的气温降到了-30℃左右。那几天正值参加冬季奥运会的运动员离开，有许多代表团需要寄出他们的行李。当天晚上的行李寄递预约有20:00奥地利、20:30加拿大、21:30挪威、21:30芬兰，还有最晚的一单凌晨1:00日本，这就意味着当天晚上必须有志愿者留守冬奥村。得知这个消息之后，大家都主动请缨，要求驻守冬奥村。

在浑身上下贴满取暖贴，佩戴好口罩、手套、护目镜、雷锋帽之后，我们便从基地前往户外。这个夜晚将异常寒冷，不出意外的话我们最起码要在室外工作近4个小时，之后便有一队可以赶23:30的班车回驻地，另一队需要回基地取暖一两个小时后再出来完成日本队行李寄递任务。

21:15，我们提前15分钟到达了张家口冬奥村8号院1号楼楼下，为挪威朋友办理行李寄递服务做好准备。21:30，挪威朋友陆续将他们的行李放至楼下并分成了5个部分，分别对应着5个不同的航班。待他们打包好全部的行李并确认好各个部分对应的航班后，我们便和物流师傅将行李打包至物流车。由于长时间室外工作，大家的眉毛上、眼睫毛上，甚至额头稍微露出的一缕头发上都布满了冰丝，但是大家似乎都忘记了寒冷，忘记了疲惫。无论是我们行李运输志愿者，还是物流师傅，大家都各司其职，尽心尽责，用最热情的服务，温暖着冬奥村的各国代表团们，共同保障每一单行李顺利交付。每当结束一单服务后听到代表团的一句“Thanks a lot”，我们就觉得在这里的一切付出都是值得的。

行李运输志愿者所负责的只是行李交付的最终端，我们只是将物流师傅运送来的行李在冬奥村交付给代表团们。同样，在机场航司、物流运输、中央调度等领域也有很多恪尽职守的志愿者，大家完美合作，像一颗颗螺丝钉一样共同保障行李运输的畅通。机场航司有行李转运的机场保障人员，他们需要提前知悉载有运动员的航班，在航班到达之后做好接待工作，清点好运动员所携带的超规行李，做好登记，将行李运送到北京冬奥会的专属物流车上，再由物流师傅接管行李的运送工作。从北京机场到张家口冬奥村近5个小时的车程，期间要接受多重防疫安检，在抵达冬奥村之前的1个小时，行礼运输员需要提前联系冬奥村行李服务台调度中心，由行李服务台提前联系代表团，约定好行李交付时间及地点。从北京来的所有张家口赛区的行李都会先到张家口冬奥村，在那里进行区分，随后发往赛事场馆。因此，行李服务台同样肩负重任，它宛如行李交付的一颗清晰的大脑，明确着什么时间应由什么代表团在什么位置接收行李。调度联系好之后，物流师傅便会听从调度差遣，将物流车开往相应的位置，在现场志愿者语言翻译的帮助下，进行行李最终交付。

当然，我们只是众多服务于冬奥赛时保障的一个小团队。除我们之外，还有医疗、交通、语言保障、代表团服务助理、宣传教育、场馆基础设施等团队。所有人都恪尽职守，明确自己的任务与责任，了解国家的需要和利益，将祖国和大义摆在前面。正如雷锋同志所说的，“我们每个人都要做一颗螺丝钉，做一颗永不生锈的螺丝钉”，将自己无穷的热情投入到每一份工作当中。

志愿精神温暖冬奥

王至莹，河北农业大学生命科学学院学生，北京2022年冬奥会和冬残奥会张家口奥运村管理领域志愿者。

从2008年夏奥会到2022年冬奥会，志愿者的热情温暖了一届又一届奥运会，也一次又一次地温暖了世界。2022年的北京冬奥会，我有幸成为志愿者的一员，在这场奥运盛会中用自己的微笑书写美丽的青春，和伙伴们一起向世界传递中国青年的温暖和责任担当。

2020年初，响应团省委的号召，我们学校开通了冬奥会志愿者报名通道，这次机会非常难得，我第一时间参与了进来。经过校内及团省委多次考核和面试，2021年2月初，我入选学校北京冬奥会志愿者储备人才库。之后，我不断丰富理论知识，提升政治素养，认真学习冬奥服务相关知识，坚持锻炼身体，为通过最后的面试和服务冬奥做好准备。7月底，北京冬奥组委开展了冬奥会志愿者线上选拔面试工作，我顺利通过了校团委、团省委、冬奥组委的各项考核及面试，最终被张家口赛区奥运村管理领域录取，成为一名综合专员。

录取结束之后，学校对我们58名师生志愿者的培训更加精准和严格。2021年12月31日起，全体师生志愿者在学校开始了集中住宿和培训，校团委老师组织开展了政治学习、体能训练、心理培训、急救知识培训、语言培训、服务培训等一系列培训学习。经过线上线下专业系统的培训和考核，我们明确了各自的工作职责，掌握了赛事的运行规律，熟悉了各类应急处理方案。2022年1月16日，我们满怀激情与喜悦、坚定与执着，点对点奔赴张家口冬奥村的各个志愿岗位，在北京冬奥组委和团省委的关心和保障下，展开了为期两个月的志愿服务。

第一次入村时我就被冬奥村的盛大、有序和先进所震撼。张家口冬奥村位于张家口赛区核心区域，占地19.7公顷，总建筑面积23.9万平方米，分为居住区、广场区和运行区三大部分。

冬奥组委对每个区域的工作都制定了严格缜密的运行机制，作为张家口赛区的一名奥运村管理领域志愿者，我的工作主要是负责广场区的商业运营和保障管理，以及在广场区为各国运动员代表团提供日常接待和翻译服务。每天，我需要对20个商业空间的当日运行情况、接待人次、销售额等8项数据进行分类整理上报，并将上级提出的相关要求通知到各个运营领域。信息收取、整理标准、操作流程、对接人员等均有明确的要求和说明，这样科学有序的工作方式和体系，让我们每日繁多的工作井井有条，也充分体现出北京冬奥会细致、精致、极致的作业精神。我在广场区工作的56天里，每一次数据的精准上报、每一条信息的有效推送、每一项问题的快速解决，都映射出志愿者奉献、友爱、互助、进步的志愿精神。

在奥运村里，我感受到了更加强大的志愿力量。虽然志愿者们来自不同的地方，拥有不同的身份、不同的年龄，但是我

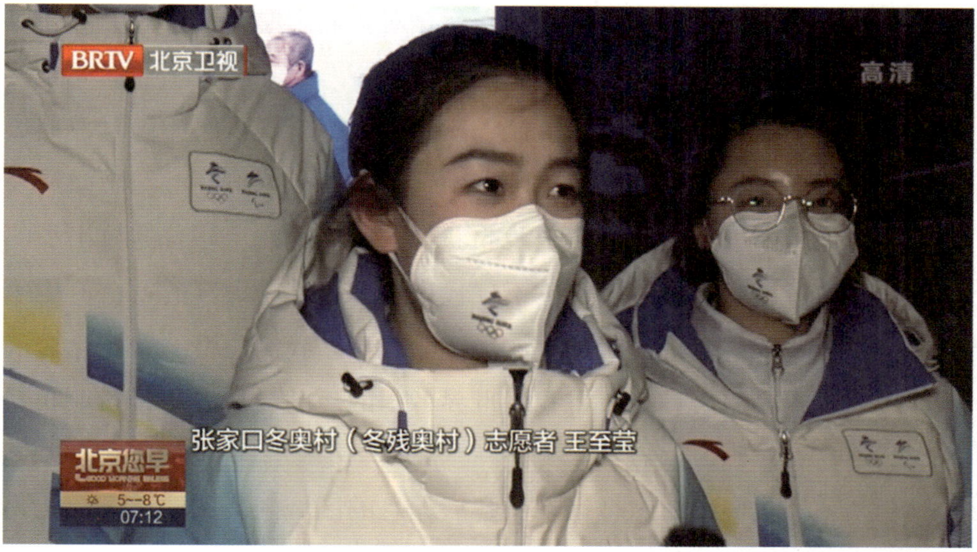

图3　冬奥会开幕式当天，王至莹在冬奥村下沉广场接受北京卫视采访的视频截图

们都有一个共同的称号——冬奥会志愿者，都有一个共同的目标——彰显中国力量。每次见面，我们都会不约而同地相视一笑，互相击掌；每次遇到困难，我们都会坚定自信地微笑面对，互相帮助。在志愿者的身上，我没有看到因为忙碌所带来的疲惫，更没有看到因为困难而产生的退缩，看到的都是饱含着青春热情、志愿精神的坚定信念和力量。我与这里的新朋旧友共同见证了这载入历史的冬奥时刻，一起用志愿服务的热情温暖着这个冬天。

平凡而特殊的故事在冬奥村里每天都会上演。我在广场区服务时遇到的一位芬兰运动员，因为语言不通、地形不熟悉而无法与队友汇合，他非常焦急。了解情况后，我第一时间联系到区域经理，进而联络到芬兰代表团，带领他很快找到队友。分别时他激动地用中文对我说："谢谢！"那一刻，我突然被感动到，像是一种无形的屏障被打破，也像是一道光照亮了我们平凡的工作，我想这句中文就是对我们志愿者最大的褒奖和尊重吧！

令我惊讶的是，第二天我们在旗帜广场再次相遇时，他热情地向队友介绍我对他的帮助，并送给我一枚芬兰纪念徽章表达感谢，这是冬奥会上我收获的第一份礼物。拿着这枚小小的徽章，我思绪万千，它不仅代表着一段跨越大洋的友谊，更蕴含着各国运动员对北京冬奥会的认可。我们热情的服务化成了友谊、温暖和爱，将我们世界各国的运动员代表团紧紧地联系在一起。

在冬奥村这个运动员赛后休息的区域内，我们每天都能感受到运动员们比赛前后的生活状态，经常帮助他们解决这样或那样的小疑惑、小困难，处理着区域内工作运行的小信息、小问题，我们就像一个个螺丝钉，做着最平凡的事，说着最普通的话，保持着最纯净的心，默默地让这艘冬奥巨轮顺利航行。

在广场区奥运五环处，各国运动员经常拿着奖牌互相加油、祝贺。我也有幸遇到谷爱凌、苏翊鸣和齐广璞，并与他们合影留念。他们站上赛场的那一刻，每一滴带着热气的泪水与汗水都显得格外温柔，他们是这世界盛会中最亮丽的一道风景线。而我们做好自己的志愿工作，也是这盛会中一道独特的风景，一道温暖的光。

志愿服务也是一种传承。作为新时代的青年人，作为河北农业大学“一道路、两精神”的践行者，作为李保国老师、果树9301班、塞罕坝林场人等一代代农大奋斗者的传承者，我们责无旁贷地投身到冬奥盛会志愿服务工作中，我们用热忱的服务和热情的微笑向世界问好，讲好新时代的中国故事，向祖国交出了满意的答卷。

如今回想起来，服务冬奥的经历是一次在平凡中感受不平凡、在重复中找寻价值的青春奉献家国之旅，我每天都在加深着对“志愿者”的理解，对冬奥的理解，也深刻感受到了属于中国青年的温暖和力量。在大雪纷飞的冬季，坚守岗位是一种温暖，把自己平凡岗位上的工作做到极致是一种温暖，背对繁华与热闹默默奉献是一种温暖，将每个人的微薄之力汇聚成“一起向未来”的力量也是一种温暖。每一位志愿者的微笑和热情，都温暖了冰雪之中的冬奥盛会，让这样一届充满爱与希望的冬奥盛会浪漫绽放。

在服务冬奥中成长

贾庆伟，河北农业大学外国语学院学生，北京2022年冬奥会和冬残奥会张家口冬奥村（冬残奥村）抵离服务领域志愿者。

故事是从那一句“面试官们好，我是河北农业大学外国语学院日语1901班的贾庆伟”说起吗？我想也许可以更早。记得在第一次面试失败之后我不敢再次尝试的时候，妈妈是这样鼓励我的：“你想想，你们这一代和奥运多么有缘分啊！2001年出生，小学时你赶上了举办北京夏季奥运会，中学时冬季奥运会申办成功，大学时你有机会能为其贡献自己的一份力量，一定要坚持下去！”是啊，我们好像从出生起就与奥运结缘啦。我们和中国奥运一同成长，在北京成为“双奥之城”时，我们也从懵懵懂懂的无知小孩长成了能为冬奥会奉献青春的担当青年！所以，我至今仍为能够成为一名冬奥会志愿者，成为一名抵离助理而感到十分荣幸。

从报名到正式通过选拔成为一名冬奥会志愿者的过程并不是一帆风顺的，但这也是我成长的开始。通过了几轮学校组织的笔试、面试，以及体能测试之后，我们迎来了北京冬奥组委的直接面试环节，也就是决定我们能否正式成为一名冬奥会志愿者的最终环节。根据老师所提供的信息，我选择面试奥运村管理一、奥运村管理二及抵离业务领域。但是前两场面试我都没有通过，这对一名大三学生也是学生干部的我来说无疑是挫败的，大学期间的顺风顺水似乎戛然而止，以至于最后一场面试来临之前，因为害怕第三次看到失败结果的我更加想要逃避。在家长、老师与同学们的鼓励下，我重拾信心。我应该从前两场面试的失败中总结经验和教训，好好做好最后一场面试准备，而不是急着躲避害怕的结局。于是在面试前的几天里，我完善了自己的双语自我介绍，更加全面地了解冬奥知识，自信地站到了面试现场。2021年9月，我顺利通过了抵离业务领域的面试，成为一名冬奥会志愿者。

备战面试的过程中，我学习到丰富的奥运知识与志愿服务知识，提升了展示自我的勇气，也打磨了我的傲气，让我看清自己身上的不足之处后不断改进。至今我仍然感激，感激当时的自己能够在那次挫折中坚持下来，让我有机会脱离舒适圈，在服务冬奥会的过程中收获更多的成长。

2022年1月23日，我正式走上工作岗位，开始了为期3个月的志愿服务。抵离助理，顾名思义，就是负责代表团的抵达和离开相关工作。赛前，我和小伙伴们需要整理错综复杂的抵离数据，跟踪代表团的进出冬奥村情况和村内的代表团数量以配合餐饮、住宿等领域的工作；对接代表团助理，传达相关出入境政策，跟进代表团抵达与离境情况，确保每一个团队都可以顺利出入境。与此同时，我们还要在张家口冬奥村综合服务中心抵离服务台开展咨询和答疑工作，负责为代表团们解决抵离相关的问题。

万事开头难。最初面对一些问题时我们不知如何解决，只能寻求经理帮助。我和同事们迎难而上，努力学习抵离业务领域知识的同时还建立了共享记录文档，坚持把服务台所接收到的每一个咨询问题进行分析整理、归纳总结，在实践中吸取经验，为各种咨询问题找到最佳解决方案，逐渐形成了专属于我们的工作方案手册。面对各代表团的咨询及出现的各类问题，我们逐渐变得从容不迫、得心应手，服务质量也赢得了各代表团的好评。

我们遇到的最棘手的问题是错运行李，需要一边耐心安抚焦急的访客，一边快速解决问题。令我印象最深刻的是开幕式前两天，两位黎巴嫩运动员来到服务台说自己在北京首都国际机场上大巴车时丢了行李，而且丢的是他们的滑雪设备。我马上意识到事情紧迫，立即与北京首都国际机场的抵离服务台进行对接，快速跟踪查询了机场大巴的动态。经过几个小时的努力，终于帮他们找到了丢失的滑雪设备，并且顺利邮寄到张家口冬奥村。两天之后，在观看北京2022年冬奥会开幕式的时候，两位运动员出场时开心的笑容让我感到无比欣慰。像这样的故事，我和同事们经历了许多，也在一次次实战中不断成长，处理问题更加稳重得体，从容不迫。

在服务过程中，我们有幸有两次机会到颁奖广场现场观看神圣的颁奖仪式。在现场，我亲身感受到了来自世界各地的热情与泪水，看到了欢呼、赞美、拥抱。听到别的国家国歌响起、看到别的国家国旗升起时，我们鼓掌恭喜；看到自己国家的运动员戴上金牌、听到中华人民共和国国歌奏响、看到五星红旗缓缓升起时，我忍不住流下了激动与感动的泪水。这不仅进一步打开了我的世界格局，也进一步深化了我的浓浓爱国

图4　抵离服务领域志愿者合影

情。那一刻我感受到，爱国不再是虚无缥缈的东西，我伸手就可以触摸到，我要把它牢牢地放在心里。

工作之余，驻地的生活也是丰富多彩的。无论伙食还是住宿条件，以及偶尔意想不到的惊喜，都让我感受到了国家对志愿者的关注与爱护。同伙伴们一起工作，团结互助，我感受到了冬日里的温暖。服务冬奥的经历是我成长路上最温暖、最美好的记忆。

我为冬奥发制服

吴锴僖，华北电力大学法政系学生，北京2022年冬奥会张家口制服和注册分中心志愿者。

2021年11月22日，我和冬奥志愿小伙伴们乘车来到张家口这座“塞外之城”。11月的张家口，相较于其他许多城市已经到了凛冬之季，一路上寒风凛冽，延绵的山坡上灌木植被掺杂着未融尽的雪块儿，一派素美风光。我对此感到新奇，对即将开始的冬奥志愿服务之旅满怀憧憬。

穿过沿途彩色的冬奥旗帜，我们正式进入北京冬奥会张家口赛区，为期3个多月的冬奥志愿之旅也正式开启。

我的工作岗位在张家口制服与注册分中心，具体从事的是冬奥会张家口赛区制服装备的发放工作。

我的工作场馆是张家口赛区第一个开始运营的场馆。12月10日，制服发放工作正式开始。当天，省委领导前来看望我们，并和几位志愿者进行了亲切交流，表达了对冬奥会赛前准备的重视、对志愿者工作生活的关切，当晚电视台也播报了这一消息，一旁的我也对自己将要开展的工作充满了自豪。

白天，我和同事们背靠巨大的物流仓库，各司其职地站在发放流线上，用最饱满、最热情的姿态接待来宾，用熟练且专业的术语为来宾们介绍我们的制服装备，并为他们匹配合适的尺码。为了方便管理货量、高效完成发放任务，场馆经理们设计出了一条科学高效的发放流线和适应不同人群的发放模式。在他们的带领下，我和小伙伴们严格按照规定的办事流程工作，严谨地记录着每一件从我们手中发放出去的制服款式、尺码、发放状态，等等。

我们在午餐、晚餐过后会进行发放后的盘点和补货工作。大家拿着小本本穿梭在琳琅满目的货箱中，对存留货量进行盘点核算，可以说这是我们一天辛勤工作中最为紧张却又充满欢乐的时刻。一旦第一轮核算不成功，我们将不得不进入第二轮、第三轮。核算正确则意味着这一天的工作任务圆满结束，轻松欢快的气氛在我们之间流淌。当然，任务的完成并不意味着工作的结束，因为我们还要为第二天的工作进行备货补货，为了核算备货而加班加点是常有的事。拣货、搬货、运货、拆分、收纳，看似是个纯体力活，实际并不简单。我们男生和女生搭档工作、分工明确，男生运输拆拣，女生分类标记，一唱一和，配合默契。一天工作下来，大家身上、手上都布满了灰，我们自嘲为“小黑人”。有的伙伴甚至因为搬运而磨破了手，长出茧子，但汗水中蕴含的是志愿与奉献、是青春和热血，大家无怨无悔，干劲十足。

我的工作内容包括处理系统操作问题、调换装备、补发制服、残次品处理、接待客户咨询等。我从未接触过此类工作，一切都要从头学起，制服知识、物流发放流程、系统操作、接待术语、问题应急处理，等等。在工作当中，我说得最多的一句话就是：“您好，没有问题请前往核对区登记。”来宾们也常

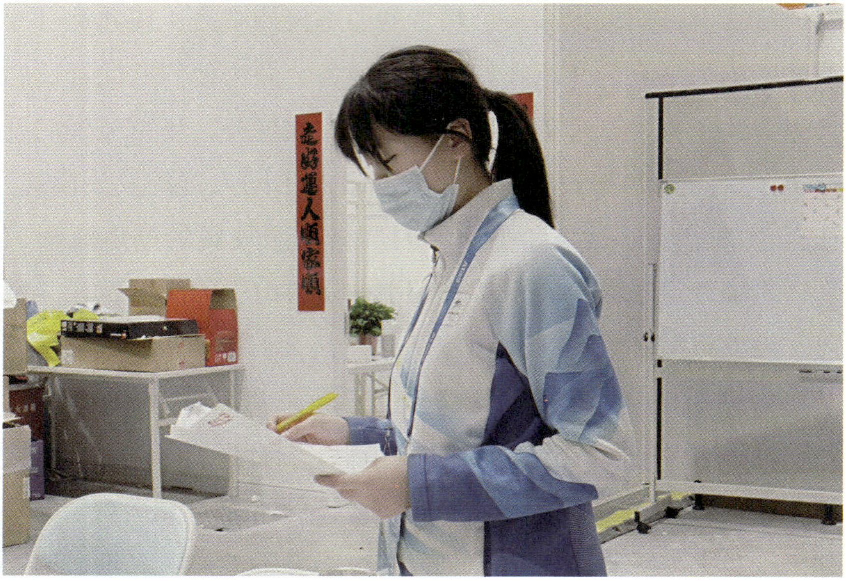

图5　吴锴僖核对制服发放信息

常回应我们："很棒，没有问题。"没有问题对我们而言就是最大的奖励，因为这意味大家准备充分，工作高效，客户认可，任务圆满完成。

2022年的1月末2月初，距离北京冬奥会开幕式仅剩十几天时，我们的工作量达到了高峰。从早晨9点开始到晚上11点结束，我们进入了连轴转的工作状态，连午饭、晚饭都在工作时解决，这是巨大的挑战，也是巨大的动力。

1月22日是我在志愿工作中最为难忘的一天。23日我们将迎来T类技术官员，巨大的客流量和疫情防控的需要使我们不得不转换发放模式。场馆经理们在发放前几天就对新的发放模式进行了细致认真的研究，带领我们布置了全新的提前装箱和统一发放的流线。这是一个群策群力的过程，也是最能展现大家志愿奉献、团结一心的过程。不论原来在哪个岗位，志愿者小伙伴们都一起来到制服大厅，场馆经理们也亲自加入到我们当中，开始了长达9个小时的调货装箱工作。有的同学主动指挥、调节、统一大家的工作进度，有的穿梭在各个货架间搬运制服，有的在为几十件装备袋进行收纳整理，有的在对每一件出库出箱衣服进行认真记录。寒冷的大厅里格外热闹，每个人都在挥洒着汗水，苦中作乐、苦尽甘来是我在这里最深刻的感受。23日到24日，我们迎接了来自世界各地的技术官员们，一切都是那么顺利和圆满，我们也打破了单日制服发放记录，创造了制服发放工作的新纪录。

2月4日，万众瞩目的冬奥会开幕式终于到来了，从事赛前工作的我们也开始收尾并转向冬残奥阶段。那天晚上，我们坐在大厅的电视机前观看着电视转播，当许多志愿者、工作人员、技术人员代表身着闪耀的制服走过体育馆草坪时，许多人开始欢呼：“这是我们亲手发出去的衣服！”大家都倍感自豪。虽然我们在幕后，但我们的劳动成果遍布冬奥会赛场的各个地方，那些闪耀的天霁蓝、霞光红、长城灰就代表着我们。让冬奥工作人员在我们亲手发出去的制服装备的保障下、在严寒气候里顺利完成工作就是我们最大的成就。

2月20日，随着北京冬奥会的闭幕，我也要离开这个工作、生活了三个多月的地方。应疫情防控的需要，我们进行了集中隔离。隔离期间我仔细回忆了这段特别的经历，并写下一篇篇难忘的日记。这段记忆将一直留存在我的脑海中，历久弥新。

2022，无悔的青春之歌

赵家欣，河北大学学生，北京2022年冬奥会和冬残奥会张家口赛区抵离服务领域志愿者。

北京2022年冬奥会和冬残奥会期间，我成为张家口赛区抵离工作组的一名志愿者。我们的工作主要是负责从北京迎接各国运动员、转播商、随队官员等并进行跟车服务，同时在车上核查录入乘客信息。赛会志愿服务中，我们是走在最前线的一批人，也正因如此，我学会了熟练、专业地穿脱防护服与消杀。

赛会开幕之前是外宾入境的高峰期，我们常常凌晨4点就要出发，早早地到北京服务区等候。穿六七个小时的防护服、不吃饭不上厕所已是常态。冬残奥会期间，为了更好地服务残疾人运动员，我还学习了一些基本的手语，以及如何帮助轮椅乘客上下车并固定轮椅等技能。热情服务外宾，做好自己的本职工作，彰显中国青年形象，是我服务双奥期间一直坚守的信念。

一次，我负责送外宾去一个较为偏僻的酒店，因为司机不认识路，导航也定位不到，我只能一次次下车问路。有些人看到我穿着防护服直接后退到两米开外，这让我的问路变得更加困难。司机载着我们兜兜转转地找入口，直到天渐渐黑了下来，我的面屏完全结冰。联系不上酒店，司机开始焦虑，乘客也明显开始不耐烦，因为乘客不懂英语，我也没办法有效地安抚他们的情绪……焦头烂额的我这时还接到电话，让我去接另外两名走错酒店的乘客。那几分钟真的很煎熬、很崩溃，我的平板一直在接电话，一个电话没挂另一个就打了进来问我什么情况，最后我找到酒店的调度帮忙打电话叫酒店前台来带路。

煎熬的等待过程中我终于忍不住哭了，穿着防护服和隔离衣，大颗大颗的眼泪和鼻涕一股脑地流进了口罩。但是根据防疫规定，即使这样我也不能摘下口罩擦擦眼泪。我哭得直到缺氧，心脏剧烈地跳动，甚至开始怀疑自己究竟能不能胜任这份工作。我不想给志愿者丢脸，更不能给中国丢脸。忍住泪水，整理好情绪，我给大巴司机和接我的师傅，还有负责人阳哥打去电话说明情况，同时透过面屏上的冰艰难地在群里回复一连串@我的消息。处理好一切，我稳定了一下情绪，带着微笑上车引导乘客入住酒店，圆满地完成了任务。

冬残奥会期间，我还兼任了冬季两项中心和冬残奥村的交通助理。在冬残奥村，我见到了跟车服务时服务过的运动员，印象最深的是获得视障组冠军的奥地利运动员卡丽娜·埃德林格，我曾和她以及她的导盲犬合过影，没想到在冬残奥村还有机会见到她，细想这也是一种特别的缘分。还有一位我不知道名字的日本选手，无论是在冬残奥村还是冬季两项中心见到他，他都会礼貌的用中文说“你好”“早上好”，尽管发音不标准，但他的热情深深地感染了我。当我听到很多运动员都会用中文表达自己的需求，甚至有的外国运动员会说一口相对流利的中文时，我意识到祖国真的强大了，全世界都开始讲起中国话，那一刻的自豪我无以言表。

图6　冬残奥会期间赵家欣（右二）与部分组员在冬季两项中心合影

冬残奥会闭幕的前一天早上，崇礼下起了雪，当时我在冬季两项中心站岗。我们的任务很简单，就是根据车上乘客需求，架上方便轮椅上下车的木板，记录车上人员数量等。等车之际，我把旁边垃圾桶上的积雪堆成了一个个小雪人。这个小小的插曲也给路过的人带来了一点欢乐，有中国队队员打趣，有管理人员特意送来一个标准球形的雪球，有大叔问我这些“小朋友”都怎么称呼……随着小雪人越来越多，许多刚下车的外国运动员也注意到了，我听到不止一个外国友人发出惊叹并掏出手机拍照，那一刻我真的无比开心。有运动员得知是我堆的小雪人后，问可不可以跟我交换徽章。纵然我的小雪人并不精美，但在笼罩着冬残奥会即将闭幕的忧伤氛围里，粗糙的它们给过往的路人带来了一点儿乐趣。

在张家口崇礼赛区的那些日子将永远深深烙在我的脑海里，永远铭刻于我的心中。犹记得和伙伴们一起出任务时，我们凌晨4点在大巴车摇摇晃晃的座椅上传着吃过的泡面，被车颠得掉在地上又被捡起来的鸡蛋，疲倦但又互相打趣，彼此扶持。更难忘曾在冬季两项中心见证我国运动员夺冠，在落日余晖下饱览崇礼巍峨的群山，在星辰熹微之时看过冬奥村中国队悬挂的国旗，亲身感受国之荣光和强盛，何其幸运拥有这一切。2022，青春无悔！如果时间可以倒流，我还会毫不犹豫地选择成为一名光荣的冬奥会志愿者。

一个返乡大学生眼中的冬奥

常贺瑞，中国地质大学（武汉）物理学专业学生，北京2022年冬奥会张家口赛区城市志愿者。

从小在张家口长大，知道“家乡”这个词，却并不理解它真正的内涵，直到上大学后第一次在外学习与生活才真正理解它。时隔数月回一次家，我真正感受到了这座从小生活的城市发生了怎样翻天覆地的变化。每次回家都能在张家口的街头发现许多陌生的元素，后来细细回想，自从申奥成功后，张家口一直在飞速发展，只是之前生活在其中很难感受到罢了。

2017年到2020年上高中时，我感觉张家口的公厕与垃圾桶多了很多，街道上比原来干净了许多，城市里修路造桥，交通更加顺畅。高三时，张家口的第一座高铁站建成，高考后我人生中第一次踏上高铁感受中国速度，原本到北京三四个小时的车程被缩短到了一个小时，之后的绝大部分出行包括上学也都是坐高铁。

家旁边的工业文化主题公园在我小时候是一大片荒地，除了时而有火车通过的铁轨，就是荒凉的黄土地，刮风时吹起阵阵黄土。上高中后，这片地被围了起来，听父母说是在建设一个公园，起初并未太在意，一年多之后公园建成启用，我趁着放假时间去游玩了一番，非常震撼。这是一座融工业文化、奥运文化和现代艺术为一体的大型公共城市休闲公园，以“传承张垣历史文化、弘扬奥林匹克精神”为主题，通过京张铁路文化区等五大景区、“小蛮腰”灯光塔等八大景观及近80件工业、交通运输业的老物件讲述塞外山城的前世今生，展示了张家口工业发展的历史轨迹与成就。它不仅仅是供人休闲娱乐的公园，更是一座露天的大型博物馆。我很骄傲家乡能有这样一座公园。

上大学后离开家乡，最怀念的便是张家口湛蓝的天空和那令张家口人骄傲的空气质量。近些年，经过环境保护与治理，张家口的空气质量年年都是河北省第一，走在大街上抬头看看蓝天心情便晴朗了许多。去年暑假回家，共享单车与共享电动车在张家口推广，让城市交通更加便捷，对环境也更加友好。

成为冬奥志愿者之后，我对张家口的变化有了更深的理解，张家口的发展和变化，离不开国家的支持，离不开每一位张家口人的共同努力。政府工作人员的辛勤工作，各个岗位人们的各司其职、兢兢业业，市民们的文明举止，共同打造了张家口的城市形象与面貌，共同推动了张家口的快速发展。

在报名志愿者后，我便开始加强英语及与冬奥相关知识的学习，并利用打卡小程序在志愿者学习群中完成每天英语口语与冬奥知识学习的打卡，从未松懈。在打卡学习期结束后，我的学习总积分在四百余名志愿者中排名第二。在校期间积极参与了多次省、市、区举办的线上培训，放假回到张家口之后，我也从未缺席任何会议、培训及演练。同时，我加强锻炼，每周除固定游泳1次和健身3次外，还参加了学院篮球队，在体能上始终保持着良好状态，以强健的体魄应对志愿服务期间的寒冷天气。

志愿服务期间，我是张家口市桥东区工业文化主题公园的点位组长。工业文化主题公园是张家口打造的主要旅游景点，人流量较大，且位于市中心的主要路段，是城市志愿服务最重要的点位之一。我们志愿者会在公园提供人员引导、信息咨询、语言沟通、文明宣传、应急救助等服务，协助保障城市的有序运行，同时展示张家口市民的良好形象。身为组长，我还负责志愿者的岗位安排、人员调度，每日需要做好工作记录与上报，并且在有突发状况时及时协调组员执行应急预案并且向调度中心汇报。

2021年12月，通过推荐与面试选拔，我成为全市30多个火炬传递志愿者之一。2022年2月1日，也就是大年初一早上，我进入北京2022年冬奥会火炬传递志愿服务工作的闭环管理中，从大年初一到初四，吃住行都封闭在特定的酒店中。

我被分配到火炬传递综合协调组，具体工作内容有3项：一是接送通过飞机来张和离张的火炬手；二是在火炬传递当天保障张北县传递点位火炬手按时出发；三是协助综合协调组的工作人员处理工作。在这四天三夜的时间里，我仅睡了13个小时，平均每天16个小时都是在工作岗位上，有外出接送任务就出，没有就在办公大厅帮忙核对信息、准备物资、制作表格，等等。作为一名大二的学生，这是我第一次参与到如此重大的工作之中，很多时刻都令我激动万分。2月1日和2日，将火炬手们从机场接到入住酒店后，我们会告知入住流程，协助火炬手进行核酸检测和入住登记，并帮助他们把行李送到房间。在此过程中，我接触到非常多的火炬手，他们来自各行各业，有

图7　公园点位城市志愿者常贺瑞（左一）工作照

运动员、工程师、企业家、科学家……见到这些平日只能在电视上看到的人我感到非常荣幸，他们简单的一句“你们辛苦了”，传递的不仅是对志愿者们的关心，更是对我们志愿服务工作的肯定。2月2日晚上10时左右，冬奥火种抵达张家口。我们一起迎接火种，高呼着“健康·欢乐·活力”的火炬接力口号，体会着这份火种带来的感动。2月3日火炬传递当天，我和火炬手们合了影，并且还亲手触摸火炬，举起了火炬。

这几天令我感触最深的是，过年期间还坚守在工作岗位上的工作人员，他们的工作强度相当大，办公大厅每天临近午夜都还有许多工作人员在努力地工作，这一切都是为了保证火炬传递的时候不出任何差错。火炬顺利传递的背后，是无数工作人员和志愿者们的辛勤付出。2月4日，我们欢送火炬手离开张家口，火炬传递志愿服务工作也落下帷幕。

作为张家口人，亲身体会到家乡的巨大变化，亲眼见证火种到达张家口并为火炬传递提供志愿服务工作，亲身感受冬奥体育盛会的氛围，我感到十分荣幸与自豪，同时也相信家乡会借着冬奥会的春风发展得越来越好。

冬奥的难忘瞬间

刘嘉旗，华北电力大学机械工程系学生，北京2022年冬奥会张家口赛区住宿业务领域志愿者。

很荣幸能够成为冬奥志愿者，为我们的冬奥会贡献自己的一份力量。在这次冬奥志愿服务之旅中我学到了很多东西，提高了自身能力，也增长了很多见识。这将是我人生中一段难以忘记的时光，一笔无比宝贵的财富。直到现在，我还时常会想起在志愿服务冬奥时那些难忘的人和事。

我和其他冬奥伙伴于2022年1月20日前往张家口进行志愿服务工作。作为住宿业务领域的志愿者，我的工作内容主要是提供语言服务，为我们的外国来宾进行语言翻译。

在外宾到来的前几天，我们要做的就是熟悉酒店环境，每天都要把整个酒店转很多遍。1月23日第一批外宾来的那天晚上，我们和所有酒店人员都在各自的岗位上等待着，我的任务是作为翻译去酒店门口迎接外宾，也是酒店第一批接触到外宾的人。客人到来后，我们按部就班地为他们办理入住手续，“首战告捷”，当酒店经理高兴地宣布我们圆满完成第一次迎接外宾任务的那一瞬间，我倍感激动。

外宾入住酒店后，我们的工作也就正式开始了。每天早晨做完核酸之后，8点准时上班，为外宾提供帮助。客人的问题有很多种，比如前台饮料零食购买、无线网络无法连接、房间需要打扫、采集核酸、出门打车、忘带房卡、问路等，这要求我们对每种情况都要提前做好准备，以便更好地服务客人。记得工作第一天，有位挪威的客人无法连接无线网络，并且他有一个很紧急的线上会议需要参加。我们立即按照流程帮他连接好网络，他开心地对我们说“nice”，并且询问我们怎么用中文表达感谢。当他用刚学到的中文以不标准的发音对我说“谢谢”时，我体会到了完成工作、帮助他人的愉悦，那声“谢谢”长久萦绕在耳边，激励我更努力、更认真地做好工作。

在工作时间以外，客人也可能需要我们的服务。如有的客人在中午休息时去前台问一些问题，或者在新来的客人入住酒店时，我们需要协助前台进行客人姓名的核实，带领客人前往前台，并帮助前台工作人员进行信息登记、收集记录核酸结果与新冠疫苗接种情况。有时还需带领客人熟悉酒店环境。有一次，为了迎接一位挪威的客人，我与前台的两位工作人员一直等到凌晨2:50。虽然等待时间很漫长，也很疲惫，但当我们帮他办完入住手续，他对我们竖起大拇指说着“thank you”的时候，我感到一切辛苦都是值得的，因为我们的工作职责就是为外国来宾提供服务，尽一切努力来解决客人的困难，同时通过我们的努力向世界展示良好的中国形象。

除了工作之外，日常生活中也有很多令人难忘的瞬间。在大年三十那一天，为了增添酒店的新春氛围，也为了更好地宣传中国的春节文化，我们赠送给每位到店的客人两套张家口蔚县的特色剪纸，展示了张家口的民俗文化与国家滑雪大跳台的

图8　刘嘉旗对斯洛文尼亚客人进行安检

风景，客人们都很喜欢，纷纷表达了自己的谢意和赞赏。还有一些外国友人主动找我们合照，记录这一美好的瞬间。

在崇礼这样一个充满雪的地方，堆雪人和打雪仗自然是少不了的。2月13日那天，崇礼的雪下得很大，我们几个没有值班任务的志愿者到酒店的院子里打起了雪仗，在欢声笑语中增进了友谊。休息时，我们看到微信群里有好多志愿者用雪堆成的“冰墩墩”格外可爱。受到启发，我们也打算堆一个“冰墩墩”，大家集思广益，在网上找了一张“冰墩墩”的图片，然后铲雪、堆雪，对照图片不停地修改。忙碌了一个下午，我们终于堆出了一个令人满意的“冰墩墩”。堆好后，一位碰巧路过的日本客人表示很喜欢我们堆的雪人，对我们大加赞扬，甚至称赞我们是“artist”，并且用手机拍照留念，我们也主动帮助他拍下了与“冰墩墩”的合影。过了一会儿，他看出我们几位志愿者想与“冰墩墩”一起拍照留念却还没找到人帮忙时，又主动过来帮我们拍照。得益于崇礼的室外低温环境，我们堆的“冰墩墩”很长时间都没有融化，期间不时有人过来拍照留念，这让我们感到十分开心与满足。

在冬奥志愿服务过程中，我很好地实现了自身的价值，懂得了奥林匹克精神的真正含义，明白了志愿服务工作的本质，感受到了祖国的强大，也为我的人生增添了浓墨重彩的一笔。我相信，在经历了这次冬奥之旅、拥有这么多美好难忘的瞬间后，我会更严格地要求自己，提高自己，为祖国贡献更多的力量。

冬奥村居民服务小记

李丽莎，河北金融学院管理学院教师，北京2022年冬奥会张家口赛区居民服务志愿者。

从一个满腔热情的爱国青年到一个肩负立德树人任务的教师，从留学期间担任爱丁堡音乐节志愿者、曼彻斯特中国年志愿者到回国担任北京冬奥会志愿者，也许冥冥之中我的青春注定要与“奥运”“志愿”这几个符号紧紧联系在一起。

我服务于北京2022年冬季奥运会张家口赛区冬奥村居民服务中心，是一名居民服务志愿者，主要负责为各国居民提供入住、洗衣、生活疑难问题解决等服务，通过规范引导和语言翻译支持，进而提高冬奥村居民生活的舒适度和幸福感，让他们在这里感受到家一样的温暖。

居民服务这个岗位相较于其他岗位有它的“特殊”之处。由于我们需要经常面对面、近距离接触外籍居民，所以防疫要求格外严格，无法身穿漂亮的志愿者制服在外工作。每次上岗前，我们都要严格执行防疫要求，穿戴厚重的二级防护服，佩戴好3层防护手套、3层防护脚套，以及眼罩、面屏、口罩等防护装备，以此来达到最大限度的防护效果。厚重的防护装备及密不透风的防护服，导致我们在工作时呼吸不畅。工作结束后脱防护服的过程是另一种折磨，每层装备都需要脱，共脱12次，每脱一次都需要进行七步手部消毒，每一步手部消毒要持续15秒才能达到效果。每天在没有供暖设施的地下室穿脱两次防护服，冻僵的手指上沾满酒精凝胶，脱完衣服脸上都是深深的勒痕。

有时候我会羡慕其他岗位的志愿者，他们下岗后简单收拾就可以乘班车回去。但是我们不能，我们下岗后要收拾1小时左右才能离岗，在赶班车之前有一大堆的收尾工作需要处理。羡慕之余更多的是理解与担当，因为我知道，个人的防疫就是全体冬奥村工作者的防疫。为了保障冬奥赛事的平稳运行，为了向世界展现中国风貌，我们应该这么做，也值得这么去做。

居民服务志愿者岗位并不像表面上那么简单，前台接待工作、报修工作、洗衣房引导工作、会议室预定工作、消毒工作等，各种各样的问题考验着我们。首先，需要了解各代表团的情况。冬奥村70多个代表团，将他们的国旗、国家的英文名字、所住楼层熟记于心，才能保证我们针对发生的问题进行迅速定位。业务流程也要熟练掌握，如提供基本住宿服务要联系公寓楼、报修要联系VNI（Venues and Infrastructure，场馆和基础设施）维修部门、联系代表团获取反馈信息要联系NCS（NOC/NPC Services，国家/地区（残）奥会服务）代表团助理，消杀时要做到一客一消毒，等等。这就要求我们执着专注、一丝不苟，坚持最高标准、最严要求。

为了防止疫情感染的风险发生，我带领4位居民服务志愿者将每一个穿脱防护服的细节都练习了百遍。为了熟练掌握国家和国旗，我们随身携带志愿者常识手册。为了及时应对突发

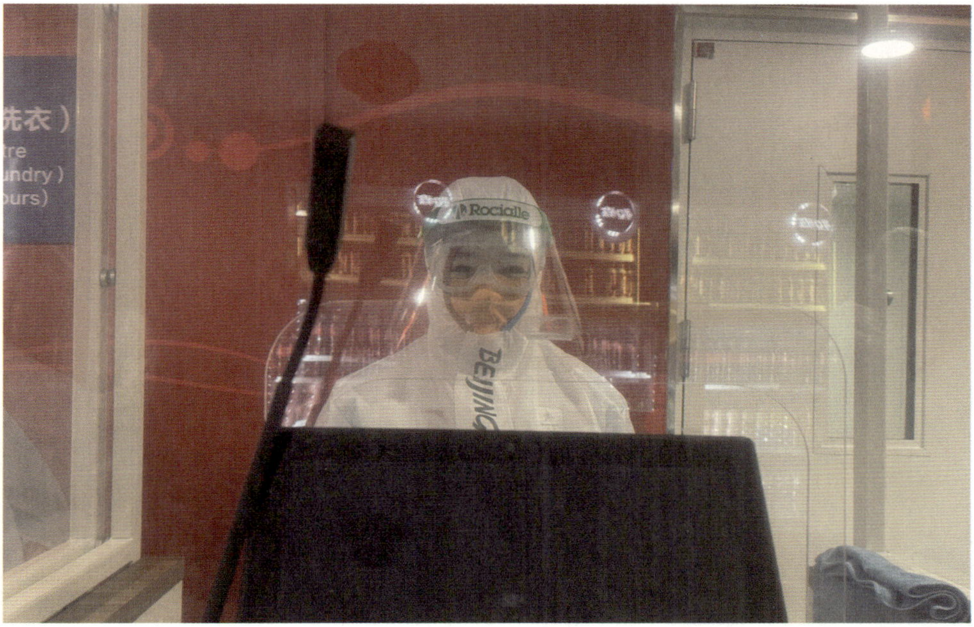

图9　李丽莎在居民服务中心前台解答冬奥村居民住宿问题

问题，我们形成了属于居民8号楼的专属问题台账。每一项工作无不浸润了我们的汗水，在不懈努力之下，我们圆满完成了各项任务，还收到了中国、意大利、加拿大等代表团的表扬信，展示了中国志愿者的精神风貌。

服务冬奥村居民期间有一件难忘的事，让我第一次体会到身上的担当与责任。2月6日那天，我的工作即将结束，一个行色匆匆的男子找到我寻求帮忙。他是冬奥冠军苏翊鸣的医生，下午两点要乘坐飞机离开，但是在与马耳他代表团友好交流的时候，收到了对方赠予的徽章，由于自己团队的徽章不足，未能及时回赠。苏翊鸣团队又马上要离开冬奥村，恐怕会成为一个遗憾，于是拜托我帮忙转交。我带着徽章，找到了志愿者之家，联系了马耳他代表团的负责人，却又被告知马耳他代表团还在场馆内。由于闭环管理的缘故，我们每个人都有自己的路线，场馆和奥运村之间是不允许自由出入的，因此唯一的希望只能靠在外面的班车上车点等待。没有联系方式、没有对接人、没有出场时间，一切都是未知的。

我到达站点，在交通领域志愿者的带领下，我们成功找到了马耳他代表团的下车地点，耐心等待了3个小时后，终于看到他们在班车站下车。我把徽章递交给马耳他代表团成员，他们了解到事情的经过后，连连称赞我们中国志愿者是最贴心、最温暖、最敬业的志愿者。他们惊喜的眼神和感动的语气告诉我，这一切都是值得的。对于我来说，作为一名曾在国外留学的学子，向外国友人展示善良、正直、友好、坚韧的中国人民本色，也是中国文化和中国自信的最好体现。

冬奥印记

张鑫淼，保定学院学生，北京2022年冬奥会张家口山地转播中心餐饮协调领域志愿者。

谈起我与冬奥的故事，那就要追溯到2008年北京奥运会了。小时候我爸总是带我看体育比赛，在2008年的那个暑假，奥运比赛填满了我的整个假期。可能是年少的一种执念吧，我感觉一定要参与到奥运赛事中来，去亲身感受一下奥运的魅力。许多人小时候的梦想属于异想天开、无法实现，但我很幸运，实现了14年前的梦想。从填写报名表开始，经过学院面试、等待结果、学校面试、培训考核，每一步都是紧张激动与兴奋期待交集，最终我有幸成为北京2022年冬奥会的一名赛会志愿者。

服务期间，我的工作岗位是餐饮协调助理，服务于张家口山地转播中心的媒体餐厅，主要负责整理餐饮领域的日常运行简报；在媒体餐厅开餐期间对转播商进行引导，为服务商提供语言服务，使转播商能够顺利点餐，需求得到满足；在超市、咖啡角帮助服务商更加顺利地服务顾客。为了做好这些工作，我需要弄明白每天上交简报的内容与格式，了解媒体餐厅的中英文菜品名称，能够在顾客询问时做好翻译工作。那几天我疯狂学习、输入，感觉非常有挑战性，心中默默想着，既然选择成为上万名冬奥会志愿者中的一员，我一定要做好安排给我的工作，当一颗默默无闻的、合格的螺丝钉。

记得当时在餐厅里遇到的一位日本朋友，她不太能分清菜单里的馄饨和饺子，我为她做了说明和解释后，她恍然大悟，说着“分かりました”，这时候我试着用日语问她“你是日本人么”，她看到我会说日语，露出了惊喜的表情。我向她解释道我只会一点点，但她还是十分高兴。可能这就跟我们在外国碰到会说中文的外国人是一样的心情吧！排队点餐期间我们又聊了一会儿，我也从她口中了解到她对我们餐厅的评价及建议，这样我可以及时反馈给厨师以便提高改进。你们看，我的工作就是这么琐碎，说不上多么繁重，但又起着十分重要的作用。

在餐厅经常会面临顾客的催单，这时候我要先看看顾客的号码，对顾客长时间的等待表示歉意，紧接着向后厨问清楚还要几分钟为顾客上菜，再和顾客解释上菜慢的原因并承诺他们在几分钟之内便可以吃到饭。长时间和顾客相处之后，我发现他们更多地是想看到你是否认真地去处理问题而不是空口承诺，我也用自己的真诚态度赢得了客人的理解。

超市和咖啡角也是我的工作范围。除夕那天，我在咖啡角迎来了当天的第一位客人——一位瑞士的媒体朋友。在咖啡制作期间，我向他介绍道：“今天是中国的除夕，因此餐厅会赠送每位客人一份饺子。”听到饺子时，他露出了喜悦的神情，说：“你们即将到来的新年是不是虎年？我们国家有一座山特别像老虎，让我给你看一看。”说到这儿，他掏出手机开始搜

图10　张鑫淼（左一）在咖啡角为媒体人员提供餐饮翻译服务

索，映入眼帘的山像是有了魔法一样，在灯光的照射下真像一只猛虎，栩栩如生，我情不自禁的赞叹让他很开心。最后，我向他介绍了饺子在中国的意义与制作过程并邀请他中午来餐厅品尝。虽然我们来自不同的国家，但短暂的交流之后，我们对对方的文化有了更深的认识和了解，也为我的2021年志愿服务工作画上一个圆满的句号。

回顾服务冬奥的那些日子，那些难忘的瞬间就像时光抖落的金粉被珍藏在记忆中，聚拢成一幕幕难忘的宝贵的冬奥印记。

留住冬奥遗产

吴丽欣，华北电力大学经济管理系教师，北京2022年冬奥会张家口制服和注册分中心遗产档案领域志愿者。

2019年秋天，当北京冬奥会志愿者开放报名时，我马上进入网站完成了报名。后来得益于学校属地是河北，我成功入选。这个机会来之不易，校团委发布征集师生志愿者的通知之后，许多教师踊跃报名。书记和我们谈话，说第一次办冬奥会，是什么情况还不清楚，加上气候极寒，尤其室外的场馆条件很艰苦，举办的时间是正月，也没办法回家过年。另外我们是教工，需要上级领导的支持同意，让我们回去再好好考虑考虑。我一直态度坚定地表示要参加，我想这是多么难得的机会，这可是冬奥会！

确定入选之后就一直充满期待，期待自己会去哪个场馆、做什么工作、碰见什么样的人和事。后来是培训，线上的、线下的，理论的、实操的，还去了崇礼两次。其间，分配结果出来了，张家口制服和注册分中心遗产档案助理，起初觉得有点儿可惜，不能到竞赛场馆，后来觉得能参与就很幸运了。嘿，挺好！

我们所在的场馆是冬奥会运行最早、运行时间最长的场馆。2021年11月，我和学校28名师生志愿者一起奔赴崇礼，开始志愿服务。我们所在的场馆是张家口赛区最早有志愿者的场馆，正因如此，我们很幸运地参与了春晚的录制。即使最后在屏幕上也没找着自己，我还是觉得挺开心。刚到崇礼的一段时间，路上还没什么车和人，冬奥的形象景观也少，冬奥氛围并不浓厚，反而网络上更热烈一些。后来志愿者、运动员、技术官员陆续到来，形象景观一点一点布置起来，路上车也多了，慢慢地，氛围就起来了。

遗产领域的主要工作是本场馆在北京冬奥会筹办过程中形成的所有有保存价值的文件材料的收集、整理、移交。我负责的具体工作是协助经理完成文件材料的收集、纸质文件材料的整理，并独立完成电子文件的整理归档。在工作开始之前我还觉得应该是简单枯燥的，实际工作之后才发现，一点儿也不简单。文件材料涉及场馆管理、注册、交通、餐饮等17个领域，纸质文书、电子文本、数码照片等6个类型，文件材料如何收集、编目，怎样保证不遗漏不重复，哪些应归哪些不归，怎么归，这些都是我从未涉及的领域。经理在我到岗之前不慎受伤，无法工作，只能在线上进行有限的指导。我不断自学和研究，努力掌握各类文件材料整理的规范，探索工作方法。从梳理工作流程到撰写通知、编制模板，再到联系各业务领域、和北京冬奥组委负责部门协调沟通，我依照经理留下的资料和北京冬奥组委发布的文件，一点点摸索，按期顺利开展工作，形成了自己的工作模式，在经理到来前收集并初步整理了近1 000份文件材料，并按期向冬奥组委移交了2021年度所有电子文件档案目录。经理返岗后，我协助经理共同完成了2021年度、

2022年度所有文件材料的整理，共归档整理各类材料3 000余份。

文件材料的整理工作细致庞杂，单是纸质文书的整理就有11个步骤，收文、发文、正文、底稿、批办单等都有不同的排列顺序，横版和竖版的排列方向也有规定，页幅不一致的需要折叠，钉着钉子的需要拆开，有便条的还需要粘贴，排列完件内顺序后再进行编页、打印封皮、填写备考表，最后重新装订。

除了整理工作的庞杂，在文件材料移交的过程中我也碰到了不少困难。各领域因为工作原因能进行移交的情况各不相同，有些领域大批量文件在赛时需要随时翻看，要在冬奥会结束之后才能移交，这样会出现无法按时完成收集整理的情况，我和经理就去给对方做思想工作，可以先移交再使用。清废领域人手不足，没有人可以整理移交，我主动去帮忙归类整理。同时，各个领域也积极配合我们的工作，防疫和技术领域的志愿者经常在发移交通知之前就主动把文件材料送到遗产档案办公室。注册领域的资料多、整理时间紧，注册志愿者们来到办公室帮忙分件、拆钉、编页……大家的团结协作、相互配合，让遗产档案工作如期完成。我始终保持着严谨细致的工作态度，完成任务的同时也提升了协调能力和执行力，收获了快乐和感动。

在本职工作忙完后，我会去制服领域帮忙，因为制服领域太忙了。一开始，我协助对来访人员进行登记和核验，有时候忙起来也会在出口收条。为技术官员发放那一天，制服领域奋战了十几个小时，我帮忙发放装备收纳袋，感觉一天瘦了好几斤。但我喜欢去制服领域帮忙，因为遗产领域就我一个人，制服领域是大家一起做，有集体的感觉，大家一起忙碌

图11　华北电力大学部分志愿者合影

也很快乐。

我们是非竞赛场馆，所有比赛都没办法现场看，不看现场比赛，北京冬奥的亲历感还是差一些。幸运的是，我们作为完全小闭环外的场馆，有机会去颁奖广场看看颁奖，这是我在北京冬奥里最有直接参与感的活动。最感动和震撼我的就是徐梦桃领奖那一场，晚上打饭的时候看到了她的夺冠瞬间，完成动作转身大声问："我是冠军吗？"知道她是老将，实力特别强，却是首次在奥运会上夺冠，我和她一样特别激动，也好开心晚上可以看到这场颁奖仪式。晚上她一出场，所有人用热烈的欢呼声迎接，当播报员大声报出她名字的时候，她铆足了劲儿蹦上领奖台，流着眼泪唱国歌，我也流眼泪了。所有运动员都经过几年、十几年如一日的反复训练，吃了许多苦，受了很多伤，不断突破自己后才获得了这么好的成绩，他们深刻诠释了拼搏精神。

志愿工作收集整理的是有形的冬奥遗产，但冬奥留给我的既有有形具体的遗产，如视频、照片、纪念品，还有更加珍贵的无形的遗产，如友情、奥运精神、志愿精神，以及珍珠般的璀璨回忆。

二、术业专攻：运行支持篇

雪落东方有温度

高子策，河北大学国际学院学生，北京2022年冬奥会张家口赛区媒体运行志愿者。

2016年，当我还是一名初二学生时，在一次英语课上，老师说："2022年，大家都上大学了，到时候我们可以聚在一起看冬奥会，感受冰雪运动的魅力。"当时觉得冬奥会很遥远，但真正站在冬奥赛场的冰天雪地中时，回想起老师当年的话语，我感慨万千。6年前憧憬大学的我，怎么也想不到会从一位冬奥旁观者变成冬奥亲历者。

入选冬奥志愿者

"咱们学校要招收冬奥志愿者了。"结束一天学习，我刚回到宿舍便听到舍友在讨论冬奥志愿者的事情。"子策，你平时对冬季运动和志愿服务那么热衷，这次不准备试试吗？"听到这句话，我内心小小激动了一下。人一辈子能有几次机会代表国家形象服务世界级盛会？一边思考一边应和，我慢慢地收拾着自己的学习用品，脑子却飞向了一年以后的北京冬奥会。现在回想起来，就是那个时候，我心中燃起了对冬奥会的向往之火。成为冬奥志愿者、做好冬奥志愿者，是我大一、大二期间的重要目标。

既然决定，就要全力以赴。我清晰地记得，当时学院内选拔十分激烈，仅我们班50名同学就有38人参选。第一次面试是在中午，学长学姐当面试官，大家身着正装，不断检查自己的仪容仪表，紧张情绪不由自主地流露出来。进入教室后，六七个人一字排开，依次自我介绍，谈对冬奥会的展望。

终于轮到我了。“学长学姐好，我叫高子策，来自河北大学国际学院，我从小就很喜欢冬季运动和志愿活动，我的优势是英语口语能力及随机应变能力，我十分重视北京冬奥会，我想站上冬奥会的舞台，向世界展示中国青年的形象。”一气呵成，看到学长学姐微微上扬的嘴角，我心里松了口气。走出教室后，我又紧张起来，到底能不能成为冬奥志愿者这个问题在我脑海中盘旋。几天后，我被通知参加学校选拔，心里才稍稍安稳些。但我知道，等待我的将是更为严厉的考核和更为苛刻的标准。和我预想的一样，几周之后校内选拔的严格程度大大超过第一次，我垫底进入下一轮。充分认识到自己的差距，也更加激发了我志在必得的斗志。

从勉强晋级那天起，每天只要有时间，我就一定会练习英语口语，为冬奥组委面试做好充分准备。最后一轮面试在下午进行，候考室内大家非常专注地整理自己的演讲稿，我也不断地练习所想到的内容、思考应对问题的方法。“高子策，该你了！”我深吸一口气进入房间，做完自我介绍，内心已无比紧张，等待面试官发问。“能简单介绍一下你街头志愿的经历吗？”面试官反复看了我的简历后问道。我长舒一口气，面试官没有想象的那么严厉。介绍完街头志愿的经历后，面试官让我即兴翻译一段专业程度很高的对话，这就体现出每天坚持练习口语的重要性，更体现出日复一日对自己高要求的重要性。我准确无误地翻译出每个字，面试官说了一句“还不错”，悬着的心放了下来，我确信自己距离成为一名冬奥志愿者又近了一步。

得知自己成为媒体运营冬奥志愿者的那天我一辈子都不会忘记。快乐的同时，我也真正意识到“冬奥志愿者”这5个字蕴含着的责任。在国际赛事中，我的一言一行代表国家，应该更加严格要求自己，多学善思，必须成为一名合格的冬奥志愿者。

因为新冠肺炎疫情，2021年寒假后我们没有回家，学校要求志愿者居校统一隔离。不同年级、不同院系的志愿者在隔离期间成为亲密无间的好朋友，大家一起做广播体操锻炼身体，一起想象张家口到底有多冷，一起交流如何当好志愿者。学校为我们准备了厚厚的羽绒服等防护用品，北京冬奥组委更是为我们准备了专业装备，冷的问题不用担心，连暖宝宝都给准备好了，疫情防护用品也应有尽有。

服务冬奥

居校集中隔离近1个月后的2022年1月24日，我们踏上前往张家口的征程。一路上大家有说有笑，有自豪之意，也有激动之情。途中不知谁大喊了一句：“快看，还有警车给咱们开道呢！”大巴车的正前方，一辆警车正在为我们护航。那一瞬间，我感受到了国家对冬奥会的重视及对我们的关怀。

“这次去做志愿者国家十分重视，因为有疫情风险，所以你们不只是志愿者，更是为国奉献的战士。”出征前父母和老师的教诲不断地在耳边回响，我缓缓地闭上眼，开始想象接下来两个月的生活，也不断提醒自己所肩负的责任。

到达冬奥会驻地后，我们第一时间入住了冬奥会签约酒店。尽管是第一天到，我们却感受到了家的温暖。不只是温暖，这个“家”的防疫要求也更加严格。进入酒店后，第一时间进行酒精消杀并更换口罩，每天饭后都要进行核酸检测，防疫工作真正做到了全方位、全时段。这不仅让我们感到安全，也是对我们服务对象的安全保障。我住的是六人间，由原来的酒店标间改建而成，设施一应俱全，保洁人员也身穿防护服，真正做到了全方位无死角防护。

在冬奥会两个多月，我们一直采取定点班车制度。司机师傅十分辛苦，早上五六点钟第一班车开始运营，我们一般在8点坐上班车，从山麓出发，途经多乐美地、云顶丽苑，一路向上，逐渐看见皑皑白雪，最后到达我们的工作场所——媒体运行中心。作为媒体运行志愿者，我们在这里与来自世界各地的摄影记者打交道，为他们提供包括联网、设备调试等各方面的室内、室外服务。为拍到完美照片，摄影记者经常需要在赛道边与运动员近距离接触。因此，我们同样要有专门人员在赛道摄影点位陪伴他们，必要时给予帮助。

作为室外组的志愿者，我长时间待在雪道上，尽管寒风刺骨，但是可以看到现场刺激惊险的比赛，看到各国的旗帜飘扬，尤其看到鲜艳的五星红旗飘扬时，心中的自豪感无法用言语来形容。让我记忆犹新的是一位日本记者，当时日本的平野步梦赢得了金牌，在和他闲聊时我祝贺他，他笑着接受的同时也对我眨眨眼睛说：“你们有谷爱凌。”说完我们便一起哈哈大笑，那一刻我真正感受到无国界的快乐。

媒体运行中心配备了大量冰爪，供志愿者及忘记携带冰爪的记者使用。我们室外组的志愿者除了负责帮助摄影记者找到摄影点位外，还要穿着冰爪爬上爬下协助记者。有的记者胆子大，不穿冰爪攀爬赛道，而我们要做的便是协助他们。在U型池比赛中，一位女记者没有穿冰爪，在十分陡峭的U型池壁上，顺着雪道一点一点地往下挪动。当天，我正好在雪道下工作，见状边穿冰爪边往上爬，征得同意后，抓住记者的手臂，慢慢地为她清理积雪，带着她一点一点下移。到达平地后，记者已面无血色，说："真的好险，这也太陡了，我上去的时候真的没有想到。"然后转过身来对我说："谢谢你，真的帮了我大忙了。"我笑着说："下次记得穿好冰爪哟！"其乐融融的同时，我也深刻地认识到身上所肩负的责任。

长时间待在室外，我也有幸目睹了一场又一场精彩的大赛。苏翊鸣夺银那天，我们和旁边手持五星红旗的中国队官员一起呐喊。谷爱凌夺得个人第一块金牌的那天，我们更是拥抱欢呼，为自己、为运动员，也为我们的国家。每当中国运动员出场时，解说都会说"请大家给我们的运动员一点支持和鼓励好吗"，紧接着就是排山倒海般的欢呼和喝彩。

爱国心在赛场上随时随地都能被激发得淋漓尽致。在U型池比赛中，中国选手蔡雪桐一直发挥稳定，强势挺进决赛，这让我们十分激动，也更加期待她决赛时的表现。决赛开始后，她前两跳稳定发挥，但最后一跳却有些失误，取得并不理想的分数，排在积分榜第四位。虽然没有获得奖牌，但她同样收获了排山倒海般的欢呼。我想，这就是奥林匹克精神，奥林匹克的意义本就不是金牌，而是不断挑战自己、挑战人类极限，只要是敢于挑战自我的选手，都应该得到喝彩。

除了我国选手，我还见证了其他国家选手取得成绩时本国记者的激动之情。在空中技巧比赛中，乌克兰选手最终取得银牌，我当时的主要职责是防止摄影记者冲进比赛结束区影响电视转播。在我阻拦的过程中，一位外国女记者显得尤为激动，我上前询问，她抓着我的胳膊说："我的国家得到第二名的好成绩，我的国家是第二，乌克兰！"我笑着祝贺她，她十分激动地回应我。那一刻，我真正感受到体育所能带给一个国家的荣誉和国民发自内心的自豪感。

服务完冬奥会后，我们立刻投入冬残奥会的准备及志愿工作中。在冬残奥会中，我见证了中国选手垄断奖牌榜前四的辉煌战绩，也见到了不亚于冬奥会选手的优秀选手。让我最为震撼的是冬残奥会选手们顽强的意志，如果说冬奥会挑战的是人类身体的极限，那冬残奥会就是展现人类精神的巅峰。一名S弯选手，双臂袖管空空荡荡，在比赛中倒在了雪道上，但是他示意周围的人不用帮忙，自己用头一点一点地挪动身体，慢慢地站立起来，继续参加比赛。那一刻，全场馆的人都为他欢呼喝彩，不为成绩，单单为他的顽强精神。

整个冬奥过程最让人印象深刻的就是过年。我们大部分人都是第一次不在父母身边过年，年三十晚上我们还在雪道上服务雪上技巧资格赛。我清楚地记得，在雪道待到晚上10点，滑雪医生、雪道清理人员……当时许许多多的人都举着手机给家人打电话。尽管身在冬奥赛场，但此情此景仍然有浓浓的年味扑面而来。回到媒体运行中心，我遇到巴西《环球报》的4位记者，我们用手机软件互道新春快乐，他们齐声用中文说"春节快乐"，让人忍俊不禁。节日的快乐在全世界都是相通的。

回到驻地酒店，大家围坐在一起看"春晚"，此时对"春晚"有一种说不出的亲切感。过了一会儿，卫生间里突然传来

图12　赛道上的摄影记者

一位女生给爸爸妈妈打电话的声音，房间瞬间安静下来。女生们默默回到各自房间，开始给家人打电话。男生在一起说说笑笑一阵后，大家提出一起给各自的父母打电话，不一会儿就传来了“叔叔阿姨新年好”的问候声，七八个男生轮流给彼此的爸爸妈妈拜年，场面感人。打完电话后，大家陷入长时间的沉默。“这是我第一次不在家过年。”一个人突然打破沉默，也瞬间引燃大家的情绪。

我默默地走到窗前，看着窗外皑皑白雪和远处的万家灯火，想到爸爸妈妈现在应该已经看完“春晚”准备睡觉了。我在心里默念，尽管儿子没在你们身边，但是我们看的是同一轮明月，过的是同一个春节。那天临睡前，我在手机备忘录中写到："多用眼睛看，用心去感受，讲给爸爸妈妈听。"

不舍冬奥

冬残奥会结束后，我和舍友在回酒店的班车上一路无言，进到房间后，我俩先是低声啜泣，后来放声大哭。哭一场美丽的梦的结束，哭我们所遇到的温暖的人和事，哭我们这两个月的成长。我本身是一个不爱哭的人，但那天却任由眼泪流淌。

随后，我们又在酒店隔离了21天。每个房间门口都配有专门的送餐桌，每天早餐后核酸检测人员上门为我们检测。为了满足隔离期间志愿者们来自天南海北、五湖四海的饮食习惯，酒店每天的饭菜都十分丰盛，以至于我们在隔离期间都有了幸福肥的征兆。

依稀记得，在一个阳光充足的午后，我放着轻音乐，环顾房间，觉得一切好像是一场大梦。冬奥会于我不是一次旅行，而是一场历练。但又有着很多的欢声笑语，在舍友的笑声中，我默默地拿起手机录下了视频，想要留住这金子般的时间，换言之，想要留住一段到80岁回想起来还会微笑的回忆。

在结束隔离的前夜，我和舍友默默地绕着不大的酒店驻地遛了一圈又一圈，相视无言，只是抬头望着初春张家口钴蓝色的夜空。本该是春暖花开的时节，我们却仍然穿着棉袄，或许这也是冬奥会在以另一种方式多留我们一段时间。我暗暗地想着，把那一夜的星空永久地镌刻在我的记忆深处。

最后一天要走的时候，我和舍友一直在整理我们没有用完的物资，收拾妥当后写下纸条，送给一直默默守护着我们的清洁人员和安保人员。一位保洁阿姨向我要几个带有冬奥标志的口罩，想证明她也参加了冬奥会，我立刻爽快地答应。我想跟阿姨说，您在这个酒店的每一分每一秒，都是您参与冬奥会的证明。

大巴车开动时，酒店经理及工作人员都出来为我们送行，看着这些一起并肩作战两个多月却从未见过面容的战友们，一瞬间，我的眼眶湿润了。我们虽未谋面，但我们都为冬奥会付出过，精彩、简约的冬奥会有我们的汗水和印记存在。

“功成不必在我，功成必定有我。”我把习近平总书记的谆谆教诲深深地记在心中。今后，不论在什么领域，从事什么工作，我都要发出自己该有的光和热。

我们的冬奥成绩

田梓毅，河北工业大学人工智能与数据科学学院学生，北京2022年冬奥会张家口赛区技术业务领域志愿者。

北京2022年冬奥会已经圆满落幕了，这场充满阳光、面向未来的奥运盛会已经画上句号。《奥运会技术指南》指出，技术部“为成功举办奥运会和残奥会提供了几乎所有方面的保障”。作为技术业务领域专业志愿者，我有幸参与到国家越野滑雪中心成绩服务专业的工作中，为实现“简约、安全、精彩”的办赛目标做出了自己的贡献。

“技术”是指通过组织合作伙伴、赞助商、供应商、合同商和志愿者，为场馆运行提供成绩、信息、通信、音视频、无线电及网络安全等关键技术服务与保障，以满足赛时各类客户群的技术需求。工作范围覆盖场馆内技术设备与服务的部署交付、运行保障和技术支持。技术领域服务的客户既包括场馆内的其他业务领域，又包括新闻媒体、全球观众等利益相关方。技术领域相关工作涉及范围广、时间跨度大、数据高度密集、容错率为零。

《奥运会技术指南》强调，评估技术工作成功的标准是“无声”的交付，是“解决方案、服务和运行均按时交付，以一种‘无须讨论’的方式运行，并符合商定的服务水平”。平稳、顺利、无须讨论甚至“没有存在感”的交付是我们技术领域志愿者们所追求的最终目标。如果大家都能“忘记”我们的存在，这才说明我们工作的成功，我们每个人只是技术领域工作的一个很小的环节，我们共同完成了冬奥会技术领域志愿服务工作，共同保障冬奥会顺利成功举办。

成绩服务志愿者：分毫不差、万无一失

15个小项、19个竞赛单元、近300次表单生成分发、近20 000条成绩数据分发，300多个运动员的9 000余行中英翻译信息的3次逐一核对……如果未能走入幕后，或许我们永远不会知道这样一群志愿者的存在，他们从未出现在你的面前，但他们的工作却是你对冬奥最关心的事情——成绩准确性的保障，他们就是成绩服务志愿者。

说起打印，很多人第一反应是楼下的自助打印机，但成绩打印分发中的“打印”却并不只是纸质的成绩单，还有显示在现场大屏上的实时成绩、冬奥组委官网和国际奥委会官网的“零延时”直播、转播镜头下每一个计时点的成绩显示……确保上万条成绩数据从生成，经过分发，再以各种形式呈现在全球观众面前这一过程的分毫不差、万无一失，确保场馆内各领域对于成绩数据和表单的获取及使用畅通无阻、准确无误，却并非一件容易的事情。

为了完成这件事情，我们针对每一个相关业务领域的实际特点，认真研读奥林匹克成绩信息服务500页的全英文文档资

料，整理赛时成绩信息服务运行规律，制作了10余份用中英文分别介绍成绩信息服务运行规律、Myinfo系统和PRD系统使用方法的演示文稿。我们亲自到场馆内所有相关业务领域开展宣贯活动，在赛前1周完成了所有相关业务领域的宣贯，确保赛时每个业务领域都能熟练掌握两个以上获取成绩信息的方法。

为确保现场播报的准确无误，体育展示业务领域对各项成绩表单和数据在时间和准确度上都有着极高要求。对此，我们专门为其调整了纸质成绩报告分发需求，详细讲解了成绩服务运行规律和成绩报告获取途径，确保其第一时间收到所需表单。由于需要准确无误地在场馆仪式上引导运动员到指定位置领奖，而且准备时间只有5分钟，庆典仪式业务领域对成绩信息同样有较高要求，我们专门对其说明成绩服务运行规律，为其高效、快速、准确地做好庆典仪式准备工作提供了重要帮助。

9 000多条不同格式要求的中英文姓名信息将直接显示在现场屏幕和转播画面上，赛时一旦出现问题，将没有任何补救机会。赛前，我和成绩服务质量保证志愿者杨浩源历经3次检查，分别从基本翻译、语言习惯和规避相似姓名等方面进行交叉确认。我们国家少数民族运动员姓名的翻译是一大难点，如北京冬奥会开幕式火炬手、维吾尔族运动员迪妮格尔·衣拉木江的姓与名的划分和翻译就出现了问题，成绩打印分发助理张娜此前是河北工业大学第二十一届研究生支教团的一员，赴新疆若羌支教一年，她详细说明了维吾尔族同胞姓名的特点和取名规则，从而帮助我们最终确定了该运动员的姓名翻译。在第一轮查对中，两位爱沙尼亚双胞胎运动员引起了我们的注意。最开始我们以为出现了信息重复，中文翻译都是“凯季·卡西库”，经过询问，我们确认是双胞胎参赛。为了区分这两位运动员，我们建议将其中一位运动员名的翻译改为“卡季”。在与场馆成绩团队、冬奥组委和新华社有关部门专业人员的充分沟通和讨论后，我们的修改建议被采纳。

赛时，我们还要实时监控成绩数据生成和分发状态，一旦出现异常，就要做到最快速度确认问题来源，第一时间联系有关方面介入处置。在这一方面，我们没有给自己留容差，我们给自己定的要求是，10秒内要觉察到异常，30秒就要准确定位问题或故障原因。出现运动员成绩有较大波动或长时间没有通过中间点时，我们也会及时发现，并通过转播画面、赛道情况等进行核查确认，以尽可能确保成绩数据准确无误。如果出现运动员退出比赛等情况，我们还会通过集群设备及时通报其他志愿者，方便相关计时设备的回收。及时报送气象信息，也是成绩服务志愿者的工作之一。50多次、200多项气象信息的报送与核对，根据天气实际情况对数据合理性进行确认，成绩服务质量保证志愿者杨浩源用“零失误、零超时”的报送记录完成了气象信息报送与发布工作。

“严肃认真、周到细致、稳妥可靠、万无一失”——这源自中国航天事业的十六字方针，在国家越野滑雪中心成绩服务志愿者的工作中也同样适用。“You are always reliable.（你们永远值得信赖。）”是体育展示外籍制作人Karoline Presich对技术领域成绩服务的最终评价。

中间计时点观察员：做好“赛道之眼”，“替补”也是“首发”

−20℃，这是北京冬奥会越野滑雪项目赛时的最低气温；10m/s，这是北京冬奥会越野滑雪项目赛时的极大风速；3个小时，这是北京冬奥会越野滑雪项目单个竞赛单元最长的持续时间。有这样一群人，他们站在距离镜头最近的位置，却不能露出一点儿痕迹，不能出现一点儿差错，即使他们的工作可能不会真正派上用场，他们就是中间计时点观察员。

在每一个决定成绩的中间计时点，都有一个志愿者站在计时标志柱后，用肉眼识别每一个运动员的号码并通报给现场成绩处理室的中间计时点记录员，作为中间计时点成绩的“备份”记录在系统内。当中间计时点自动计时数据丢失时，中间计时点观察员和录入志愿者在赛时的记录工作，就可以作为电子计时系统的“替补”，补全成绩和相关数据记录，确保完赛成绩数据正确。

中间计时点观察员岗位需要在比赛时全程坚守岗位，最长需要在气温接近-20℃、极大风速超过10m/s的户外连续工作将近4个小时，为避免对OBS（奥林匹克广播服务公司）转播画面造成影响，他们在比赛时不能轮岗，不能休息。即使在岗位培训时，计时记分供应方的工作人员说这项工作“不需要有压力”，但每一个中间计时点观察员都把自己当作“首发队员”，以“零记录失误、重要数据零记录缺失”的成绩完成了各项工作。

计时记分设备收发志愿者：零失误的分发，“稳准快”的收取

电子计时成绩从何而来？简单地说或许只是一个感应器经过终点线圈，但为确保成绩记录的万无一失，必须人工逐一确认并分发。

GPS组件及应答器收发员共有11人，负责越野滑雪全部比赛和北欧两项越野滑雪部分的GPS组件及应答器的收发工作，

图13　国家越野滑雪中心成绩服务部分志愿者合影（后排右一为田梓毅）

他们要在赛前1小时完成GPS组件和应答器的装袋，在赛后协助运动员完成GPS组件和应答器的摘取与整理工作。为帮助运动员迅速摘脱相关设备并完成设备收集和整理清点，他们只能摘下手套，冒着严寒完成工作。当运动员经过时，他们平均10秒钟就可以完成一名运动员佩戴设备的摘脱工作。设备收发志愿者累计收发超过1 000人（套）次，无一错误，无一延误。

在越野滑雪男子个人短距离比赛中，应答器和GPS收发志愿者经过多方沟通确认，解决了在半决赛阶段的“Lucky Loser”环节国际雪联（FIS）在仲裁判罚后重新给运动员发放应答器出现错误的问题，保证了运动员成绩的有效性和比赛的正常进行。

技术领域的成绩统计、计时观察、设备收发的准确无误是各志愿者通力合作、协调配合的结果。赛时，微信群中每天都会有人提前预告第二天的竞赛组织情况，以方便相关岗位志愿者提前预判。在OBS带妆彩排发现中间计时点观察员对赛程掌握不全时，有人开始通过集群设备报告赛程情况。当有运动员出现未完赛等情况时，有人及时通过集群设备报告相关情况，以便GPS组件和应答器收发员做好准备。当所有运动员都通过中间点后，中间计时点录入员又会第一时间报告相关情况，让中间计时点观察员在确保完成相关工作的前提下尽早回到休息室。这一切没有上级安排，没有规定要求，都是自发自愿的，全部来自团队的相互配合、相互理解、相互关爱。

正如国际奥委会主席巴赫所说，成为北京冬奥会志愿者是“一件值得一生铭记的事情”。作为北京冬奥会志愿者，“一生一次，一次一生”。我相信，带着这份回忆和对未来的思考，我们一定能够团结一心，乘风破浪，奋勇向前，“一起向未来”！

新闻发布厅背后的故事

石颂歌，河北大学学生，北京2022年冬奥会张家口赛区新闻媒体中心新闻发布厅志愿者。

2015年北京冬奥会申办成功，我在我的QQ空间里留下了要当冬奥会志愿者的愿望，到2021年11月30日我正式确定成为张家口赛区新闻媒体中心新闻发布厅助理的那一天，经历了6年多的时间。从2019年第一次参与校选拔，到后面五六次的筛选，经历了两年多的时间。最后来到新闻媒体中心度过了一个多月的难忘时光，亲眼见证了3金3银的诞生，成功举办了20场新闻发布会。

2022年1月25日是我第一次来到新闻媒体中心，在这里第一次见到了我们的主管、经理和副经理。外籍经理Egon给我们开了一个小会，有一句话令我印象很深："永远不要害怕犯错误，错误是让你进步的，让你在后面做得更好。"这句话一直激励着我们，让我们大胆工作，越做越好。

新闻发布厅志愿者的基本工作包括室内和室外两部分：室内工作包括发布厅灯光、音响、话筒调试，保证新闻发布会召开时万无一失，新冠疫情下，少不了的还有每日新闻发布厅赛

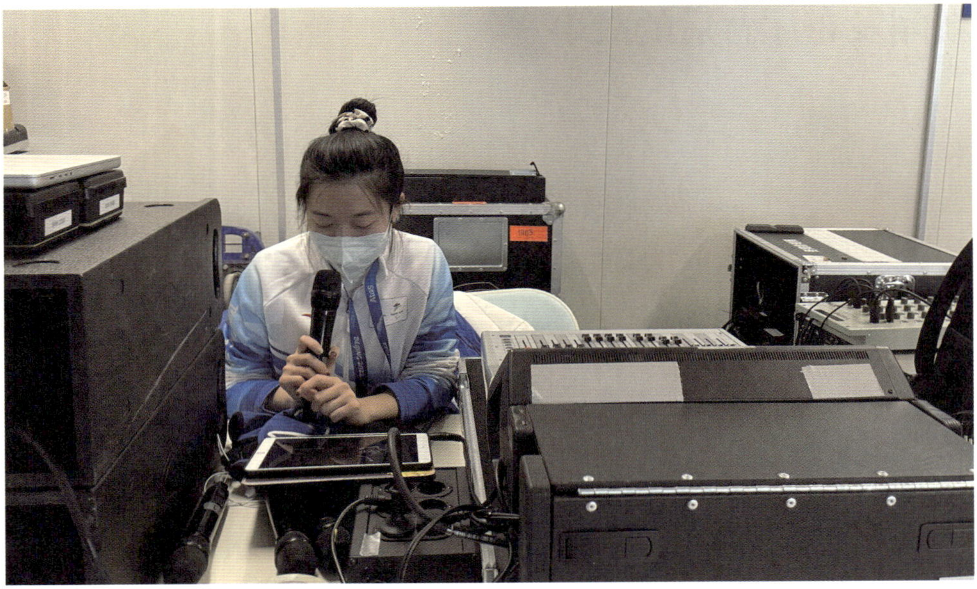

图14　石颂歌在调试发布厅内音响设备

前赛后的消杀；室外工作是每次赛后3名志愿者负责去接冠亚季军来参加新闻发布会。

新闻发布厅至关重要的一项工作是赛事的预测。最开始我们和主管9个人在国际雪联的官网上搜集各种信息，主要看他们奥运会积分榜的排名与世界杯的排名，我们每个人负责不同项目赛事的预测。我主要负责搜集男女坡面障碍信息并进行前8名的预测及其国家的语言预测，因为赛事具有不稳定性，我们需要在新闻发布会召开之前做出来冠亚季军的桌牌，所以预测8个人可以让我们做好更全面的准备，以防出现意外情况而来不及准备。由于是远程，语言的预测对发布会的召开非常重要。记者和运动员需要耳麦接受远程翻译，所以需要主管提前预订第二天语言的同传。这些工作完成以后就需要我们制作桌牌并打印，然后提前张贴新闻发布会召开的各种信息，方便新闻记者及时了解发布会信息。这些就是我们的赛前准备工作。

赛中，我们需要和记者工作间的工作人员紧密配合，实时关注赛事信息的变化，通过大屏幕观看比赛，观察运动员的名次变化情况，方便我们及时对桌牌和同传语言进行调整。比赛结束以后，3 名志愿者负责接应冠亚季军来参加新闻发布会，需要注意的是，必须保证发布会在运动员尿检之前，所以我们在混合区等运动员出来以后要提前和新闻官、负责尿检的志愿者进行沟通。新闻发布会召开期间，我们的工作主要是负责现场秩序的维护和话筒的传递。每一个环节看起来毫不起眼却非常重要。

中国代表团在云顶滑雪公园获得的第一块奖牌是2022年2月7日冬奥会正式开赛后的第三天，苏翊鸣在单板滑雪男子破面障碍技巧决赛中获得的银牌，这块奖牌也是中国在该项目上第一次夺得奖牌。前一日的预赛他位列第一，我们就已经激动地预测第二日他是一定可以夺牌的，并且提前预判会有很多中国记者，也为此增设了发布会的椅子。

非常幸运的是，安排我去接苏翊鸣来发布厅，我提前出去并且在现场观看了比赛。第二轮，他完成超高难度五周转体1800度，稳稳站立，全场爆发巨大的欢呼声，国旗在场下飘扬，他获得88.70分。

我站在混合区出口等着接他去发布会，可以看出来在混合区的采访过程中他依然保持着非常稳定的态度。马上就要接受完最后一波记者的采访了，我远远地看他朝我这边走过来，个子小小的，透着少年的气息。他过来了，我说："恭喜你啊！"他也非常有礼貌地回复："谢谢。"上车以后，他拿出来手机给妈妈打电话，分享他的成功和喜悦，可以想象电话那边的苏妈妈该是多么开心。短短两分钟，我们到达了新闻发布厅。发布会上，苏翊鸣接受记者提问时非常淡定，有着与年龄不相符的成熟。

2月11日，单板滑雪男子U型场地技巧比赛，我负责接第三名——日本选手平野步梦。当天，因为肖恩·怀特之前的传奇经历，几乎大部分记者的目光都集中在第四名肖恩·怀特的身上，平野步梦似乎显得有一点点落寞，他很快就从混合区出来了，我们很快到了新闻发布厅。最开始他没有戴同传的耳麦，因为他可以听懂英文和日文。当遇到中国记者提问的时候，他似乎有点儿愣住，全场的氛围一下子就静了，有一点儿尴尬，他拿起耳麦又放下，好像不知道这个东西到底如何使用。背景板后，我观察着平野步梦，主管示意我去帮助他，我悄悄上台，帮他把耳麦戴上，这样，他可以顺利回答了。这是一件很小的事情，也是一件很大的事情。为了避免再次发生类似情况，我们调整了方式，在运动员到达背景板后第一时间就找专人教会他们使用同传耳麦。

印象深刻的还有谷爱凌夺冠的2月18日，那天我负责接谷爱凌。其实在比赛的前一日我们就开始筹备，因为她夺得银牌的那天，全场坐得满满当当，甚至不属于记者的人也站在后面看发布会，场面一度混乱。这一次我们吸取教训，提前安排了安保，将原本70席位的发布会现场扩大容量，增加椅子到90席位左右，并决定在本场发布会为参会记者发放通行证，一楼二楼都安排检查证件的人员。负责记者休息区的志愿者辅助配合我们，举着牌子反复提醒在发布会期间不可以随意说话与走动，同时提醒无转播权限是不可以现场录像的。

那天是崇礼那段时间最冷、风最大的一天。等待谷爱凌的一个多小时里，厚厚的衣服依然无法抵御严寒，好像被吹透了，但我依然耐心地原地等待。接受完最后一波记者的采访，她终于朝混合区出口走来，保安立刻护送着到了车跟前，我们去往新闻发布厅。不出所料，新闻发布厅早已座无虚席。我没有片刻停歇，立刻走到场后，协助维持秩序。虽然有醒目的张贴板，但还是有记者不清楚规则。我和其他志愿者看到不符合要求的行为会上前小心提醒，主管的眼神示意我们马上就可以懂，不再像之前一样慌乱。这已经是第十八场发布会了，经过前期的磨合和充足的准备，本场发布会召开得非常顺利。

在云顶滑雪公园媒体中心新闻发布厅，我亲眼见证了3金3银的获得，近距离接触到许多优秀的运动员并且聆听他们的故事和经验，这给我留下了十分美好且难忘的冬奥记忆。

一名志愿者经理的铁汉柔情

霍子怡，保定学院2019级汉语国际教育专业学生，北京2022年冬奥会张家口山地转播中心志愿者助理。

在北京2022年冬奥会举办期间，我作为一名志愿者助理服务于张家口山地转播中心。我们的志愿者经理，大家都叫他顾老师。至于为什么叫顾老师，现在想来大概是因为直接叫经理仿佛略显生疏，若直呼其名又太过轻率，所以就用了这么一个既亲切又显尊敬的称呼——顾老师。

我跟顾老师的第一次见面是在2021年10月份团省委主办的“迎冬奥骨干志愿者交流营”上。在此之前我就了解过这位经理，听说他是专门做学生工作的。在第一天的破冰仪式上，我就见到了这位未来的“顶头上司”。他个子不高，约莫40来岁。一头短发显得非常精神干练。眉毛浓黑而整齐，一双眼睛经过岁月洗礼显得锐利有神，鼻梁上架着一副窄框眼镜。看到他第一眼我就想：“这位未来领导估计不好惹，要是以后被他抓住小辫子就完蛋了。”后来当我们都来到张家口，我发现他好像又不太一样。

图15　志愿者经理顾昕老师（前排中）与志愿者合影

他总是起得最早。要明白，冬天，尤其是在张家口这样寒冷的冬天，每回早上起床，离开温暖舒适的被窝，睡与醒之间的选择不亚于一场旷世搏斗。每次睡眼惺忪地踏上驶往场馆的大巴，坐在座椅上努力拒绝周公的约会邀请，蒙眬之中，我总能听到对讲机里传来顾老师字正腔圆、一板一眼地向场馆报告的声音："志愿者领域实到……应到……无缺勤……"我记不清每次他都讲了什么，但每次点名，我总是下意识捕捉这个熟悉的声音，然后闭着眼心中默念："顾老师又早来了。"最开始，我们志愿者领域的几个小年轻还不服气，也想像他一样早点来。可惜，行百里者半九十，没坚持几天都通通败下阵来，又恢复了原来的模样。

他总是很忙，每天几乎忙得脚不沾地。有时候，我想找他商量工作都不知道人去哪儿了。诚然，冬奥会志愿者工作确实是繁忙的。最早的一批志愿者天一亮就要起床开始志愿服务，最晚的一批也要到夜色深沉才会返回驻地，但是我们有轮休、有休假，所以即使不太轻松也能够接受。可是在我粗浅的印象里，顾老师几乎没有休息的时候。印象里他总是穿着一身黑色的安踏运动服，脚踩一双黑色运动鞋，腋下夹着一个极具年代气息的牛皮笔记本和一支笔，两条腿倒腾得飞快，不知要赶去哪里。他就像是一台永动机，浑身有使不完的劲儿。我不知道他具体在忙些什么，只知道刚开始场馆里很硬的米饭逐渐变得松软可口起来；只知道全场馆所有志愿者的激励保障物资全部井然有序地送到了我们手中；只知道集体生日会、除夕联欢晚会、元宵节猜灯谜活动，这些既能让志愿者施展才华，又能让志愿者放松身心的活动也都成功举办了起来。

他对工作很认真，甚至有的时候可以说是严苛。最开始，这个刚刚成立的志愿者宣传部其实就是一个“草台班子”。说它“草台班子”，不是因为我们这些志愿者素质不达标，而是因为我们彼此都比较陌生，甚至连名字也是刚刚熟悉。顾老师作为我们这个宣传部的“第一编辑”，一开始就以很高的标准来要求我们。但最开始我们在高标准下老是出问题，这一路我都数不清让他抓了多少次“小辫子”：“这篇排版有问题，全篇是1.5倍行距，这一段是2倍行距。”“这篇稿件写得不行，我写了修改意见，重新写。”……诸如此类，不胜枚举。这个修改、进步的过程是痛苦的，但不得不承认，我们都得到了肉眼可见的成长。

有时候我真的觉得顾老师跟拿下大油田的王进喜一样是个“铁人”，但是相处久了，发现其实他也有柔软的一面。他会因为场馆主任、经理夸自己领域的志愿者能干懂事而开怀大笑，兴致勃勃地同经理攀谈，那模样颇像一位因自己儿女有出息而骄傲的老父亲；他会像天真无邪的孩子一般，在除夕联欢会上拉起我们的手，跟我们一起唱那些耳熟能详又有些幼稚的歌曲，还随着音乐的旋律自由欢快地举起手臂，随意摆动，朗声大笑；他会不辞辛劳地带着我们组织筹办一场别开生面的集体生日会，会出其不意地为我们弄来足够整个场馆吃的生日蛋糕，也会在看到志愿者们为感谢他，想往他脸上抹奶油时掉头就跑，最后又因为禁不住志愿者们的热情而被迫妥协，让脸上抹满了奶油。那模样连妆都不用上，活像戏文里走出来的白面书生。那个时候，我估计他心里也会“慈祥”地嘟囔一句：“这群小兔崽子！”那天每个人都很快乐，香甜的蛋糕仿佛转化成了力量和温暖，抚慰了每个人的心田。

他多少也有些执拗。我们刚来时，由于跟张家口当地的保障部门沟通不畅，志愿者的住宿出了问题，可能没有达到原定标准。其实我当时想凑合凑合也能住，但他偏不，一遍一遍地打电话。那一天他办公室里电话声就没有断过，最后硬生生说服了当地部门，确保住宿标准不变，确保每一位志愿者都能住得舒心。事情解决后，他说的一句话让我印象深刻：“你们都是父母的孩子，不远万里、分文不取来到这里无私奉献，张家口不能亏待你们，我们不能亏待你们，在住宿上绝不能掉链子。”我真的既感动又敬佩。他身上有一股老黄牛般的倔劲儿，认准了一件事情，不达目的决不罢休。

最开始喊他“顾老师”，多少有点人云亦云，但是在冬奥会结束时我喊的这声“顾老师”是心悦诚服的。他的确是我的老师，无论是在做人上还是在做事上。

在冬奥会和冬残奥会筹办、举办过程中，可能有无数像顾老师一样的人，舍身忘我，以无比的热情和冲天干劲，全身心投入到这场在我们家门口举办的千载难逢的奥运会之中。他们是冬奥会成功举办的中坚力量，是值得我们学习的榜样。

信息传递保畅通

张蕊，河北工业大学人文与法律学院2020级硕士研究生，北京2022年冬奥会张家口赛区国家越野滑雪中心场馆管理领域通信中心助理志愿者。

经过北京冬奥组委和河北工业大学团委的严格选拔，我有幸成为北京2022年冬奥会张家口赛区国家越野滑雪中心场馆管理领域通信中心助理（VCC助理）志愿者。时至今日，仍记得通过校内冬奥志愿者选拔时的激动，仍记得收到岗位录用通知邮件时的欣喜，仍记得乘坐大巴去张家口时的兴奋。在赛场上，我既见证了越野滑雪女子追逐赛决赛首金的诞生，也见证了最后一场比赛——越野滑雪女子30公里集体出发（自由技术）比赛冠军特蕾丝·约海于格和抵达终点的中国运动员迪妮格尔·衣拉木江的热情相拥。见到了一排排的“金墩墩”，也因伙食太好感慨自己变成了“胖墩墩”。现在，北京冬奥会虽已圆满闭幕，但成为北京冬奥会志愿者将是我铭记一生的“大事件”。

通信中心是场馆运行的信息集散中心，是各领域之间信息传递的纽带。作为北京2022年冬奥会张家口赛区国家越野滑雪

图16　通信中心部分志愿者合照

中心场馆管理领域通信中心助理志愿者，我所在岗位主要负责通过手台中的固定频道来完成场馆各业务领域工作信息的传递，包括集群点名、信息传递和手台通信信息实时记录。23名志愿者齐心合力，共同守护着国家越野滑雪中心赛事服务、运动员综合区、场馆管理、仲裁委员会等领域的重要通讯，保障场馆与场馆之间的工作对接与高效有序运行。“披星而往、戴月而归”是我们岗位的工作常态。

“VCC收到”“VCC呼叫各业务领域”几乎成为一天中重复最多的话，一声声呼叫、一条条信息的流通让场馆运行越来越顺畅。我们负责通过手台中的固定频道来完成场馆各业务领域工作信息的传递。每位场馆管理的志愿者都需要掌握信息记录方法及外语听写能力，能胜任任何场景下的实时记录。

工作中，我们每时每刻坚守在对讲机前，认真记录场馆每日运行的情况，做到事无巨细，言简意赅。为了做好这一工作，我们到达场馆后进行了反复、严格的培训。工作中，我们的注意力始终高度集中，吃饭、接水，甚至去卫生间都需要跟同事交接清楚，轮流离岗，确保不遗漏、不记错手台里传出的每一条信息。直到场馆各个领域的工作全部结束，紧绷的神经才稍微放松一些。

在通信中心助理这个岗位上，我变得更加细致认真，眼界更加开阔，心灵更加清明透彻，深刻体会到了志愿奉献的快乐。虽然只是一名平凡的志愿者，能够有机会为此次盛会贡献青春力量，见证奥运梦与中国梦、世界梦的交融，我感到无上光荣。

我与雪如意的“冰雪奇缘”

周婧婷，河北北方学院教师，北京2022年冬奥会张家口赛区技术领域志愿者。

2022年1月25日，我和130多位“战友”在河北北方学院西校区集结。庄严的出征仪式后，带着全校师生的殷切期盼，耳边回响着“冬奥有我，请党放心”的铮铮誓言，身着“天霁蓝”、精神抖擞的我们，经过1个小时的车程，来到了崇礼的冰天雪地之中，结缘“雪如意”。

我所在的技术领域传感器（OMEGA）安装岗位，起初只有5名志愿者，后来由于室外工作时间长等原因增加到6名，包括5名教师和1名学生，工作地点在“雪如意”的裁判塔上，任务是跟随来自德国、日本、波兰等国家的外国技术人员为每个运动员的滑雪板安装和拆卸传感器，保障运动员的各项数据准确接收并同步显示到场馆大屏幕上。传感器要严格按照左脚和右脚的雪板进行区分，且必须在运动员走向跳台出发区的一两分钟内完成安装。细致认真、手法敏捷、与同伴的默契配合等是岗位必需的能力。

室外严寒、徒手作业、语言差异、疫情风险都给我们的工

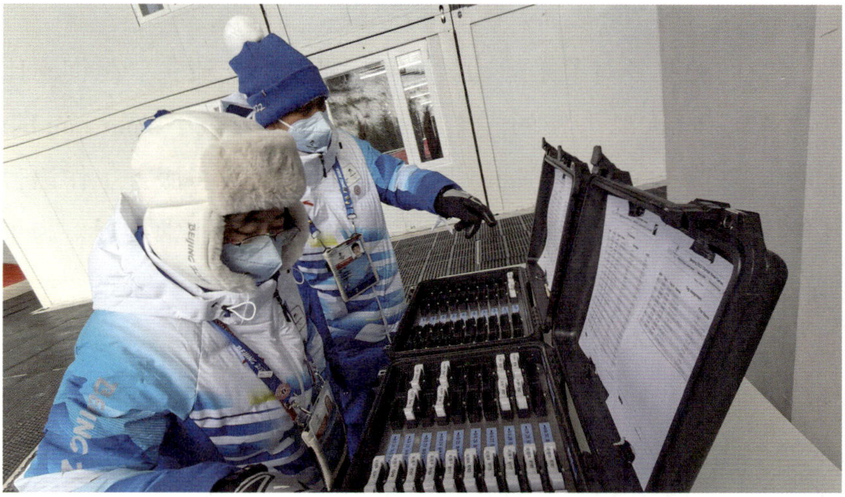

图17　OMEGA志愿者为运动员安装传感器

作带来极大挑战。在“雪如意”的平台下，冰天雪地中徒手安装和拆卸传感器、清点数目、放回充电箱……睫毛没有半小时就会挂着小冰晶，口罩戴1小时就必须更换，否则就会挂着小冰柱，既妨碍工作，也给疫情防控带来风险。第一天工作我就把右手食指挤出血泡。为了防止感染，只能在右手戴一层薄薄的PE手套，这也算是给志愿服务的开启画上了一个标记。

志愿服务工作期间有很多印象深刻的人和事。OMEGA团队的负责人是一位叫Markus的德国博士，他耐心地讲解OMEGA的工作要求和安装传感器的技巧，在开始我们安装不熟练的情况下亲自协助我们工作。有些外国运动员可能自己记错号码，或者把左右滑雪板区分错了，导致试跳轮的数据产生差异，Markus会通过集成手台联系后及时告知我们进行更正，保证了正式比赛时工作“零失误”。每天的工作结束，Markus都会在接近凌晨的时候发来工作总结与第二天的安排，以感谢开头，以祝福结尾。在短短的15天工作中，我们也感受到他的专业、严谨、热情和友善。

我们的服务对象是运动员，与运动员的交流主要是询问比赛号码、确认滑雪板的左右，以及送上祝福。“Your number please?”“Which is left/right?”“Good luck!”成了服务工作语言套餐。一些国家的运动员在“左右”的发音上非常接近，为了避免出错，我们就立即指指自己的左腿或者右腿，于是“拍大腿”也很快加入了工作流程。

一次，我照例用英文向一位运动员询问号码，他立刻用浓浓的东北话回答：“11，没看我帽子上有国旗呀!”我抬起头看着那个口罩下年轻帅气的面孔，是赵嘉文，中国在跳台滑雪和北欧两项中迈出一大步的新领军人物，冬奥会点燃大雪花的主火炬手之一。来不及和他多交流，我快速给他安装好了传感器，望着他走向出发区的背影大喊：“中国加油！赵嘉文加油!”他一把扛起雪板，一手回以我一个高高竖起的大拇指，这是运动员和志愿者之间最短暂也最有力的语言。

在“雪如意”工作的间隙，我也了解到我国冬奥会跳台项目运动员的生活状态。他们在食物的选择上非常“苛刻”，在一个比赛周期内保持体重是一大关，同时体能训练也是一大关。他们一部分人来自高空跳伞项目，转练跳台的时间并不长。看着他们扛起雪板走向起跳区的消瘦却坚定的身影，我似乎突然明白了他们在这种日复一日的训练中所享受到的起飞和拼搏的快乐，也进一步理解了“更快、更高、更强、更团结”的奥林匹克精神。

冬奥会落下帷幕，我把微笑和热忱留在“雪如意”的工作点位上，带走的是几百张照片、几十段视频与满满的回忆，与“雪如意”的这段“冰雪奇缘”定会沉淀在心里，为我带来新的力量。

志愿服务中的小美好

李倩，北华航天工业学院学生，北京2022年冬奥会张家口赛区国家跳台滑雪中心媒体运行领域志愿者。

从国际奥委会主席巴赫宣布北京成为2022年冬奥会举办地的那一刻起，我的心便为之振奋，想要参与冬奥的心情愈来愈强烈。国家鼓励3亿人上冰雪，"让奥林匹克点亮青年梦想"的愿景都使我对冬奥会充满了向往。2019年，在得知冬奥会志愿者在我们学校进行招募之时，我便踊跃报名。经过雪中3 000米的体能测试，一系列的党史、礼仪、急救等长达266学时的培训后，我十分荣幸地加入了冬奥志愿者的行列。

我的岗位是张家口赛区国家跳台滑雪中心摄影助理，在比赛场地周边的摄影位置处、场馆新闻中心摄影工作区及看台区的摄影位置处直接为摄影记者提供服务，并引领新华社、美联社、法新社、路透社、盖蒂图片社等重要媒体于顶峰进行拍摄，核查出入人员证件，以此保证相关工作的顺利开展。

"Please take it for me，thanks." "OK，let's check the schedule." 在媒体运行中心，忙忙碌碌地来回奔波，我有时候在工作室帮助外籍摄影师整理摄影用具，有时候前往场馆进行驻点观测。

由于赛事安排，我一般在赛前2小时达到场馆，为迎接摄影师做好准备，在各国媒体摄影师离开后，进行场馆整理，4小时后才能离岗。

室外、夜间、低温是我们工作的关键词，赛前2小时，赛后4小时是我们的工作常态。为了让摄影记者在需要的时候能第一时间找到我们，我们在零下二十多度的室外一站就是一两个小时。口罩内壁、眼睫毛早已结上了冰霜，双手在手套的保护下也挡不住刺骨的寒冷，但服务冬奥的激情却使我心里总是暖融融的。

有一次，在站岗的过程中看到一位外国记者表情急切，手忙脚乱，我跟同伴主动上前询问，得知他想要拍照，我们连忙协助他。结束后一声“谢谢”从他口中说出时，我的心瞬间被温暖。我们准备离开时他连忙叫住我们，转身看见他正从他那鼓鼓的书包里翻着什么，随着我们的期待他拿出了一个徽章送给了我的同伴，当他想要再给我的时候，却发现没有了。“No problem, no problem...”我连忙摆手表示没关系。没想到的是，在当天的工作结束回场馆媒体中心（Venue Media Centre，简称“VMC”）的路上，一个声音叫住了我，正是我们帮助过的那位记者。他手里捧着徽章笑着说了声“谢谢”。原来回赠我徽章这件小事他一直记在心里，手里拿着那枚徽章，我在感动中被温暖。冬奥服务中的“小美好”不正蕴含在这一件件小事中吗？

2月20日，在烟花“天下一家”和梦幻五环的映衬下，这一奉献给世界人民的盛会落下帷幕。冬奥会结束的当天，我们登上跳台纵身一跃，身临其境体验了一把当运动员的快感，速度、激情随着这一跃全部释放。下滑的过程中雪碴钻进衣服里

图18　李倩于跳台滑雪比赛站岗时拍摄

也感觉不到寒冷，笑声回荡在场馆里的每一个角落。最后一场比赛结束后，大家跳跃着登上本属于运动员的领奖台，迎接属于我们冬奥的奖励。这些小欢乐、小美好将永留心间。

在这段难忘的日子里，我认识了很多特别可爱的人，也遇到了许多美好的事。无论是场馆内的记者，还是领域主管经理、学校的带队老师，以及背后默默支持的家人，都给予了我们很多的帮助、关心和爱，让我们倍感温暖，服务冬奥的热情也更加高昂。临近深夜，回到志愿者驻地，卸下一身疲惫，我仍坚持写下自己的冬奥日志，用文字记录下服务冬奥期间的美好和感动，并珍藏心间。

青春融冰雪，冬梦燃未来

安康，河北建筑工程学院学生，北京2022年冬奥会张家口山地新闻中心技术业务领域志愿者。

我于2022年1月5日到张家口山地新闻中心技术业务领域报到，担任无线电频率管理助理。作为最早一批入驻张家口山地新闻中心的志愿者，在技术业务领域经理和无线电主管的指导下，我对所承担的工作进行了大概的了解，对场馆赛前技术部署工作也有一定的参与，深入了解了场馆各业务领域的服务范围，以及无线电领域对场馆运行的作用，为我在试运行及正赛期间的志愿服务工作奠定了良好的基础。

张家口山地新闻中心在2022年1月24日开始全天候运行，随之我的工作也步入正轨。我的工作点位是山地新闻中心和云顶场馆群主安检口，主要工作职责是配合张家口赛区云顶场馆群主安检口进行无线电设备的检测、认证与贴标工作；协助无线电主管对山地新闻中心进行无线电频率监测与保障，确保各国媒体的正常工作与运转；保障新闻发布会的无线电频率不受干扰，确保新闻发布会的正常进行。

在场馆试运行时，国际奥委会两次到张家口山地新闻中心进行工作考察，我是陪同考察人员中唯一的一位志愿者，工作职责是保障随队音响的正常使用和技术支持。在陪同考察时，由于场馆地面不平整，拖动音响会有噪声产生。为了不影响考察团的正常考察与交流，我手提近10公斤的随队音响两次跟随考察队伍考察全程近三个半小时，顺利完成了技术保障工作，受到了场馆媒体运行副主任和领域经理的表扬和鼓励。

在场馆运行期间，我与无线电主管和美联社的工作人员进行了频率申请核验与贴标工作。起初由于美联社对设备和申请的频率并不了解，向他们讲解相关政策后，我们用专业设备检测各频道频率来确定其申请的频道频率。在确定其被批准使用的频道频率后，告知美联社相关工作人员使用范围并发放核验标签。在与美联社的交流中，我不仅担任了相关讲解工作，同时为美联社的工作人员与无线电主管做翻译工作，确保了双方高效沟通与工作。第二天巡岗时偶遇买咖啡的美联社工作人员，他见到我后径直向我走来，把手中的一个小盒子递给我，然后向我竖起了大拇指并跟我说："Thank you very much."。遵守防疫规定，回到休息区后我才打开盒子，里面是一个以中国结为底的冰墩墩徽章，虽然不大，却很精美，这枚徽章也是对我工作最大的肯定和鼓励。

在云顶场馆群主安检口执勤期间，为保障无线电的制度落实，我们会在安检口值晚班。由于夜里环境条件较差、人流量较少，交通领域也仅剩调度员在岗。有外国运动员、外国记者、随队官员需要乘车时，调度员只能求助于我们。经过一段时间的适应之后，我们晚班的工作不仅是配合安保人员进行设备安检，更多的是为需要帮助的外国友人进行指路、引领及翻译工作。为了更好、更快地回答乘车路线问题，我反复查看、

图19　安康在山地新闻中心技术领域办公室内工作

记忆复杂的路线图，从最初需要借助中英双语版地图来指路，到后来只需说出地点就可以快速在脑子里形成乘车路线图，赢得了外国友人的赞许。

印象最深的是，有两位运动员下了环内摆渡车后无助地站在站牌下，他们不仅手上拿着很重的滑雪装备，地上还放着一些，这么多设备显然不是两个人能拿得了的。我看到后立即披上冲锋衣向他们走去。一番交流后，知道他们要前往冬奥村，我们需要带他们穿过安检通道到安检口外坐车。于是，我和其他两位值班志愿者一起帮他们拿上沉重的滑雪装备赶往乘车地点。这是我第一次碰到这么专业且如此沉重的滑雪装备，长长的袋子，我只能拖动前行，虽然另一端有两个轮子，但我仍然是拖动了500米就满头大汗。到达转车地点后不久摆渡车就来了，向司机说明他们要去的地方后帮他们把行李拿上了车，两位运动员不停地向我们道谢，“thank you”这句话在帮他们拿上行李后就一直在耳边萦绕。在目送摆渡车离开后，我感觉暖暖的，这种暖不仅仅是搬运装备后身体的暖，更是从心里感受到的“予人玫瑰，手有余香”的温暖。

或许我们的工作都是这种小事，但正是这么多无声的小事组成了一场精彩、非凡、卓越的冬奥会。作为志愿者，做好本职工作并力所能及地帮助他人，为冬奥会的成功举办贡献自己的一份力量，将青春与冬奥冰雪融合，用奥运志愿精神点燃未来之梦，是我的责任，更是荣耀。

无线电技术保障小故事

陈静怡，华北理工大学学生，北京2022年冬奥会和冬残奥会张家口赛区技术无线电领域志愿者。

在北京2022年冬奥会和冬残奥会期间，我作为一名无线电频率管理助理，服务于技术无线电领域，工作内容包括设备检测、标签核验等。无线电频率管理保障团队的主要任务是做好专用频率、重要频率的保护性监测，以及设备核验、干扰查处等工作，保障赛时无线电电磁环境平稳有序，最终保障赛事和转播的正常进行。今天给大家讲讲冬奥会无线电技术保障中发生的小故事。

一次，我在安检口值班，负责核验设备是否贴标，一名场馆工作人员匆匆忙忙拿着一个箱子想抓紧时间通过安检，这时安检的工作人员将其拦下，表示要检查其箱子里的物品。箱子打开后我们看到一台无线摄像机，检查后我发现摄像机并未贴标，于是告诉他这台摄像机不能带入场馆，否则会干扰其他设备的使用。没想到他态度蛮横，表示自己不会使用，执意要求带进去。最后在主管和检测工程师对其说明无标签设备的危害性之后，他终于同意不带进去并将其存放于安检口。成功将隐

图20　陈静怡（左一）在英方转播商处协调无线电设备检查并贴标时的工作照

患拒之门外，我也感受到了身处无线电领域为冬奥会奉献的成就感。

在冬奥会向残奥会过渡期间的某一个工作日里，我正在整理前几日的工作检测设备文件，一位女士过来说英国媒体工作人员将于近日入张家口山地转播中心，请无线电工程师前去帮助他们检测设备并贴标。我马上转告主管及各位老师，大家立即出发前往英方所在转播室。到达英方办公地后，经过一番询问与交流，了解到英方专业设备工程师还未到达，不能立即开展无线电检测工作，我们只能暂时返回。次日英方工程师到达，并携带需要核验的设备来到了无线电设备检测点，但他没有频率许可证。没有频率许可证是无法查询其设备信息的，于是只能再次告知对方需准备频率许可证等信息才可进行工作。

第三天，英方应要求携带了设备和相关的频率许可证，但主管检查核验后发现其设备列表内由于使用人员众多且设备种类多、数量大，出现了频率和设备无法对应的情况。这种情况下无法打印相匹配的标签。经过一番解释，英方人员表示改正信息后再来。第四天下午3点，英方人员再次来到设备检测点，但遗憾的是，主管发现设备信息仍旧不正确，对方的无线入耳监听设备频率与频率许可证上的频率并不对应，可能是由于设备老旧导致频率发生了细微变化。错误的频率可能会对其他国家设备造成干扰，带来无法估计的后果，所以该设备依然无法通过核验。主管耐心地向对方进行了解释，对方表示理解。最后，英方协调了更多专业人员再次前来核验设备，同时我们也更加细致地进行核验。经过一系列核对、检测、拍照等流程，英方设备终于在残奥会前一天顺利通过检测，完成了贴签工作，双方都长出了一口气。英方工作人员激动得反复用中文说“谢谢”，并对我们严谨认真的工作态度竖起了大拇指。

无线电部门虽小，却承担着转播服务顺利进行的重大使命。从这些无线电保障小故事中可以看出技术人员、管理人员高度的责任感，他们一丝不苟、严谨认真的态度也深深地感染和影响了我。

服务冬残奥会的难忘经历

陈逸龙，东北大学秦皇岛分校学生，北京2022年冬奥会和冬残奥会张家口赛区国家冬季两项中心技术领域计时记分及成绩处理系统志愿者。

2022年北京冬奥会和冬残奥会，我有幸通过层层面试成为一名专业志愿者，服务于技术领域，分配到的岗位是计时记分及成绩处理系统的应答器收发。每天，我与小组另外5名志愿者会在9:30到达场馆，比赛前45分钟到达计时计分设备储藏室，搬运应答器至起点热身处，在运动员出发前根据他们的号码簿在他们的小腿上绑上相应编号的应答器，用于电子门计时。起点处比赛所需的应答器全部绑完后，我会去终点解下完成比赛的运动员的应答器并整理好，用于接下来的比赛。应答器虽然是很小的一个带子，但它极其重要，直接影响运动员的电子计时。如果因没有绑紧导致其在运动员滑行的途中脱落，将会给计时带来很多不必要的麻烦；如果绑得太紧，则会使运动员在滑行的时候肌肉充血，从而影响他们的表现。不能太紧也不能太松，这是一项精细活，不能有一点儿马虎。

让我记忆尤为深刻或者说心里特别受触动的是服务冬残奥

会。冬残奥会的冬季两项有3个组别，分别是坐姿、站姿和视障。坐姿运动员大多双腿不健全，有的双腿萎缩，有的只有一条腿，有的没有双腿，他们只能坐或跪在特制的仪器上，用双手奋力滑行。站姿运动员有的只有一条胳膊，有的没有胳膊，有的腿是假肢。没有胳膊的运动员滑行最吃力，也让我最敬佩，他们得靠身体的发力一步一步滑出来，甚至可以算“走”出来。视障运动员有领滑员在前面带着他们，更多的是两人之间的配合。看着这些残疾人运动员在赛场上奋斗，我的眼睛常常湿润。

在冬残奥会期间，我收获了很多难忘的记忆。一位德国的男站姿运动员马尔科迈尔，年龄似乎与我相仿。我二外学的德语，在为他绑好应答器后，我用德语说了句“祝你好运”，他吃了一惊，赶紧回我“谢谢”。迈尔在比赛中发挥很好，获得了亚军。就好像命中注定一样，终点解绑的时候我又遇到了他，我请求跟他合影，迈尔很高兴地答应了。但是由于我太激动了，拍成了两个人的大头合照，回到宿舍后感觉有点儿遗憾。第二天，迈尔又获得了一枚银牌，可惜我那场的任务是中间计时点观察员，无法见到他。后来我关注着每天的比赛，发现迈尔在之后的接力中还会出场一次。赛后我成功找到了他，在用德语打了招呼后，迈尔认出了我，爽快地答应再次合影。但他让我稍等，正在疑惑时，他戴着获得的两枚银牌从打蜡房出来。这时我才知道，他要戴着奖牌和我合影。这真的是一次难忘的经历，学了一年半的德语也在这个国际性的场合发挥了作用。

有一位来自西班牙的男越野滑雪站姿运动员加西亚，他参加第一场长距离比赛时我就关注到了他。虽四肢健全但十分不协调，他的滑行十分不易，就是一步一步走出来的。在后面的

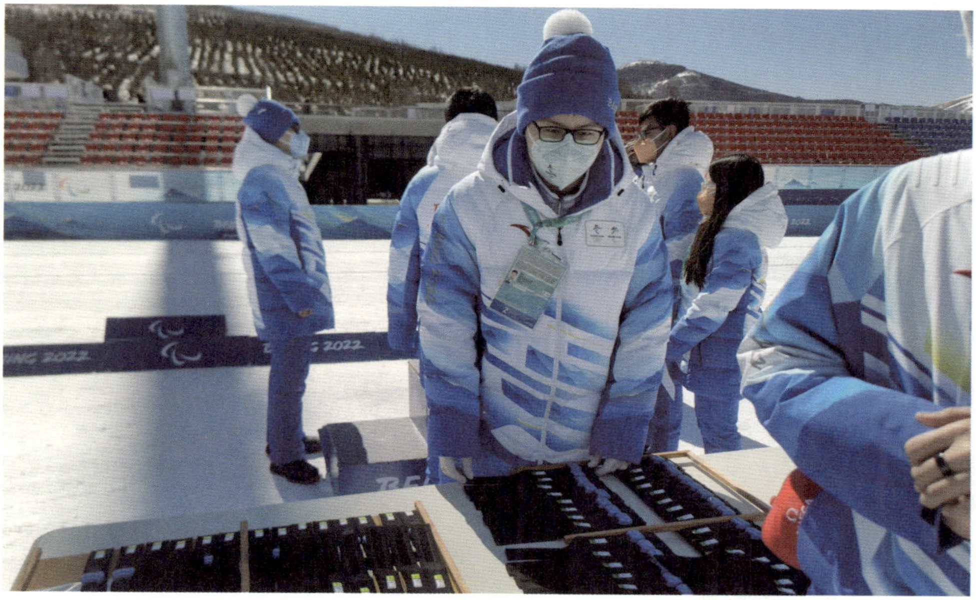

图21　陈逸龙在进行应答器收发工作

一场中距离站姿比赛中，其他人冲线后却迟迟没看到他，终点线处也在准备前三名的颁花仪式。几分钟后，我们看到了他，看到他正在一步一步地朝终点线走过来，那一刻我的眼睛湿润了，更深刻地体会到了“永不放弃”的奥运精神。

加西亚冲线后，获得第一、二、三名的运动员与他拥抱致意。在终点线处等待的人，无论是志愿者还是工作人员，也都热烈鼓掌以示敬意。后来了解到，他因脑瘫导致四肢不协调，但他热爱滑雪，是热爱让他来到了这个赛场。对此，只有无尽的敬意。

服务冬残奥会的经历给我留下了非常难忘的印象，我收获了友情，也见证了坚持和奇迹，这将激励我在以后的人生道路上奋勇向前，永不放弃。

三、雪花微笑：赛场服务篇

难忘的冬奥之旅

李振洋，东北大学秦皇岛分校马克思主义学院办公室职员，北京2022年冬奥会和冬残奥会张家口赛区国家冬季两项中心赛事服务主管。

我是李振洋，出生于1991年9月，工作在东北大学秦皇岛分校，是北京2022年冬奥会和冬残奥会志愿者，在张家口赛区古杨树场馆群国家冬季两项中心作为赛事服务主管参与冬奥会和冬残奥会赛事服务各项工作。

北京2022年冬奥会和冬残奥会之旅在我心中刻下了深深的烙印，每每回想起这段经历都会不自觉地嘴角上扬。按照时间的顺序回忆，我大体将它分为3个阶段：冬奥会宣传推广、志愿者报名阶段，冬奥志愿者的准备阶段，正式服务冬奥会阶段。

冬奥会宣传推广、志愿者报名阶段

自2019年底北京2022年冬奥会和冬残奥会志愿者招募以来，以我校为缩影的冬奥知识普及、全民冰雪推广、志愿者报名就如火如荼地进行起来。下至班级交流群，上到二级学院、学校的官网，都是关于冬奥会的起源、发展、理念、项目介绍，以及北京2022年冬奥会的相关文章，校园里在很短的时间内就引燃了冬奥热、冰雪热。在这种热情的氛围下，越来越多的同学利用空闲、周末等假期前往秦皇岛“紫云山”“老君顶”等滑雪场体验雪上运动的快乐。记得一次在校园内碰到一位滑雪回来的同学，他满脸兴奋地和我说：“老师，我上午去滑雪了。整整半天从雪道上一次都没成功滑下来过，都是翻滚着下来的，不过我好开心，好像找到了小时候在雪地里打滚的感觉，下次周末还想带同学去体验一下。”听学生说完之后，我能真切地感受到雪上运动带给他的快乐，这也使我想起了童年的快乐。

校园火热的冰雪氛围下带来的不仅仅是对雪上运动的体验，还有同学们对从事志愿者工作的热情。志愿者招募令一经发出，众多同学积极准备、踊跃报名。学习冬奥会知识、进行体能锻炼成为一股热潮。作为学校志愿者教师，我参与了志愿者的层层选拔工作。在选拔面试过程中，当被问及参加志愿者的初衷、是否会影响在校的学业、家长是否同意你做这件事情，以及能否克服艰苦的工作环境等尖锐且现实的问题时，绝大多数学生回答都是：“我想成为志愿者参与到冬奥会中，为冬奥会贡献自己的力量”；“我会利用自己的空闲时间提前完成学业”；“我已经征得父母同意了，父母也愿意我多锻炼自己”；“我家是东北的，我从小就不怕冷，而且从现在开始已经进行抗寒、抗压等训练”……

冬奥志愿者的准备阶段

2020年10月底，通过自愿报名、学校选拔，我有幸成为北京2022年冬奥会和冬残奥会志愿者，参与冬奥会的准备工作随即开展。学校、共青团河北省委、北京奥组委采用线上线下结合的多形式开展了志愿者的各类培训，内容包含冬奥会知识、冬奥礼仪、防疫培训、英语能力提升、助残服务等方方面面，针对性强，涵盖面广。

2020年12月2日，我第一次参加在北京举办的“河北省‘迎冬奥’志愿者骨干交流营”线下培训活动，培训包括理论学习和实地走访，历时3天。理论内容包括北京2022年冬奥会志愿者的组织架构、需要从事的各项工作、面临的各种挑战，以及需要的各项具体能力。实地走访地有北京冬奥组委办公所在地首钢园、张家口办公园区等。第一站是首钢园，首先映入眼帘的是整洁的园区，错落有致的工业遗迹。随后进入带有五环标志的北京2022年冬奥组委办公地，进门后首先看到的是深受世界喜爱的吉祥物冰墩墩、雪容融，憨态可掬的他们正在向我们招手。再向里面走就是原来的工厂建筑，现在已经被粉刷一新，还配合上了冰蓝的灯光，成为冬奥会的展览馆。最深处是整个北京2022年冬奥会等比例实景缩放图，北京赛区和张家口赛区的各个场馆伫立其中。而后，我们又参观了园区内的蒸馏塔，在塔顶上能看到远处为冬奥会搭建的“高跟鞋”等建筑，还能俯视整个园区。首钢园完成了从工厂园区到现代化建筑的转变，成了北京又一处最美打卡地。

第二天我又随行参观了张家口赛区，彼时的张家口仅完成了雪如意的基本建设，冬季两项比赛场馆及冰玉环仍在建设中，我不免为能否按时完成建设担忧，这也为后来的“打脸”埋下了伏笔。2021年6月底我再次来到张家口赛区时，仅仅半年有余，张家口赛区的各项建筑就已基本完成，别具特色的雪如意、冰玉环、冬季两项比赛场馆已经做好了准备，让人不禁感叹中国速度、中国力量。

正式服务冬奥会阶段

2022年1月24日清晨7点，我正式和包括仅仅两个月大的孩子在内的家人告别，与一同参与志愿服务的战友到达学校指定地点汇合。9点左右，在“志愿冬奥、强国有我”的嘹亮口号下，我们奔赴张家口赛区，开始了为期两个月的志愿服务工作。

我的岗位是通行控制，负责在闭环内外区域的连接处进行人员身份核对工作，确保环内环外人员不接触。同时，我还主动承担了在赛场带动现场观众气氛的任务。

记忆最深刻的是2月8日那场比赛。下午4:30比赛正式开始。为保证观赛质量，我费尽心思、绞尽脑汁带动观众气氛，本身自己相对腼腆，为了做好工作，我强迫自己放开。有运动员出发时以身作则，大声为运动员摇旗呐喊，在观众前面尽情展示自己活跃的一面。

最有成就感、最值得骄傲的就是，当中国选手闫星元冲过终点线瘫倒在地时，我号召观众为其呐喊加油：“闫星元加油，你是最棒的！”“中国队加油！”喊了1分钟左右，闫星元艰难地站起来向我们挥手示意并深鞠一躬，那一瞬间我的民族自豪感爆棚。从那以后，观众仿佛受到鼓舞一般，热情被点燃，大家对运动员的加油声更热烈，更诚挚。我与大家的互动也更为顺畅，更为自然。我完全放开了自己，笨笨地跳起了《一起向未来》的舞蹈，并在运动员领奖时与大家一起齐声高呼：“北京2022，一起向未来。”

除了通行控制岗位的工作，有时还会增加一些临时工作。

图22　李振洋（右一）对冬季两项中心赛事服务全体志愿者进行培训

3月6日那天，我们完成自己的工作后临时接到了一个特殊的任务，组织志愿者前往颁奖广场观看颁奖仪式。我带领志愿者乘车进入颁奖广场，进门后领取了氛围物资——一个荧光棒，一面旗帜，一个啪啪手掌。现场的氛围很活跃，所有人都忘了一天工作的疲劳，欢呼雀跃。雪花火炬台前、冰墩墩玩偶旁、颁奖广场中心舞台前都是大家欢笑的身影。

7点，颁奖典礼正式开始。首先是开场音乐，连续演奏的几首欢快的歌曲将现场氛围推向了高潮。紧接着进行现场颁奖仪式，今天共有8场比赛颁奖，第一场颁奖开始大家就为运动员欢呼、呐喊。运动会真的会使人团结，所有人为各国运动员呐喊、助威："Welcome to China，I love Zhangjiakou."。当然，冬残奥会中中国运动员出场时现场是最热烈的，欢呼声如海啸一般响彻场馆上空。颁奖结束后是升旗环节，大家不约而同地面向国旗站立，现场一片肃静，国旗升起时大家都发自内心地演唱国歌，本来的奏国歌变成了大家的齐声歌唱，没有任何一个人放不开声或不好意思。我想，这就是厚植心底的爱国主义情怀吧！

结束后返程途中，志愿者们都十分感慨。张悦说道："20年来从来没有像今天这样为祖国自豪，爱国就是这样吧。"吴嘉兴说："今夜的张家口颁奖广场奏响4次国歌，在我热泪盈眶的时候，我知道我从未如此热爱我的祖国。"我也感同身受。9点，大家意犹未尽地离开颁奖广场，在广场外火炬台前留下了志愿者的合照。对了，当晚在颁奖开始前我还和家里面视频连线，让他们分享我的喜悦，留下了一张不一样的全家福。

冬残奥会结束，我们进入隔离期。写材料时，我和同校志愿者教师王子敬闲聊起了志愿时光的感受，我们有共同的经历，也有相同的感悟，她说："冬奥志愿精神一直感染着我，现在全国疫情频发，我愿下冬奥赛场，奔赴抗疫战场，继续贡献个人力量！"我回复："这也正是我想说的。""一起向未来"，这已经不再是一句口号了，而是真正前行的力量。我们约定，回去后一起去抗疫，一道参加更多的志愿服务。

闪亮的舞台

于昕冉，河北师范大学学生，北京2022年冬奥会和冬残奥会张家口赛区颁奖礼仪志愿者。

我是河北廊坊人，生于2002年，今年20岁。经过层层选拔和培训，我成为一名光荣的北京冬奥会和冬残奥会的颁奖礼仪志愿者。

早在2021年8月，来自全国各地的礼仪志愿者们就齐聚北京，开始了严格、专业的礼仪训练。从面部微笑到站姿、走姿，再到托盘、引领手位练习，我们的一举一动都经过成千上万次的打磨和训练。为统一引领手位的高度及动作的一致性，我们需要长时间保持最准确的姿势，以形成肌肉记忆。为增强手臂力量及耐受能力，我们时常手系3公斤沙袋练习负重托盘。长时间的训练很辛苦也很枯燥，但我们始终没有一丝懈怠。因为我们明白，作为颁奖礼仪志愿者，在全球转播的镜头前，在各国媒体的快门下，我们代表的是中国形象，我们肩负的是祖国赋予的责任和使命，我们绝不能懈怠。长达1个月的培训，我们所有人都坚持了下来，考核合格。我也被正式安排到张家口颁奖广场担任颁奖礼仪志愿者。

初到崇礼，蓝天，白雪，阳光，还有路边带有冬奥logo的蓝色大巴，一切都和谐得仿佛一幅画，我顿时爱上了这片土地。拿到属于我的冬奥志愿者注册卡后，我的志愿服务之旅也正式开始。每日来到颁奖广场的第一件事，就是走上颁奖舞台，认真练习仪态、走姿和引领手位。在每天与各领域声光电配合进行颁奖仪式全流程彩排的过程中，我们一丝不苟，在演练中增长经验，增强应变能力，尽力做到完美。

“夜间、室外、低温、聚光灯下、零失误……”所有这些名词，于每一位颁奖礼仪而言，是挑战，更是我们必须达到的高标准。极寒天气下，脚踏高跟鞋，长时间的室外训练，风雪无阻的全流程彩排……舞台的每个角落，都遍布着我们颁奖礼仪的脚印，留下了我们训练的身影。彩排中的每个细节都逃不过场馆经理和礼仪经理的眼睛，每个细微的差错都会被指出，这也正是一次又一次全流程彩排的意义所在。事实证明，我们真正做到了93场颁奖仪式零失误。

2022年2月6日，我们终于迎来了冬奥会第一场正式的颁奖仪式。真正见到获奖运动员和颁奖嘉宾时，我感觉真实又有些恍惚，好像从模拟到正式的转换就是那么一瞬间，内心十分激动。我是第三场“自由式滑雪男子雪上技巧”颁奖仪式的托盘员。第一次看到领奖台下观众区的各国观众，听到台下快速按动的快门，我感到如梦似幻。那时那刻，我感受到的是这份荣誉的光辉与力量，也为自己能托起这份荣誉而感到自豪。

最难忘的是2月18日谷爱凌获得金牌的颁奖盛况。那次，我有机会托起颁发给谷爱凌的荣誉，倍感激动和荣幸。那夜，伴着闪光灯下飘飞的雪花和呼啸的北风，张家口颁奖广场又一次奏响了国歌。那一刻，全场沸腾，耳边是山呼海啸般的掌

图23　北京冬残奥会颁奖仪式上于昕冉引领获奖运动员

声、欢呼声。踏着《歌唱祖国》的旋律，我心潮澎湃，脚步也变得轻盈了。

冬奥会完美收官后，我又立即投入到冬残奥会的工作中。3月6日，越野滑雪女子15公里坐姿组，中国运动员获得金牌和铜牌。作为颁奖仪式志愿者，当引领着中国运动员杨洪琼、李盼盼和美国运动员奥克萨娜·马斯特斯入场时，我同运动员一样激动和骄傲，仿佛自己也获得了奖牌。国歌奏响，国旗升起，那神圣的一刻永远定格在我心里。

作为颁奖礼仪志愿者，每当穿上颁奖礼服，我就会感到无上荣耀，我们是中国形象的代表；每当端起奖牌和鲜花，我们就是离这闪闪发光的荣誉最近的人，这荣誉通过我们的手传递给运动员；每当引领运动员们走上颁奖台，眼神交流之间，我能真真切切地感受到他们的快乐、激动和为国争光的自豪感；每当听到“the People’s Republic of China”，看着国旗伴着《义勇军进行曲》冉冉升起时，心中便抑制不住地感到自豪。

冬奥会49场颁奖仪式，冬残奥会44场颁奖仪式，我们零失误完成了颁奖任务。志愿者们齐聚一堂，一起歌唱，一起舞蹈。此情此景，一生一次，一次一生。领奖台前方的聚光灯仍旧闪耀着，领奖台的荧屏还是那么五彩斑斓。这个舞台的魅力让人无法抗拒，我热爱我的工作，我爱这闪亮的舞台。

两代人的志愿选择

程小璇，河北师范大学国际文化交流学院学生，北京2022年冬奥会和冬残奥会张家口颁奖广场赛事服务领域志愿者。

我是来自河北师范大学国际文化交流学院2020级汉语国际教育专业的一名学生，同时也是2022年北京冬奥会张家口赛区的一名志愿者。从1月23日到3月15日，不知不觉间，我们的冬奥和冬残奥志愿服务之旅已经结束了。这段日子，在老师和同学们的悉心关怀和指导下，我从一个平凡普通的大学生，成长为一名积极奉献的志愿者，在这期间，我有许多感慨与心得。49天时间，93场颁奖，回望这段如花般灿烂的日子，有欢笑，有泪水，有期待，有惊喜。

对于我们一家来说，这次冬奥会有特殊的意义，因为我和我的爸爸程彬都是冬奥志愿者。父女俩一起服务冬奥会和冬残奥会，这对我们全家来说是一件非常值得骄傲的事情。

2021年10月初，我的爸爸程彬就收到了要抽调人员去冬奥村工作的消息，当时他就毫不犹豫地答应了："只要组织需要我，我就必须顶上！"作为一名曾经在部队服役的军人，他始终没有忘记自己肩上的使命与责任，没有过多考虑就马上启程到达了崇礼赛区，开始接受一系列的工作培训。11月28日，我也在学校收到了北京冬奥组委发来的邮件，得知自己被张家口颁奖广场赛事服务领域录取，我心里说不出来地高兴。一家里面有两个人为冬奥会做贡献，这是一件多么值得高兴与自豪的事情啊！

我爸爸的岗位是张家口冬奥村注册中心副经理，主要负责运动员及随队官员的注册卡激活、重新制证、“一日卡”制作等相关工作。这些工作很烦琐，也非常考验耐心。我所在的岗位是张家口颁奖广场赛事服务领域，具体工作分为不同的点位，需要近距离服务远道而来的外国运动员，而且每一个动作、表情都有可能被摄像机捕捉到，这要求我们时刻保持严谨认真的工作态度。

工作中需要用到外语，但我对自己的英语口语水平还不太有信心，所以在筹备阶段就一直在认真练习。没想到第一天上岗就遇到了一位德国运动员向我询问厕所的位置，我马上调动所有的记忆，准确地为她指明了方向，听到她用中文和我说“谢谢”，我感到非常有成就感，同时也增加了不少自信，之后的工作也越来越顺利了。

之后的冬残奥会，我们颁奖广场赛事服务领域面临着更大的防疫挑战，负责到冬奥村接运动员的交通组需要穿防护服。轮到我前往冬奥村的前一天晚上，我和爸爸视频并向他询问穿防护服的注意事项。已经是夜里12点多了，他还在认真地跟我讲解。我看见他身后的床头柜上放着平日常吃的胃药，当时眼泪就已经在我的眼眶打转了，但为了不让爸爸担心，我强忍住了泪水。从那以后，每当在服务工作中遇到困难时我都鼓励自

图24　程小璇与同样服务于冬奥会的父亲程彬隔空合照

己坚强面对，爸爸就是我的榜样。

2022年除夕夜，是我第一次独自在外过年。当晚，我和志愿者朋友们还坚守在颁奖仪式筹备的岗位上，而爸爸也作为奥运村注册领域的志愿者奋战在工作一线。冬奥村与颁奖广场离得很近，但是我们俩却从来没有见过面。工作结束后，我们和妈妈通过视频连线表达思念之情，互道新年祝福。妈妈叮嘱我们：“这是闺女第一个不在家过的春节，闺女真的长大了！打虎亲兄弟，上阵父子兵，你们俩好好服务冬奥，为祖国做贡献，我在家里等你们回来。”这个除夕夜，我们3个人虽然在3个不同的地方过年，但却是最有意义的一个春节。大年初一早上4点，我和爸爸便各自前往工作岗位，继续为远道而来的运动员们提供服务。每次和妈妈视频通话，她都会鼓励我要坚强，不要怕吃苦，也不要想家，要认真完成志愿服务工作，努力向前冲。每次通完话，我都感觉心里暖暖的，又充满了力量。等到春暖花开我再次见到爸爸妈妈的时候，一定要给他们一个大大的拥抱！

我是土生土长的崇礼人，崇礼养育了我，也成就了我。这次我们父女两人共同选择服务冬奥，不仅是为家乡做贡献，也是为祖国做奉献，这是我和爸爸一生的骄傲。

壬寅岁记，冬奥拾遗

耿珑滇，东北大学秦皇岛分校学生，北京2022年冬奥会和冬残奥会张家口赛区国家冬季两项中心票务领域志愿者。

今年是壬寅虎年，是如虎般拼搏进取的一年，是对祖国和我个人来说都与众不同的一年——因为冬奥。冬奥之事繁多，不能尽述，但凭一时想起之事，说说我与冬奥的缘分。

我是2022年北京冬奥会张家口赛区国家冬季两项中心票务领域的志愿者，从1月24日至3月20日，我在张家口崇礼区古杨树林的群山间，见证了冬奥会和冬残奥会这两场世界盛典的宏伟一隅。

2022年1月24日，我们一行人出发前往赛区所在地张家口崇礼区，约是傍晚到的驻地，第二天临时党支部便成立了。作为一名中共预备党员，我参加了在驻地举行的宣誓仪式。那是我永生难忘的一次宣誓，神圣的党旗与圣洁的白雪遥相呼应，举起右拳的那一刻，仿佛又回到初次看到志愿者招募公告时的情景，那份沉寂许久的赤子之心熊熊燃起。我暗暗许诺，这片冰天雪地是我小小的“战场”，我定要做出些什么，才能不负这份信仰。

宣誓结束那天下午，我来到票务领域办公室报到。办公室在一座似桥一般的庞大环形道路上，路名“冰玉环”。冰玉环卧于群山之间，连接起整个古杨树场馆群。冰玉环上被称为“闭环外”，仅接触国内低风险人员，冰玉环下被称为“闭环内”，接触所有外宾、运动员、裁判员等。票务领域属于闭环外，我的任务便是赛前布置观众席，熟悉座区。赛时为观众解决票务纠纷，提供验票机，回收票根，协助检票验票。

初来的几天无疑是最辛苦的，人事转变，环境不同，令我最初几天总是难以入睡，抑或深夜惊醒。初来乍到，我并不适应这里。起初我是不愿与同伴交流这些的，遇到问题习惯性地自己解决，所以我时常休息时在办公室门口散心，看看冰玉环下的闭环内志愿者，他们形形色色的身影，忙碌着与我们不同又相同的事情。忽然有一次，我照常向下望，正看到一个志愿者低头帮运动员整理着什么，我看得出了神，他忙完抬起头，正对上我的目光。我应当是不认识他的，他也应当不认得我，但他突然竖起拇指，对我说了声“加油”，我愣了下，也竖起拇指回了声“加油”给他。那声加油似有着无与伦比的魔力，令人欣喜，令人惊讶，令人温暖，令人感激。后来许多次，每每向下望时，总会有环内的小伙伴向我挥手致意，我也慢慢主动向他们挥手。原来大家都渴望彼此取暖，虽不相识，但心意相知。

突然想起开幕式上的那首《雪花》：“千万雪花，竞相开放。万千你我，汇聚成一个家。”我们都是这场冬季里的一片雪花，虽有各不相同的纹理，却为了同一个梦想而燃烧。

正式上班的第一天，因为不熟悉，我和同伴坐错班车，来到了与我们工作地点相距甚远的另一个场馆。迷迷糊糊下车后，还不等我们反应，了解了情况的司机、工作人员和志愿者便主动为我们提供帮助。天寒地冻，他们将我们安排到值班室取暖。交警同志积极为我们协调车辆，十几分钟后，一辆警车将我们送回了场馆。第一次坐警车的我，心头涌上一股暖意。

渐渐适应这里的不同，学校里那份对待书本的简单处理方式已不再灵验。那些从未遇到甚至从未想到的困难冲击着我。譬如第一个任务是给观众席座位号喷漆，几罐绿色油漆，10版数字模具，便是所有工具。没有教程，没有指导，无从下手。往日的“检索课本”“询问老师”等诸如此类均已不再奏效，任我搜肠刮肚回忆十几年学海生涯也找不出“喷漆的方法”。事既如此，唯靠自己。怕错便先用白纸实验，但油漆会洇透白纸，这个方法行不通，我便研究其他对策……那段日子，我和同领域的另一位志愿者潜心研究“喷漆实践”，终于完成了负责区域观众席的喷漆工作。

其实喷漆工作最难的不是喷漆方法，而是如何在寒冷的天气条件下完成工作。我自小生活在山东，也算是见惯了朔风与雪席漫卷。来到崇礼才知，北方与北方的冬天，竟也不可同日而语。崇礼的冬天极冷，手是伸不出来的，风砸在裸露的皮肤上，并不冷，而是疼，似是皮肉还不及反应冷热，便被冻得生疼。要想在室外伸出手来，必须戴着厚手套，但厚手套着实不便，要想握住油漆罐灵活地喷漆，只能戴薄手套。只是薄手套抵不住风雪，只能喷几次停一停。若是为了防止漆喷到手套上，在薄手套外面套上橡胶手套，人体温热的气息竟能在薄手套和橡胶手套间结出冰霜。寻常时蹦蹦跳跳本不在话下，竟不想寒冬里没走两步便气喘吁吁，只能停下歇息。种种这些，着

图25　耿珑滇在观众入场前检查座椅

实是低估了冬季作业，也着实涨了见识：再不会轻易低估什么任务。

喷漆算是告一段落，另一个任务接踵而至——贴轮椅座位标识。观众席第一排是轮椅观众座席，待贴的座位标识便是一张长宽各约1米的方形贴纸，贴于地面，一张便算一个座位。先是定好各座席间距，足有15—20厘米的裁量空间，我们便借来赛事服务领域的轮椅，模拟坐轮椅的观众入席。又找来一位个子大些的志愿者，让他在座位上做些诸如伸胳膊之类的寻常动作，来测试座席间距是否足够相邻观众正常活动而互不打扰。之后再找来一位个子稍矮的志愿者，让他试试视线是否受挡，终是做完了准备工作。第二日准备开工贴标识时却下起了雪，我们便1人扫雪，3人负责贴贴纸。为何是3人呢？只怪这贴纸“娇气”，需得两人扯着才能贴平，戴着手套还揭不开，要露出一只手，天气实在冰冷，便要有一人替换。说说笑笑间，工作完成，回想来竟也不觉得寒冷或辛苦。

若说临场反应，当是赛场上运动员必备的素质，不过赛场之外，我亦深有体会。2月5日，正式比赛的第一天，热闹非凡。各志愿者按照赛前演练，到岗到位。我同一位看台引领的志愿者站在一起，面向观众席的其中一个入口，她负责观众引领，我负责票务纠纷处理。纵使赛前做了二十几个应急预案，仍未料到观众如此热情。自一开始检票，观众便鱼贯而入。看台很大，座位不好找，常人一般反应便是停在入口—低头看票—抬头看观众席—再进场。这么一来，里面的观众找不到座，外面的观众进不来场。看台引领志愿者人手不够，其他领域志愿者不熟悉观众席，我便自告奋勇：“我是票务的志愿者，观众席标号都是我负责的，我来帮忙。”于是同另一名志愿者一人负责左边，一人负责右边，看到观众停下便主动上去帮忙。自来后便时常在观众席转悠的我，对于座位的安排早已熟稔于心，看到座位号不假思索便可以指明，拥堵的入口很快得到疏通。

临时党支部成立没过几日，我接到老师的电话，她希望我能时常写一下日志，说每位党员要时常记录当下的心路历程。多亏这份“党员日志”，如今再度翻开，尽是那时的点点滴滴，记忆之潮退去，人生的海滩上留下回忆的贝壳，我捡捡拾拾，汇成如今这篇文章。

原谅我写得尽是些稀松琐碎之事，我不过是千千万万志愿者中平凡的一个。但是，有一分热，发一分光，料想与我一同服务于北京2022年冬奥会的他们，也应如是。

一次选择，一生荣耀

陈诺，河北地质大学艺术学院教师，北京2022年冬奥会张家口赛区国家越野滑雪中心赛事服务领域暖棚管理主管。

2008年北京夏奥会时，我还是一名即将步入高中校园的学生，祖国的繁荣昌盛和赛场上奥运健儿的拼搏精神激励着我的三年高中生涯。2020年9月，已在河北地质大学工作的我看到学校发布的志愿者招募信息，内心无比激动，随即打开电脑填写报名信息。当填写自身优势时，我突然变得忐忑不安，遥想2008年夏奥会上志愿者优秀的身影，我不确定自己是否可以通过激烈的选拔，是否可以胜任并代表国家形象。内心无比焦灼时，我的未婚夫帮我填写了剩余的表格。他是张家口人，家门口举办冬奥会的责任感油然而生。在他的鼓励下，我第一时间报了名。

成功入选志愿者后，我的志愿者培训与人生大事——婚礼筹备在时间上冲突了，家人十分理解，让我安心把志愿服务工作放在首要位置。2021年4月22日，原本是我们商定好领证的日子，但正处于冬奥志愿者张家口培训期间，我们选择延期领证。2021年8月13日，我们举办了婚礼仪式。为了不落下每一次培训，穿着新娘服的我在腾讯会议上参加学校的冬奥会议。因疫情原因，原定的8月蜜月旅行拖到了寒假，恰遇学校冬奥志愿者上前线的紧锣密鼓的培训。与爱人商量后，我们选择取消蜜月旅行，全身心投入冬奥工作。此外，冬奥期间正遇春节，婚后的第一个春节无法与家人共度，双方父母给予了足够的理解与支持，这份理解与支持正来自于中华儿女骨子里流淌的爱国血液。

2021年12月，我有幸作为国家越野滑雪中心赛事服务领域河北地质大学学校代表，成为“北欧两项洲际杯”测试赛的志愿者。切切实实地走在冰玉环上，在国家跳台滑雪中心仰望雪如意，每个人的内心都鼓足了干劲。

2022年1月23日，再次来到崇礼，我作为国家越野滑雪中心赛事服务领域暖棚管理主管继续奉献自己的力量。暖棚管理即在观众取暖区为观众提供休息和取暖服务，同时做好相关的信息服务和方向指引，重点是根据防疫要求维持取暖区人员秩序。

正式上岗的前几天，培训之余我们把空荡荡的暖棚进行了精美的布置。根据所发的3种不同颜色的凳子，将暖棚按颜色分为5个区域：区域1绿色16凳，区域2蓝色12凳，区域3橙色25凳，区域4蓝色16凳，区域5绿色12凳。按疫情防控要求，为确保观众间隔就座，在地面粘贴地标，保证座位有序摆放，提高工作效率。同时用胶带粘贴出虚线和实线将区域进行划分，并标注1、2、3、4、5区域，按区域1—5的顺序引导观众就座。小伙伴们利用自己的聪明才智和做事一丝不苟的精神，把暖棚布置得井井有条。

冬奥会正值春节期间，而春节是阖家团圆的日子，难免会有想家的情绪。2022年2月10日，入崇的第19天，暖棚迎来了学生志愿者的家长前来观赛并在暖棚接受采访。录制视频的过程中，我发现暖棚的2名志愿者听到小伙伴与家人团聚的话语后眼睛通红，正在默默流眼泪。我慢慢走近学生，轻轻地拍了拍学生的后背，学生说："老师，我也想我妈了。"一瞬间，我的内心也变得很复杂，婚后的第一年无法与家人团聚，也是第一年不能与父母一起过年，但我不得不立马调整情绪，让学生提前换岗休息。学生说："老师，我没事，工作起来还能转移注意力。"学生的话不仅让我很感动，更让我看到了每一名志愿者坚守岗位的信念。

张家口崇礼赛区风大且温度极低，国家越野滑雪中心每一场观众的人数约为暖棚最大取暖人数的6倍，因此暖棚工作的有序开展十分重要。

2022年2月13日，崇礼下了一场大雪，经过一晚上的持续降雪，国家越野滑雪中心场馆积雪近10厘米，前往场馆的路完全被雪覆盖。为迎接观众的到来，我们赛事服务的志愿者提前4小时上岗，与清废工作人员一起奋力清除道路积雪，对台阶处防滑垫积雪清理后重铺，以保障观众通道的道路安全。同时，很多从小生长在南方的志愿者师生从未见过如此壮观的雪景，上岗前纷纷在地上堆雪人、打雪仗，甚至因为极其喜爱冰墩墩，在现场有模有样地做起了冰墩墩雪人，引得大家包括后续入场的观众争先抢后地合影留念。

为防止观众在降雪时衣服浸湿，我们特意为观众准备了统一的雨衣，将雨衣双手递到观众手中，并温柔提醒："这是您的雨衣，请您收好，祝您观赛愉快。""雪天路滑，请您注意脚

图26　工作中的暖棚管理志愿者（左一为陈诺）

下安全。”“天气寒冷，可到取暖区休息。”天气严寒，观众取暖需求比较大，我们的赛事服务领域立即沟通其他工作区作为临时取暖场所，暖棚志愿者及时解决观众取暖、充电等需求，并及时提醒观众比赛开始、体育展示、冲刺阶段、颁花仪式等特殊时间节点，让观众暖身更暖心。

每次比赛结束，我们赛事服务的志愿者都会秉持着“做好赛事服务的最后一公里”的原则，集体列队，挥动手中的冬奥异形板和小彩旗欢送观众，以一场简单却不失隆重的仪式与观众挥手告别。观众也会很开心地与我们互动，甚至回应：“辛苦了，谢谢你们。”那一刻，所有的努力都值得了。

最难忘的是2月15日元宵节那天，国家越野滑雪中心举办了北欧两项男子个人越野滑雪10公里比赛。雪上场馆的赛事服务工作主要集中在室外进行，作为志愿者，最大的难题就是在严寒天气如何高质高效地开展志愿服务。刚刚结束降雪后的张家口赛区气温极低，当日18:30，国家越野滑雪中心室外气温为-26℃。在如此低温的环境下，国家越野滑雪中心还是迎来了480名观众，他们为运动员加油助威的热情深深地感染着赛事服务志愿者。

比赛结束，志愿者列队欢送观众。“我们都有一个家，名字叫中国……中国，祝福你，你永远在我心里；中国，祝福你，不用千言和万语……”在场志愿者自发地唱起了《大中国》。离场观众被歌声感染，手拿冰墩墩旗帜，在志愿者挥舞的荧光棒氛围下，跟着志愿者大声唱了起来。许多观众还对志愿者表示感谢和祝福：“谢谢，你们是最棒的！”“元宵节快乐，你们辛苦了！” 现场气氛欢快、热烈、温馨，温暖了观众、温暖了志愿者，也温暖了寒冬。尤其让人感动的是，驻地奥雪小镇的餐饮工作人员得知我们很多志愿者还未吃到汤圆，即便餐厅已经结束营业，但依旧重新为我们准备了一碗碗热气腾腾、香香甜甜的汤圆。一颗汤圆下肚，暖身更暖心。

美好的时光总是一瞬即逝，能够让我们铭记一生的不仅是赛场上体育健儿为国拼搏，更有赛场下每一个工作人员的耕耘坚守，而这份坚守来自志愿者内心无比坚定的爱国精神和无私奉献的志愿精神。北京2022年冬奥会见证了祖国的繁荣发展，张家口赛区也见证了每一个志愿者的“一次选择，一生荣耀”。

见证冬奥

刘云龙，保定学院学生，北京2022年冬奥会张家口山地转播中心交通领域志愿者。

得知我们国家承接了第24届北京冬季奥林匹克运动会时我十分自豪，但让我意料不到的是，我有幸参与其中，作为一名志愿者为之贡献了自己的一份力量。在多年后如果有人问起北京冬奥会的盛况，我可以骄傲地大声回答："我亲身见证过！"

我们负责的是交通领域，需要与外国友人直接交流沟通。上岗的第一天我便感受到了工作的难，最难的是语言交流。冬奥会是世界上所有国家的体育盛会，我们要接触世界上说各种语言的人，虽然我们都通过了英语考核，但是高强度的语言切换，还不时有操着小语种的外国友人，与对方交流时有时难免感到力不从心。

有一天在室外执勤时，一位外国友人急匆匆地跑向我们，我问他需要帮忙吗，他一脸认真地对我说着，我能感受到他语速越来越快，神情越来越着急，但是他说的语言应该是他的母语，我丝毫听不懂，他着急我也着急。看我听不懂，他一边说一边做手势，把两个手抬起与眼睛成三点一线，嘴里嘟囔着：

"biu、biu、biu。"我被大叔的幽默逗笑了，也明白这是打枪的手势，我问："Gun?"？大叔点了点头，随后又把两个胳膊有规律地挥起，手中似乎还拿着枪杆子。我又问："Skating?"？大叔郑重地点了点头。我顿时明白了，有枪有滑雪的运动不就是冬季两项嘛。随后我又向大叔确认了一下，我问是不是去 Winter Biathlon Venues，他比了个大拇指，脸上露出了笑容。之后，我和小伙伴将他引到去往冬季两项场馆的车站并告诉他在几站后下车。

工作中与各种人接触难免会产生摩擦。一天晚上我们例行引导场馆工作人员坐班车返回酒店休息时，一阵巨大的争吵声从车头传来。我们立马赶到车前，还没来得及问清楚事情的原委就被带头的几位女士"言语数落"了一番。我懵了，我的小伙伴也懵了，但是当务之急还是冷静下来把事件了解清楚。我向带头女士询问事件缘由，队友去问其他人，终于弄明白了事情的原委——当班的道路指挥人员把班车引向了新的停车点导致有人没赶上第一班车。我们赶紧解释并安抚好现场人员的情绪，将大家有序地集结在停车等候区等待下一辆车的到来，并在车辆到站时引导大家穿过马路依次在新上车点上车。

事情虽然解决了，但是数落、误解使大家情绪很低落，我按照流程把这件事向志愿者经理做了汇报。志愿者经理迅速召集现场的志愿者，很和蔼地询问情况并进行心理疏导，队员们很快恢复了往日的活力。

工作中我也遇到了很多有趣的人和事。一次，两个美国记者大哥急匆匆找到我们说打不了车。我们知道，外国人注册打车软件账号时时常不会操作，于是我立刻去指导他们，但可能是手机的原因总是无法完成。我明白记者的时间很珍贵，好的

图27　刘云龙（右一）帮两位美国朋友打车后合影

素材转瞬即逝，于是立刻用我的手机去帮他们打车。在等车期间，天上出现了几架直升机，他们看到后很兴奋，挥舞着双手喊道："把我也带上去！喂喂喂，把我也带过去吧！"我努力憋住笑，同时也跟着他们一起向直升机挥手。

一次执勤时，一位等车的巴西大哥向我们走过来，我们也做好了为他提供交通指引的准备。谁知他冲我们说了一句："早上好！吃了吗？"我们都笑了，向他回："早啊！吃过了！"随后他竟用中文与我们聊起了天，虽然说的都是很简单的话语，发音也不太标准，但是能感受到他对中国和中文的喜爱。

外国友人也有让我们哭笑不得的时候。那天晚上天气很冷，还下着雪，我在休息室里准备轮岗，休息室的门突然被打开了，我的队友带着两个外国人走了进来。我很认真地问他发生什么事了，两位外国大哥率先开口说：“外面太冷，进来暖和暖和。”这时我注意到，他们衣物很薄，只披着一件夹克，于是赶紧将他们引到座椅上。这时，他们开启了话痨模式，说自己出门准备乘车去酒店，但刚到车站公交车就驶离了，外面很冷，他们冻得受不了。我赶紧拿来暖宝宝给他们用，他们说没见过这种神奇的东西，一撕就能发热，直呼好神奇。最让我哭笑不得的是，刚把暖宝宝给他，他就站起身来把暖宝宝伸进裤子里贴到了屁股上，并且解释说在外面太冷，冻得屁股难受。大家一阵哈哈大笑，气氛轻松热烈。

2022年2月21日，当我锁上休息室的门时，我知道我的冬奥旅程要结束了。转头看向每天晚上五彩斑斓的长城，它宏伟依旧。我将回到学校，回到家里，继续完成之前没有完成的事，继续担任之前担任的角色。依依不舍，但内心又无比充盈。是的，冬奥，我来过，努力过，见证过，足矣！

中华美食服务奥运

唐文轩，华北理工大学学生，北京2022年冬奥会张家口山地转播中心餐饮领域志愿者。

北京2022年冬奥会优质的服务、强有力的后勤保障赢得了全世界的赞誉，这背后是中国对国际社会的承诺，是中国给世界的一笔馈赠。回顾整个赛事，冬奥志愿者们倾情付出，为世界各地的代表团提供了周到的服务，也为冬奥增添了浓墨重彩的一笔。

我是山地转播中心餐饮领域的一名志愿者，每日在媒体餐厅、员工餐厅、咖啡角和超市4个点位协调管理。询问顾客用餐感受，收集反馈并制作简报，及时发现漏洞并给予改善。除此之外，我乐于给大家提供帮助，带给大家快乐，不仅协助餐饮领域举办多项活动，还制作视频海报加强餐饮领域的宣传，使得员工餐厅和媒体餐厅好评如潮。

在“三八妇女节”活动中，我协助策划媒体餐厅给场馆内所有女士送去了温馨的礼物，还设计打印了许多祝福海报，海报上的冰墩墩和雪容融憨态可掬，加上“世界有多美，你就有多美！”“愿所有女士们敢想敢做，世界是你们的！”等美好祝

图28　唐文轩为各转播商送去银耳莲子羹

福语的加持，此次活动圆满成功。参加活动的女士们品尝着美味的节日蛋糕，拉着志愿者们快乐地合影，相互赠送祝福，大家都乐在其中。当她们称赞我的时候，我有些害羞，同时也为自己贡献的绵薄之力感到欣慰。奥林匹克转播服务公司负责人丝黛芬妮小姐也表达了对祝福海报的喜爱和对此次活动的感谢，我们在一起合影留念，她说："这次活动举办得非常成功，世界各国的人们通过冰雪盛会集结，在这样的节日里一起庆祝，意义非凡。"

闲暇时间，我还多次给外媒人员送去各种中国传统美食，如红糖姜茶和银耳莲子羹等，并详细说明制作方法与来源背景，对外宣传中国传统饮食文化，让外宾们真切地感受到中国人的热情好客、中国文化的博大精深。

记得有一次，有一个姐姐问我什么是银耳，我开玩笑地告诉她，银耳就是“白色的耳朵”，她吓得愣住了，随后我告诉她银耳“其实是菌类的一种啦”，她才又开心地品尝起来。

还有一次，一个身材魁梧、满脸络腮胡的大叔问我银耳莲子羹味道如何，我们简单讲述后赠送给他一碗，但是他却有一些犹豫，说：“不是只有女士才可以吃吗？”我们热情地回答：“男女老少皆宜。”于是，大叔和旁边的女士一起快乐地品尝起来。我们还互相交换了徽章，我将其视为大叔对我工作的高度认可，一直带在身上，希望我可以不辜负“将本国传统文化与冰雪文化、奥运文化完美融合于一体”的高度评价。

在“学雷锋”活动中，我策划了送姜汁可乐活动，为在室外严寒中工作的人们送去温暖。室外，交通志愿者正缩在羽绒服中，轻轻摆动取暖，遇到问路的人便立即抬头挺胸，用流利的外语介绍着路线，用热情的服务抵御着严寒。当我带领餐饮工作人员提着满满几大袋姜汁可乐同样瑟缩着身体迎着风朝他们走去的时候，我看到他们眼里先有惊喜，随之是满满的感激。我们把姜汁可乐放在他们的办公室，热气随着盖子的打开徐徐上升，衬托得志愿者们的脸更加红润。小小一碗姜汁可乐，可以暖身体，更能暖人心。

一次遇到了几位外国媒体的工作人员，他们从山地新闻中心来到山地转播中心寻找伙伴，恰逢我在咖啡角值班，于是便给他们指路，带他们到工作地点。在我完成自己的指引工作准备离开的时候，他们叫住了我，用不太流利的英语问：“要不要吃碗面？”简简单单的一句话却犹如一股暖流，流入我心中。我婉拒后，他们赠送我一小袋饼干，我将其视为最珍贵的回忆之一。看来，食物是最容易超越国界、温暖人心的。

中国饮食文化博大精深，中华美食也是最容易为世界各国所接受的一环。北京冬奥村提供的饺子、烤鸭等一度冲上热搜，受到世界各国的好评，这正是中国饮食文化的魅力。能进入餐饮领域，为场馆内的人提供美食，同时向各国友人宣传中华饮食文化，用中华美食服务奥运，我感到非常幸运和自豪。

缔造不虚此行的观众体验之旅

时兴，河北北方学院教师，北京2022年冬奥组委志愿者部观众体验处项目工程师。

我叫时兴，是河北北方学院的一名教师。2020年10月经河北省干部选调，在北京2022年冬奥会和冬残奥会组织委员会志愿者部观众体验处担任项目工程师，负责《北京2022年冬奥会和冬残奥会观众指南》编创、国际奥委会和国际残奥委会里程碑任务管理，以及观众体验活动设计推广、观众服务水平检测评估等主要工作。

说起我与冬奥的故事，我觉得有一种妙不可言的缘分。在学校教书时，我负责讲授的一门全校公选课就是《奥林匹克文化》。在教授这门课之前，我学习了大量有关奥林匹克运动和奥林匹克知识的文章、书籍及影音素材，对奥运会和冬残奥会有了比较全面的了解，结下了浓浓的奥林匹克情结。之后，我赴瑞士留学，有幸游览了奥林匹克总部所在地——洛桑的奥林匹克博物馆。通过现场参观体验，奥林匹克文化给我留下了非常深刻的印象。2022年有幸服务北京冬奥会，再次结缘冬奥，我怀着对奥林匹克的一颗炽热初心，本着一份至真至诚、精益求精的匠心，满怀激情、有条不紊地开展冬奥志愿服务工作。

观众是冬奥会和冬残奥会涉及人数最多、来源最广泛的利益相关方，我所在的观众体验业务领域可以说是观众利益的代言人。为给广大观众创造“一生一次，一次一生，不虚此行”的观赛之旅，为了充分满足观众对北京2022年冬奥会和冬残奥会信息获取需求，帮助其提前规划冬奥旅程，安全、有序地参与冬奥会和冬残奥会各项活动，我们编制了《北京2022年冬奥会和冬残奥会观众指南》（下文简称《观众指南》），围绕观众“吃、住、行、游、购、娱”的冬奥参与的全旅程、全过程、全流线需求，做好观众体验的顶层设计。我们在赛前开展观众服务水平检测，及时发现风险点和服务盲区，协调相关业务领域解决相关问题，完善应急预案，防范化解各类风险；赛时开展观众服务水平监测，协调相关业务领域落实观众服务政策及标准，交付良好的观赛服务；赛后开展观众满意度调查，分析统计调查结果，梳理较为集中的意见建议，及时反馈给场馆团队并交付业务领域，促使各相关业务领域树立观众服务意识、提升观众服务能力、优化观众服务流程，合力提升观众满意度。

《观众指南》编创过程中工作繁多，我们面临不小的压力。首先，我们需要与委外多个部门和委内35个相关业务领域充分沟通协调，通过广泛收集大量素材进行精细化梳理、加工、编纂；其次，整个项目涉及很多方面，如文字编辑、版面设计、图片选取、地图统一转化和美化、英文版本的翻译等，这些都需要大家协调合作，通力完成。

作为编创项目负责人，我负责组建编创团队，始终贯彻“绿色办奥”理念，落实“简约、安全、精彩”的办赛要求，制订编制工作方案，组织召开全委工作部署会议，扎实开展编

图29 《北京2022年冬奥会和冬残奥会观众指南》中文版封面及与IOC专家交流编创情况

制工作。我们实行周例会制度，每周就编制工作重要问题进行协商解决，明确具体意见，共召开各种对接会、审议会、编创例会60余次。另外，我们科学统筹篇章体例、图文内容和详略程度等，先后提出4版设计方案，3次组织委内交叉审核，并提交国际奥委会和国际残奥委会专家审定。

为编制出对观众观赛更有指导价值的《观众指南》，我们做了大量调研，并且根据调研结果及时对《观众指南》进行调整。针对本届冬奥会和冬残奥会统一组织的观众来源方式形式，在编制成果基础上，按照“一馆一册”原则进行再次编排，通过组织渠道以电子版形式向观众定向推送20余万人次。本着展现中国文化魅力、传承奥运遗产的目标，最终完成2022套《观众指南》成果印制和展示留存工作。

最终编制完成的《北京2022年冬奥会和冬残奥会观众指南》呈现出4个特点：一是立足实用、管用，并突出北京2022年冬奥会和冬残奥会的特点，深入贯彻落实“绿色、共享、开放、廉洁”的办赛理念，重视人文关怀，加强保暖提示，推广垃圾分类，宣传可持续发展；二是注重冰雪运动知识推广与普及，助力点燃人们参与冰雪运动的热情，加大对竞赛项目观赏点和观赛礼仪的介绍，帮助广大观众更容易看懂比赛，增加观赛乐趣，培养观赛素养；三是运用多种设计元素，凸显中国文化自信，将核心图形、吉祥物与象征中国文化的《千里江山图》、三赛区地标建筑充分融合，展现新时代人与自然和谐共生、构建人类命运共同体的理念；四是通过宣传5G、8K、人工智能、生物可降解餐具等冬奥筹办亮点，充分展示科技创新成果，向全社会呈现科技冬奥的美好愿景。

时光飞逝，北京冬奥会和冬残奥会圆满落幕，我们不仅为观众缔造了一趟不虚此行的观赛体验之旅，同时也为自己创造了一趟不虚此行的非凡之旅。

多幸运，我遇见了“你”

方瑞雪，河北工业大学外国语学院2020级英语专业学生，北京2022年冬奥会张家口赛区国家越野滑雪中心体育领域通行控制志愿者。

多幸运，我遇见了你——北京2022年冬奥会！

2020年10月，刚刚步入大学的我，收到了我校招募冬奥志愿者的通知。凭借着一腔热血和对冬奥会的期待与向往，我第一时间提交了申请。历时1年，经过6轮选拔，我从众多报名者中脱颖而出。为了以更加良好的素质完成冬奥志愿服务，我积极参与赛前培训，同其他志愿者一起参加了专题培训56次，情景模拟和实战演练50余场。终于，我以一名合格的冬奥会志愿者身份站在了国家越野滑雪中心。

作为国家越野滑雪中心体育领域的志愿者，我负责场馆的通行控制。我所在点位是技术楼东侧运动员通道入口，检查核实出入场馆人员的相关证件，保障场馆的秩序与安全。

1月26日，距离北京2022年冬奥会开幕还有9天，我像往常一样在我的点位站岗。在这里，我有幸见到了国家越野滑雪中心场馆一位特别的客人——国际奥委会委员、国际奥委会北

图30　小萨马兰奇先生与志愿者合影（前排右一为方瑞雪）

京冬奥会协调委员会主席小胡安·安东尼奥·萨马兰奇。那天，小萨马兰奇先生从技术楼西侧出来，同其他工作人员一起参观比赛场地。此时，我与他只相距3米。参观结束后，他们准备在此合影留念。我迫不及待想要与小萨马兰奇先生同框，但工作岗位有严格要求，志愿者不能随意离开工作地点。内心的激动驱使着我向前迈出左脚，但是志愿者的责任感又要求我坚守岗位，就这样，迈出去、收回，迈出、又收回……小萨马兰奇先生似乎看到了我的期待，向我挥手，示意我过去一同合照。我激动地跑过去，“真的可以吗？”还在我的大脑里盘旋，不相信这是真的。就这样，我成为那张照片中仅有的几位志愿者之一。拍照结束，小萨马兰奇先生还亲切地对我们说了句：

"Thank you，volunteers！" 一句感谢让我感觉很温暖。

2022年2月19日，国家越野滑雪中心的比赛是男子50公里（因天气原因改为30公里）集体出发（自由技术）。我的工作点位刚好在终点旁，有幸亲眼见证了奥林匹克精神。本次比赛的冠军是来自俄罗斯的运动员亚历山大·博利舒诺夫，他以1小时11分32.7秒的成绩高举着俄罗斯奥委会会旗冲过终点。我在终点站兴奋地欢呼，跟他的同伴们一起喊着"乌拉乌拉"，那一刻的欢呼，无关种族、无关国籍，是竞技运动带来的振奋人心。

欢呼过后，我发现他并没有立刻回到更衣室换衣服，而是一直站在终点站旁，似乎在等待着什么。我有些疑惑与好奇："外面的温度这么低，他为什么不去更衣室呢?"正常情况下，到达终点站的运动员都会被志愿者引导去更衣室休息，等待比赛结束进行颁奖。就这样，运动员接连不断地冲过终点，他依旧站着等待，直到最后一位运动员到达终点后他才离开。我恍然大悟，原来他在终点站迎接着每一位与他在同一个赛场拼搏的战友们，他坚持在严寒中等待了22分31.5秒。我在博利舒诺夫的身上见证了"团结友爱、公平竞争、相互理解"的精神，看到了高尚的体育竞技精神，懂得了冠军之所以成为冠军的深层次原因。

2022年2月1日，大年初一，我站上了农历虎年的第一班岗。看到出入场馆的工作人员我总是会摆出作揖的手势并祝福对方新年快乐，他们也回复我同样的祝福。当遇到外国人时，我也会对他们说："Happy new year."。令我惊喜的是，一位德国运动员用中文主动向正在站岗的我们说"新年快乐"，并赠送我们每人一枚德国的运动徽章。从没想过会收到外国友人的中文新年祝福，也从没想过会收到外国友人的新年礼物。下班后回到宿舍，听到舍友在兴高采烈地谈论着，他们在站岗地点用雪写了新年快乐（Happy new year），然后有好多路过的外国人拍照，赞叹“Oh，nice”，还跟志愿者一起合影。外国朋友跟我们一起庆祝春节，给我们一种“天下一家”（One World，One Family）的感觉。

我的生日是2月13日。2月14日那天国家越野滑雪中心志愿者之家为我们13位2月份过生日的志愿者举办了集体生日会。那天一早，我早早就来到生日会现场，满怀激动，充满期待。活动由河北地质大学的教师志愿者主持，国家越野滑雪中心的场馆经理为大家送上生日祝福并且送给每位小寿星一大盒德芙巧克力。最令我意外的是，大屏幕上竟然出现了我妈妈的祝福视频。原来，志愿者之家的志愿者们提前联系了我的家长，给我录制了生日祝福。有妈妈的祝福，有领导、朋友的陪伴，我沉浸在生日的幸福中。更感动的是，在闭环严格管理的情况下，一般是无法购买到生日蛋糕的，没想到我们的生日会上竟然推出来好大好大的一个蛋糕。大家开心地分蛋糕，用相机记录着生日会的美好。感谢所有的领导、老师和朋友，让我拥有了这样一个特别的欢乐的生日记忆。

北京2022年冬奥会结束了，我们志愿者从祖国的四面八方而来，又回到五湖四海去。能够遇见冬奥，能够成为冬奥盛会的见证者、参与者、贡献者，何其有幸，何等光荣。冬奥服务虽已结束，但是志愿精神永不消逝，我会带着“奉献、友爱、互助、进步”的志愿精神投入到日常生活中，做一个平凡却不平庸的青年志愿者，让我的青春不仅仅只是在冬奥会上闪闪发光。

我和父亲的青春“巧遇”

郝玥，燕山大学文法学院学生，北京2022年冬奥会张家口赛区古杨树场馆群赛事服务助理。

当我以冬奥志愿者的身份来到崇礼，望着崇礼的街景，我不禁回想起小时候来这里的情景。因为父亲总来张家口参加战友聚会的缘故，我们家几乎每两三年就会来崇礼旅游，我对这个城市有着特殊的情感。在我印象中，崇礼这个小城，环境优美，高楼并不多，生活节奏也不快，是个悠闲自在的度假胜地。时隔多年，再次来到崇礼，我发现这里发生了翻天覆地的变化，大片的滑雪场接连不断，服务设施也与国际接轨，我惊叹于崇礼的建设速度，更自豪于国家日新月异的变化与发展。

于是，我和父亲在微信上聊天，把这里的变化说给他听。父亲告诉我，他20岁的时候来张家口当兵，在这儿过了第一个不在家的春节。而今年同样20岁的我服务冬奥，又在张家口过了第一个不在家的春节。两代人的青春都和张家口这个城市有了不解之缘，这种感觉很奇妙。我还记得，父亲之前总跟我讲他当兵的时候和战友们一起上山拉练、打山洞、修筑国防工程的故事。我想，也正是因为父辈的艰苦奋斗，现在我们这代人才能在这里服务冬奥。两代人的金色年华交汇于张家口这个城市，我们两代人的青春是不一样的，因为我们见证了不同时期祖国的发展；但是我们的青春又很相似，因为我们都在为祖国的发展贡献着属于自己的一份力量。正是因为一代代人的青春接力，我们的家乡、我们的国家才会繁荣富强。我和父亲的这一青春“巧遇”故事，也作为志愿服务的典型被刊登在光明网上。我想，在感叹“巧遇”故事的同时，我更应该把父辈的奉献精神贯彻在志愿服务的岗位上。

我所在的岗位是古杨树场馆群层面赛事服务助理，古杨树场馆群层面的工作内容包含国家冬季两项中心、国家跳台滑雪中心、国家越野滑雪中心的迎客、送客任务。我们工作的地点相当于3个场馆的大前院，最先迎接观众进入场馆，也最后目送观众离开场馆。在这个过程中，我们还会为观众提供咨询、助残、报失等服务，看似寻常的工作也有不平凡的意义。同样，相对于其他竞赛场馆而言，场馆群层面服务的赛事多，上岗时间长，客流量大，每天的比赛安排不同，每个人的岗位都会有轮换，这也为我们的工作协调带来了一定的难度。

为了保障冬奥赛事的平稳运行，在抵达崇礼之后，开赛前我所在的领域组织岗位培训、话术培训、实地踏勘、全流程模拟演练和岗位轮换演练近20次。正赛开始后，我们在面对赛事推迟等突发状况的时候胸有成竹、有条不紊，这一切都离不开赛前的周密布置和充分预演。

赛事服务领域的志愿者与观众的接触最多，每天用微笑服务观众就是我们工作的主要内容。2月份的崇礼，零下二三十度已是家常便饭，在寒冷的烈风下，尽管脸颊已经冻得通红，口罩也早已结冰，我们依然用最友善的目光、最温暖的笑容去

图31　郝玥在开赛前模拟演练引导服务工作

迎接观众。天寒地冻中，也不乏暖人心扉的故事。

冬奥会赛事大多安排在晚上，比赛散场后，为了防止观众摔倒，我们用指挥棒为他们照明，提醒他们注意脚下安全，不少观众对我们说："谢谢。""辛苦了！""你们多穿点，千万别冻坏了。""你们真暖心。"有一次，两位观众领队在第二次来观赛时认出了我，他们对我说："我认识你，你就是之前在冰玉环下帮我指路的那个女生。"说着还把手中的小旗送给我，要和我合影。还有很多观众会问我们冷不冷，我们总会回答说："不冷，能坚持。"每每这时，他们就会对我们竖起大拇指。

人生能有几次机会代表自己的学校、家乡、国家向世界展现青年人的风采呢？这次志愿服务的经历，不仅让我体味到了冰雪运动的魅力，更让我感受到了张家口人民的友善和热情。观众们的回应让我感受到，志愿精神不再只是一场单方面的奉献，而是超越地域的双向奔赴。如果说激烈的赛事体现了更高、更快、更强的奥林匹克精神，那么志愿者的微笑里蕴藏了更团结的新时代精神，是这个含蓄的文明大国用爱连接世界的合唱。

如果说赛场下的故事暖人心扉，那么赛场上的故事则是激动人心。冬奥赛场上，在古杨树场馆群内举办的冰雪项目目前还不是我们的强项，但每次中国选手出场时，无论发挥如何，台下的观众总会致以欢呼和掌声。而选手经过看台时也仿佛更加用力，冲刺的速度更快了。看台志愿者带领观众摇动手中的旗子，为台下选手呐喊："中国队，加油！中国队，加油！"不约而同的呐喊声背后是同频共振的爱国情，那一刻，所有人都没有了身份、地域的差别，我们都有一个共同的名字，那就是——中国人。

北京冬残奥会期间，我有幸在张家口颁奖广场上见证了9次五星红旗的升起。那天，天空飘起了雪，伴随着《义勇军进行曲》的响起，五星红旗在雪花中冉冉升起。这时，热闹的人群立即安静下来，每个人都庄严肃穆，哼唱国歌，行注目礼，许多人都不由自主地热泪盈眶。

这一次冬奥之旅是我人生中最熠熠生辉的记忆。我不仅体会到了志愿服务的独特魅力和不懈拼搏的奥运精神，更见证了国家的繁荣昌盛。我自豪我是一名冬奥人，更自豪可以和父亲的青春"巧遇"，共同为祖国奉献青春力量。

飞翔的“翅膀”

史新语，河北体育学院冰雪运动系学生，北京2022年冬奥会张家口赛区国家跳台滑雪中心体育领域助滑道志愿者。

我叫史新语，今年19岁，是河北体育学院2020级冰雪运动系的一名学生，也是速度轮滑队的一名队员。因为接触了5年的滑雪与轮滑，我深知这些项目的难度与挑战，所以额外关注北京2022年冬奥会，盼着自己能为冬奥会尽一份绵薄之力，完成自己的梦想。

2008年的时候就在家门口的北京举办夏季奥运会，当时的我还小，被热闹的气氛所带动，喜欢上了迷人的竞技体育，在心里埋下了体育的种子，终于在多年后实现了这个梦想，成了北京2022年冬奥会志愿者。

大一上半学期就有了选拔冬奥会志愿者的消息，我便打起十二分的精神来面对选拔。首先做到遵守校规校纪，遵守防疫规定，努力完成学业，积极向志愿者要求方向靠拢。在校期间，经过线上报名、线上面试、系统学习、各种考核，历时一年半的志愿者选拔终于尘埃落定。冬奥志愿者从全球的110万报名者中选出2.7万人，何其幸运我也是其中一员。

我的岗位是国家跳台滑雪中心助滑道。跳台滑雪是一项非常刺激的极限运动，运动员俯身下冲，经过助滑道的加速，纵身一跃展开双板呈V字形在空中飞翔。如果说跳台滑雪运动员是“没有翅膀也可以飞翔”的人，那我们助滑道工作就是帮助他们实现梦想，助力他们飞翔的“翅膀”。

这双“翅膀”需要精细地浇水、切冰、打磨、扫冰、吹雪，每一项任务都艰巨且危险。“雪如意”垂直落差160多米，助滑道最缓处22.56度，最陡处39.56度。我们每天工作至少上下3 000多阶台阶，在-30℃的崇礼赛区只穿一件多功能夹克，因为工作起来就不会感觉到冷了。每次我从起跳点爬到助滑道顶端，只是一趟背后就全湿了，戴的眼镜也哈气结冰。要是背着加满机油的吹雪机爬到顶端那就相当于负重训练了。沉重的吹雪机压在我们的身上，背了5分钟不到便已经肩膀酸痛，摘下后走路也感觉后面有东西在拽着自己。男生力气大能力强，女生也不甘示弱，干劲十足，乐观向上，还打趣说天天爬楼可以锻炼股四头肌，增强心肺功能。

在室外工作气温极低，每天脚都是冰凉的，贴着暖足贴也不管用。在-23℃的气温里站两个小时，隐形眼镜护理液都冻住了。室外气温高时需要铺保温材料，女生就需要细心地裁剪保温材料，跪在地上划完一刀挪动一下，做完腰酸背痛。但当我们想到自己正在参与北京冬奥这么伟大的事业的时候，疲惫、疼痛似乎就烟消云散了，更多的是油然而生的民族自豪感。

在严寒的天气环境中，放眼望去可以看见北京长城的一角，连绵巍峨的山脉静静地盘卧在国家跳台滑雪中心四周，不禁感叹祖国的大好河山，更幸运的是这是我的家乡——张家

图32　史新语在冬奥会志愿服务期间

口，它被世界所认识。我时常在想，如果没有疫情，全世界都该来看看它的美。

冬奥会期间正值中国春节，这也是我这19年来第一次不在家过春节。巧的是，我的爸爸在国家跳台滑雪中心交通场馆负责运动员的交通，这种春节的分离也是另一种意义上的团聚，全家一起为冬奥助力。我骄傲，“上阵父子兵”，冬奥有我们！

四、中外桥梁：语言沟通篇

青春恰时来，我与国同在

颜真，河北传媒学院国际传播学院2019级英语专业学生，北京2022年冬奥会张家口赛区国家越野滑雪中心摄影助理。

2021年8月3日之前，冬奥会对我来讲是一场可望而不可即的体育盛会，而正是在那一天，在发现置顶群名称从“河传2022北京冬奥会储备志愿者群”变成“河传2022北京冬奥会志愿者群”时，我才模糊意识到，我真的成为一名冬奥会志愿者了。这一次，我将以一名志愿者的身份参与到全球瞩目的奥运盛会中去。至于为什么说“模糊”，是因为在整个准备过程中，我无时无刻不在询问自己，我到底有没有能力完成这项工作，我有什么资格成为这样一场大型国际体育赛事的志愿者，我有没有足够高的综合素质去站在更大的舞台上看世界。就这样在一次又一次的自省中，我成了一名冬奥会志愿者。

正式确认入选后，我们开始了数次大大小小的培训活动：要提高英语口语水平，不让自己在最基本的交流上出现问题；要熟知冬奥会的各种基本常识，为成为一名合格的冰雪文化宣传者做足准备，从而在冬奥会更好地展示中国青年形象；要懂得基本的救助知识，沉着冷静地对待各种突发状况；等等。随着各方面的学习与成长，我迎来了第一次挑战——“相约北京”系列测试赛。

随着12月第一天的到来，我们踏上了志愿服务的第一次征程。初到张家口，尽管高海拔和寒冷的环境给身体带来些不适感，但我们对此次任务的兴奋感却丝毫没有减弱。这是我第一次来到张家口，对于我来说，一切都是那么有吸引力。第一次入住志愿者酒店，第一次领到属于自己的制服，第一次坐班车，第一次感受张家口寒冷的狂风与高山地区缺氧带来的不良反应，第一次来到场馆媒体中心，第一次见到我们的经理与主管，第一次看到国家越野滑雪中心的全貌……在测试赛的6天中，我一直说的一句话就是：“我好紧张。”是的，我太紧张了，我担心听不懂外国记者说的话；我担心不能准确地回答外国记者的问题；我担心自己忽视的很小的动作会被媒体有意捕捉到，从而间接影响我们中国青年的形象。就这样在一次次心惊胆战中，我还算合格地完成了此次任务。恰是得益于这一次“热身”，我才得以提前了解我的工作内容，熟悉场馆的地理位置并适应高海拔气候，掌握应对突发事件的方法等。

两个月后再次来到ZCC（张家口国家越野滑雪中心），即使做足了心理准备，我还是被眼前的景象震惊到了。面对新增的12个摄影点位，其中包括7个山上的摄影点位，数量增长了4倍不止的摄影记者与更加寒冷的工作环境时，我承认我又紧张了。但在紧张之余，我更多拥有的是自信。我已经迫不及待地要参与其中，我太想把这半年来的所学所得运用于实践之中，我想再快一点站在前排看世界。

整个志愿服务期间令我印象最深刻的就是我的两次同传翻

图33　2022年2月17日，颜真（右一）在赛前记者交流会上进行同传工作

译经历，分别是第一天的培训会和倒数第四天的赛前记者交流会。我们的经理是一位韩裔加拿大人，所以我们平时都是使用英语来进行交流。在第一天培训的时候，经理在培训之前问道："Who would like to be the translator?"（谁愿意为他做一次翻译？）离经理最近的我是又想上又怕自己没那个能力，但在主管田姣阳姐姐的点头鼓励下，我还是硬着头皮上了。如果将第一次的翻译经历比作一次试水，那么第二次的翻译经历绝对是直接将我拽上战场，真枪实刀的一场"战争"。

在倒数第四天的briefing（赛前记者交流会）开始之前，负责为经理翻译的副经理还在外面处理临时状况没有回来，我还记得当时经理Arnold穿过人群径直走向我，让我做一次翻译，与上一次的询问不同的是，这一次是要求。当时他的手搭在我的肩膀上，轻微的压迫感与他坚定的充满信任的眼神，给了我莫大的鼓舞和踏实感。我点头，跟着他走到台上，拿起话筒，问候、翻译、解决记者提出的困惑，流程完毕。走下台后，极大的满足感包围着我。为什么呢？是因为我第一次面对志愿者翻译时的紧张不自信，在经过半个月的成长后，变成了面对国家越野滑雪中心百余名摄影记者的从容冷静；是因为我终于有机会将我这么多年来的所学得以应用。这对于一名英语专业的学生来讲，是一次极为珍贵的实战机会。

冬奥带给我的不仅是学业上的深刻认识，更是身处这样一个国际大环境中，与国际友人之间相互信任、合作的新体验。由于第一天在培训会上的翻译表现，经理Arnold十分相信我的口语能力，于是在工作的第二天，他便让我单独带领路透社记者Marko上赛道了解摄影点位。在那之后的每一次与Marko见面，即使是在每天都戴着口罩的情况下我们还是能认出对方，并且很热情地互相打招呼，仿佛是老朋友见面一般。他是我第一位单独带上赛道的记者，也是我最舍不得的一位记者。工作的最后一天，我送给Marko一幅自己画的画和一封信以表我对这段友谊的珍惜、感激与不舍，但令我没想到的是，Marko也同样将陪伴了他整个冬奥赛时，代表他摄影记者身份的IOPP（国际奥林匹克摄影队）袖标送给了我。在收到袖标的那一刻，我觉得我们之间不再存在一丝一毫服务与被服务的关系，而是真真正正的朋友。

我所工作的地方——国家越野滑雪中心，是本届北京冬奥会的首金和末金的产生地，也是张家口赛区竞赛日程最满的场馆，共在13个竞赛日中产生15块金牌。在赛事期间，我们摄影团队累计接待摄影记者1 189人次，为张家口赛区所有场馆之最，在摄影经理Arnold、摄影副经理张帆与摄影主管田姣阳的带领下，我们建立了一套奥运水平的专业工作流程，竭尽全力为场馆所有摄影记者提供高质量服务。比赛期间，我们无数次听到中外记者对越野场馆摄影团队极高专业性的表扬，还曾数次收到合作方国际雪联和OBS经理的表扬。

在每一天工作结束之后，我们的经理都会问我们两个问题"Who do we take care of "和"How do we do it"，这两个问题的答案分别是"each other" 和"together"，它们所表达的意思都是"我们"。这就意味着无论我们多么害怕自己犯错误，我们的经理会一直告诉我们，你只需要做到令你自己满意，剩下的交给我，还有我们。我们一直像一家人一样，从每天早上见到彼此的问好，工作时的互相支撑、鼓励与坚持，再到结束时的拥抱。

其实，直到最后一天冬奥会结束我也没有"哇，这就是冬奥会！"的感觉，我只有一种想法，那就是我是来这里学习的，我是来这里向更优秀的同学、前辈们学习的，学习他们对人生的态度、看法与规划，学习那些更高水平的团队运作机制、时间管理规划、人际交流的方式方法等。同样，作为一名英语专业学生，经过这次冬奥之旅，我看到了更多的可能，打开了自己对语言学习的局限认知。在一次次用英语表达自我的过程中，我体会到自己的专业和多掌握一门外语的重要意义。这样我便更清楚日后努力的方向，不再随波逐流。我也看到了身边优秀前辈与同学对自己未来人生的规划，她们对人生的态度甚至是一句话，都给我带来或多或少的影响，让我不断成长、成熟。

从带有中国人独特且浪漫元素的开幕式，到运动员竭尽全力为国争光，无一不在宣告着本届奥运会的精彩、卓越与非凡。同样，成为一名冬奥会志愿者对我来说，是一次珍贵的站在前排看世界的机会——我们所接触到的是来自各个领域的精英，每一天都是“在线课堂”；是一次近距离体会奥林匹克体育精神的机会——最后一场比赛即将结束时，获得第一名的俄罗斯选手特蕾丝·约海于格与我国选手迪妮格尔·依拉木江在终点线处的紧紧相拥便是对奥林匹克体育精神的最好诠释；是一次我用所学所得报效国家的珍贵机会——是祖国的强大让我们有底气骄傲地站在那里，毫不畏惧地面向世界！

北京2022年冬奥会是疫情暴发以来中国第一次举办的大型国际体育赛事。在“一起向未来”的带领下，我们谨遵习近平总书记的嘱托，充分展现当代大学生的责任担当；在“奉献、有爱、互助、进步”的氛围里，我们发自内心地为冬奥服务，努力弘扬北京冬奥精神；在构建人类命运共同体的时代方向中，我们用各自的方式把个人奋斗与祖国发展紧密结合，用心贡献青春力量。在奋斗的长卷里，一起向着更加美好的未来进发！

专于冬奥翻译事，架起中外友谊桥

李艳丽，河北师范大学外国语学院2019级英语教育专业学生，北京2022年冬奥会和冬残奥会张家口赛区国家冬季两项中心靶场翻译志愿者。

在北京2022年冬奥会和冬残奥会期间，我有幸成为张家口赛区国家冬季两项中心靶场的一名志愿者，志愿服务的主要内容是担任靶场的主管翻译。

引言：从普通人到国家

北京2022年冬奥会和冬残奥会开闭幕式的总导演张艺谋在接受冬奥会闭幕式的采访中曾说到这样一段话："我碰到过一位工作人员，他是2008年的志愿者，现在是2022年的志愿者领队。他跟我说他又来了，我跟他说你成长了。所有人都会有这样的感觉，一晃十几年，时光的重叠中，国家和我们都不一样了。普通人的每一步，似乎都微小、平凡、脚踏实地、不动声色，但远距离回望我们这个国家走过的脚印，你会惊叹它洒脱、传奇、伟大、日新月异。恰恰就是这种微小和平凡，组成了一种专属于中国人的、难以描述的力量，无畏、乐观、不放弃，不蹉跎。我们很难把这种力量说得清清楚楚，但那是改变中国命运最初始的动力和最珍贵的情感。”

从2008年到2022年，中国日新月异的发展和变化，让我这个“00后”不禁感慨——幸而生于华夏。而从北京2022年冬奥会和冬残奥会的志愿者视角，我更真切地感受到，我们的个人成长与祖国发展存在同呼吸、共脉搏的密切联系。

冬奥志愿将来时：冬奥故事的起源

“我和冬奥”的故事起源于2015年7月31日，那天国际奥委会主席巴赫宣布中国北京获得2022年冬奥会的举办权。电视画面上，张家口作为合办城市，大境门上的“大好河山”4个大字深深印刻在我的脑海中，而一颗“冬奥梦”的种子也在我的心里生根发芽。

当时还在读初二的我一定不会想到，7年后的自己不仅有幸在现场目睹了这场国际盛事，还能结合自己的英语专业，投身到青年志愿服务的行列中。

从2020年3月开始志愿者报名，到2020年12月正式被确定为一名体育专业储备志愿者，再到2021年1月被确定为2021年张家口赛区测试赛的冬奥志愿者，直到2021年11月收到了北京2022年冬奥组委赛会志愿者的录取邮件，成为冬季两项中心靶场翻译志愿者的那一刻，我知道，“冬奥梦”近在眼前。

这场冰雪奇缘逐梦路上的经历装点着我的大学生活，成为冬奥会储备志愿者的那天起，我就做好了迎接困难和挑战的准备。

冬奥组委和学校为我们安排了各式各样的主题培训。认真对待每一场培训，保证每一场培训都能学有所获，是我对自己提出的严格要求。期间，我担任河北师范大学冬奥志愿服务三班的班长，成为志愿者和团委部门之间沟通的桥梁，为班级建设添砖加瓦；积极参加在石家庄无极山滑雪场举办的2020年石家庄青年志愿者“畅享冰雪　助力冬奥”欢乐冰雪推广活动；积极锻炼身体，参与体育打卡，坚持参加夜跑活动：各项活动各个场合，都见证了我成为冬奥会志愿者这一路上的成长，也坚定了我“逐梦冬奥，不负青春”的初心和信念。

当然，为了更好地完成“靶场翻译”这项志愿服务工作，我每日进行英语口译与听力训练，旁听外国语学院翻译课程，自学翻译技巧，积极向翻译专业的老师和同学们请教，切实提高自己的翻译能力和英语水平，力求以百分之百的准备迎接冬奥志愿服务，展现出河北师大学子的良好精神风貌。

近两年的时间里，历经选拔、面试、培训、考核20余次，参加主题讲座和活动50余次，我始终把“做好冬奥服务，讲好志愿故事”牢记心头，时刻铭记这个在心中已经扎根许久的“冬奥梦”，向着北京2022年冬奥会不断迈进。

冬奥志愿进行时：在冬季两项赛场上发出师大声音

转眼到了进入闭环的日子。

那天天还没亮我们就从学校出发，大巴车上“请党放心，冬奥有我”的大字格外醒目，让我对即将开始的冬奥故事充满了期待，又对自己能否胜任翻译工作充满了忐忑。

到岗第一天我就在领队会议室里进行了第一次会议同声传译工作。回想起来，那天的自己真的是手足无措。IBU（International Biathlon Union，国际冬季两项联盟）的技术代表Max了解目前的工作进度，对下一步工作提出计划。因为并不适应，

图34 李艳丽在张家口赛区国家冬季两项中心靶场志愿服务

我只能只言片语、断断续续地讲给我的主管老师。好在有主管老师细致耐心的教导，我顺利完成了第一天的工作。

知道自己准备不够充分以后，我暗下决心，一定要熟练掌握工作中的专业词汇。于是就连夜开始“补课”，我从主管那儿借来冬季两项官方的比赛规则开始研读，210页的PDF文档，挤出工作之余的时间一点一点仔细阅读，整理出常用术语，分门别类地记在笔记本上。乘车途中、吃饭间隙、睡前都会拿出自己的笔记本及时记忆，及时补充。

同样，靶场中各位裁判老师的敬业精神和细致的工作态度也是我学习的榜样。为了便于运动员在越野滑雪后顺利进入靶场，雪板不受雪地高度差的影响，裁判老师们一遍遍地平靶台，最终将雪面的高度差控制在0.5厘米以内。靶场的上百个T形牌，老师们在雪地中进行了十几次的高度调换工作，只为能够保证比赛选手最优质的射击体验和媒体转播时的最佳场景。在零下二十多度的雪场里，我们每天行走近3万步，一遍遍查验，不放过任何一个细节，确保靶场的顺利运行。

比赛场地布置工作完成，靶场第一天投入训练。听到靶场训练的第一声枪响的时候，看到所有人的心血没有白费，我激动到眼含热泪。那一刻，我切实体会到了自己在这场冰雪盛会中的价值——每一场技术会议的翻译工作、协助中方和国际裁判的工作交流，用我个人的微小行动，助力整个赛事的推进和演变而产生的小自豪。

同样，除了Max以外，我在靶场还结识了冬奥会的靶场主管Mate、Waste与残奥会的仲裁团成员兼任靶场主管Tip，并且和他们结下了十分深厚的友谊。

他们向我学习中文里面的“谢谢”“好的”“新年快乐”等表达，并且运用到我们的工作交流当中；他们也会纠正我的一些不是很规范的表达，但是也会向我解释英语的口语表达并不要求多么精准，更多的是作为语言工具的交流作用。现在回想起来，很多时候可能我的表达并不正确，也有时候我并没有完全理解他们的意思，但是他们都很友善、很耐心、很包容地去给我解释、纠正。冬奥会给我的英语口语水平提升提供了一个很好的平台和机会。我们虽然来自不同国家，说着不同的语言，但是在交流沟通中，我们之间没有隔阂，没有距离，大家为了同一个目标而努力，这也是冬奥会带给我的独特体验。

在每场比赛开始前，他们都会与我们击拳，互相加油打气；比赛顺利完成以后，他们也会与我们击掌庆祝，互道感谢，互相称赞，一句句“Good job！”和“Thank you！”中蕴含着顺利完成工作后的喜悦。直到志愿服务结束以后，我才后知后觉地感受到，在他们眼里，我们之间并不是国际技术官员、主管和志愿者的关系，我们是配合默契、高效工作的伙伴和朋友。

冬奥志愿完成时：永远的冬奥记忆、永远的人生财富

转眼间，我迎来了与北京2022年冬奥会和冬残奥会告别的时刻。还记得我去跟Tip告别的时候，他对我说："You have made my job of Beijing 2022 enjoyable and easy going."。当听到我还是一名英语专业的师范类大学生，并且即将踏上实习岗位的时候，他很惊讶地说："你居然不是一名专业的翻译工作者，你的英语水平很高，相信你也一定会是一名优秀的英语教师。期待你将来带着你的学生去美国实地学习英语。"他还嘱咐我："英语学习很简单，只要多练习、多运用，就会很容易提高。"分别时刻，他给我一个大大的拥抱，他说中国的志愿者和裁判团都是很强的工作团队，跟大家一起工作是一段很愉快的经历，这段美好的经历会一直在他的心里，他的记忆里，我也会一直在他的心里，他的记忆里。

我想，这段宝贵的志愿服务经历也会一直在我的记忆里吧，这是生逢盛世赋予我永远的冬奥记忆，永远的人生财富。同时，在这段奇妙的旅程中，我受到来自国际冬季两项联盟代表们的称赞，这不仅仅是为个人，更是作为师大人、中国人的一种骄傲和自豪。

尾声：从中国到世界

对我而言，"北京2022年冬奥会志愿者"是我大学4年里最靓丽的标签之一，也必将成为我人生中最难忘的经历。

作为一名大学生，能够有幸代表自己、代表学校、代表国

家，见证北京2022年冬奥会的顺利举办，见证在“绿色、共享、开放、廉洁”的办奥理念下举办的“简约、安全、精彩”的冬奥盛会，我感到无比自豪；作为英语专业的一名大学生，能够亲身参与这场世界级别的奥运盛会，结交到不同国籍、不同文化背景的国际友人，感受大家为了“更快、更高、更强、更团结”的奥林匹克精神而团结努力的参与感，我感到无比激动。

国之盛事，与有荣焉。在这场备受国际视野注目的盛会中，能够借助自身专业优势，用融通中外的语言助力讲好中国故事，用青春和奉献展现朝气蓬勃的中国形象，用自信和笑脸向世界呈现出亮丽的中国名片，我倍感荣幸。也正是本次冬奥志愿之行，让我更加深刻地认识到，翻译是促进人类文明交流的重要工作，通过准确传神的翻译介绍，让世界更好认识新时代的中国。

今后，在引导更多外国读者读懂中国、促进中国和世界各国交流沟通的道路上，我将继续发扬北京冬奥精神和志愿精神，让语言搭就“友谊桥”，讲好中国故事，传播好中国声音，为推动构建人类命运共同体做出贡献。

将来的我或许身份会有变化，但北京冬奥精神会一直鼓励着我，影响着我，我也会把这份荣誉好好珍藏，铭记这份荣耀曾经带来的温暖，在今后人生的任何一个闪光时刻，坚守自己作为外语人的光荣使命。

用青春传递奉献之火，用语言点亮冬奥之光

王俊明，燕山大学体育学院2020级运动训练专业硕士研究生，北京2022年冬奥会和冬残奥会张家口赛区国家冬季两项中心翻译志愿者。

我是王俊明，在北京2022年冬奥会和冬残奥会期间，服务于张家口赛区国家冬季两项中心，主要职责是担任冬奥会器材主管翻译和冬残奥会竞赛长翻译，在工作之外还是文创商街228寝室的寝室长。在冬奥会和冬残奥会期间我每日平均工作10小时以上，总计服务时长约27 000分钟。工作期间，我多次被国家冬季两项中心评为“每日之星”，还被国家冬季两项中心评为北京2022年冬奥会和冬残奥会优秀志愿者。

逐梦双奥，奉献青春

当得知燕山大学可以报名北京2022年冬奥会志愿者时，我非常激动，第一时间报名并通过学校的选拔和面试考核，以全校第九名的好成绩入选冬奥志愿者。为更好地服务冬奥会，我自己在网上收集、学习冬奥相关知识和志愿者服务常识；通过每天坚持听英语和阅读英语文章来提升英语技能；还利用业余

时间向老师和同学宣传有关冬奥的知识，这些都为我日后在冬奥会上做翻译工作奠定了基础。满怀憧憬和渴望走入张家口奥运村，进入了闭环管控区，我克服了环境寒冷、地域不适和疫情复杂等诸多困难，全身心地投入紧张的志愿服务工作之中。每天我是全场馆第一个到岗工作的志愿者，踏着晨光来，披着星光走，因为我要向世界展示中国志愿者的最美形象，让蓝色身影成为“双奥之城”最美的名片。

临危受命，担当重任

在本届冬奥会中最先安排给我的任务是运动员通行管控，负责疏导运动员通行。但进入奥运村工作的第一天，由于场地缺少体育专业翻译，我被组委会抽调到体育领域器材组担任翻译，主要负责协助器材组主管与国际奥委会和IBU技术官员进行沟通，陪同器材组主管老师参加每晚的技术总结会议，并对会议内容进行同声传译工作。体育领域器材组翻译是本次冬奥会圆满完成不可缺少的环节，比赛开始前我要陪同器材组主管于辉老师就每天所需的器材和枪械检查事宜与国际裁判进行工作交接。事事有回音，件件有着落，是我做翻译工作一直秉承的信念。冬奥期间，在器材组主管的带领下，我始终奋斗在工作第一线，以扎实的专业知识和良好的英语沟通能力，赢得了体育领域各位领导、老师和国际技术官员的赞誉和好评。

认真工作，保障服务

在服务冬奥期间，我每天要从事器材摆放、地垫布置、枪架摆放、运动员服装和枪械检查等工作，尽管这些工作单调而枯燥，但我坚持每天都以饱满的热情投入到工作中，做到器材摆放整齐，检查严谨细致，给运动员创造良好的比赛环境，同时做好IBU国际技术官员后勤服务保障工作。有一次，IBU国际技术官员对他们的工作环境提出要求，我便与我的主管老师进行沟通，在一次次沟通和一次次与场馆进行交涉后为他们创造了良好的工作环境。他们说在我的帮助协调下解决了很多问题，大大提高了工作效率，中国的志愿者是棒棒的！

履职冬残奥，展现风采

在冬残奥会期间，我被调任做竞赛长的翻译，主要协助竞赛长与国际残奥委会技术官员、OMEGA技术团队进行工作对接，对接沟通内容主要有打蜡房归置、场地器材布置、靶场线路铺设、雪道规划等。每天早上和下午还要陪同竞赛长参与国际裁判员技术会议，并为会议提供同声传译服务，保障竞赛工作有序进行。冬残奥会开始后，我立即投入紧张忙碌的工作之中。比赛开始前陪同竞赛长对比赛准备工作进行检查，运动员全部出发后我便随同老师和国际技术官员到终点对竞赛终点工作进行检查，并在比赛结束后对运动员进行疏导管控，告知每场比赛获得前三名的运动员参加庆典仪式，同时与OBS进行对接确保运动员可以有序到达混采区接受采访，保障竞赛的完整性。由于残奥会比赛项目众多且赛程较满，有时一天会进行十多场的项目角逐，所以在比赛日中经常会出现两头跑的现象，有时比赛刚开始就要立刻跑到终点去守候运动员，我的工作劲头被国际技术官员开玩笑地称为“场下闪电侠”，同时被国内技术官员称为“拼命三郎”。

图35　王俊明在冬奥志愿期间帮助OBS技术官员对接运动员采访事宜

热情服务，传递爱心

3月8日，冬残奥会的第四个比赛日，我国运动员刘梦涛获得冬季两项男子10公里坐姿组比赛金牌，登上领奖台前他问我，他的墨镜和号码布是否遮挡住国旗。于是我便辅助他替换口罩、固定雪板，确保他以良好的形象和饱满的精神参加领奖。该事迹被新华社、《北京日报》、《中国体育报》等多家媒体报道转载。作为翻译志愿者的我很荣幸能够见证我国运动健儿夺冠，我由衷地为伟大的祖国感到骄傲和自豪。在冬残奥会最后一天的比赛日中，一位德国运动员参加颁奖仪式，由于领队和教练未在终点陪同，当时天气较为寒冷，穿着薄薄比赛服的运动员被冻得瑟瑟发抖，见此情况，我立即脱下我的羽绒服披在那位运动员身上。颁奖结束后，那位运动员把外套归还我时向我表达了感谢。当我用德语回复“不用谢”时，她十分惊讶地跟同伴说：“中国志愿者真的太优秀了！”

团结合作，收获友谊

在北京冬奥会所有比赛和工作结束后，作为环内志愿者我们开始了长达7+14天的隔离生活。作为寝室长，我积极组织参加河北省共青团每日学习和运动打卡活动，并在综合考评中获得优异成绩。我们寝室积极参加歌手大赛和投壶比赛，在投壶比赛中我们通过齐心协力和完美配合获得第二名的好成绩。我们编演的青春活力现代舞蹈受到团省委的一致好评。在桥东文创商街时的隔离生活使我既难忘又感动，难忘的是我与228兄弟们在一起的日子——真诚而温馨，感动的是我们曾经一起奋斗过的岁月——自豪而荣光。

北京2022年冬奥会和冬残奥会取得圆满成功，赢得了全世界的广泛赞誉。巴赫主席在致辞中表示：“我要对所有志愿者说，你们眼中的笑意温暖了我们的心田，你们的友善将永驻我们心中。”作为一名中国志愿者，我因参与冬奥会和冬残奥会志愿服务，成为两万多名志愿者中的一员而感到骄傲和自豪。我不仅学到了许多冰雪运动知识，也在服务和奉献中得到历练和成长。

翻译志愿工作是博爱的体现，是爱心的代言，更是国际跨文化交流的一项重要实践。体育翻译志愿者，通过工作中的语言沟通，促进了不同文明交流互鉴，为推动全球团结合作、共克时艰发挥了重要作用，也为动荡不安的世界带来了信心和希望，向世界发出了“一起向未来”的时代强音。当看到原本很混乱的局面通过沟通一个一个被梳理、解决，直到平稳运转，既提升了我国体育强国的形象，又加强了国际之间的深厚友谊，我获得了源源不断的成就感和满足感。在未来工作、学习、生活中，我将继续发扬北京冬奥精神，弘扬志愿精神，在“更快、更高、更强、更团结”的奥林匹克精神指引下，践行“请党放心，强国有我”的青春誓言，踔厉奋发，勇毅前行，为体育强国建设贡献自己的智慧和力量。

插上语言的翅膀，传递“雪花”的力量

石雅楠，河北外国语学院东方语言学院2019级朝鲜语专业学生，北京2022年冬奥会和冬残奥会张家口赛区云顶滑雪公园交通领域T3团队助理。

我是来自河北外国语学院的石雅楠，作为一名大学生，最渴望的就是能够利用自己在大学中学到的知识去服务社会、服务人民，所以我一直都积极参加志愿服务活动。当得知北京2022年冬奥会即将在我的家乡张家口举办后，我想要为家乡、为冬奥会贡献自己一份力量的想法更加强烈。我积极报名参与，通过层层面试、选拔，成功入选为2022冬奥会张家口赛区交通领域的一名志愿者。

志愿者的选拔是非常严格的，我很幸运可以成为志愿者中的一员。成为志愿者后，我深知作为一名志愿者各方面能力都要卓越，特别是作为冬奥会的志愿者，体能等方面更要有较高的水平。因此，自从确定了想要成为一名志愿者的心愿后，我便主动提高自己的体能，不让自己在志愿服务过程中掉链子。除了体能训练外，志愿服务培训同样重要。我积极认真参加每一场志愿服务培训，不断提高自己的志愿服务水平和能力。志愿服务培训的内容非常丰富，不仅有志愿服务的基本注意事项、各个场馆的职能介绍，还包含对举办城市的历史文化的讲解，在学习过程中，我既获得了志愿服务知识，又对冬奥会、对自己的家乡有了更深的了解。

我的岗位是北京2022年冬奥会和冬残奥会云顶滑雪公园交通领域T3团队助理，主要工作内容是引导外国官员及赛事相关外籍工作人员上下车，为其提供点对点的交通服务，同时协助车辆司机，进行翻译服务。

服务期间令我印象最深刻的一件事情便是为一位韩国官员提供韩语服务。2022年2月8日平行大回转决赛结束后，一位官员步伐匆忙地走到T3站点，我马上上前询问是否需要帮助。这时，我发现这位官员手中带有韩语标注的地图，立刻使用自己的专业韩语与这位韩国官员进行沟通。听到韩语之后，他首先表示震惊，问道："你会说韩语?"在我介绍完自己是朝鲜语专业的学生之后，这位官员便显得更加自如。通过沟通得知，这位官员需要15分钟之内赶到太子城高铁站，但是没有提前预约T3车辆，也不了解如何使用乘车软件。我立刻询问并帮这位韩国官员下载冬奥通APP，帮助他用该软件进行扫码、下单、确定目的地。与司机沟通在尽量安全又快速的情况下15分钟内把这位官员送到高铁站。被送上车后，这位官员不停地致谢，感谢我提供的服务，并且说这是一次非常愉快的交流。

在这次交流过程中，交谈时的遣词造句让我无比纠结，对于选择较为正式尊敬的书面语还是口语化的敬语体时，几分钟时间里头脑风暴，斟酌用语，最终是更为尊敬的书面语打败了口语体。在跟同学分享这件事时，他们不禁笑道，那位韩国友人一定觉得你非常认真且严肃，说话一板一眼。可我却认为，

图36　石雅楠（左一）在2022冬残奥会期间进行引导服务

这“一板一眼”之中才显示出我们志愿者将认真和尊重贯穿于每一次的服务始终的态度。

平时的志愿服务通常采用英语，可以使用自己的专业语言提供服务使我感到非常幸运。感谢学校老师们的殷切教导，可以让我在志愿服务中发挥自己的专业才能，为更多的人提供帮助，实现志愿服务的意义。

作为一名志愿者，助人的同时也是自助，这次经历让我意识到外语学精学通的重要性，也更加坚定了利用自己的语言优势在冬奥会服务期间讲好我们的文化，展示我们大国风度的信心！

服务期间还有一件令我印象深刻的“亲历”事件，就是和德国队的随行官员合照。在冬奥会的最后一天，我还如往常一样在我的岗位上站岗，这时候一群人向我走来，我走上前去询问是否需要乘车服务，其中一位男士回答："Yes!"在我安排好车辆、确认好目的地之后，这位男士提出想用他们的Pin交换我头上的帽子。由于崇礼冬天天气的寒冷，我日常都戴着制服当中的雷锋帽，这属于志愿者的独特帽子不仅我们非常喜欢，外国友人也很喜欢。最后我和这位朋友互相交换帽子一起拍了一张照片。他们走之前还送给我一枚具有他们风格的Pin。

在极寒的天气里，正是这样一件件让人感觉到暖意的事情让我做好志愿服务的决心更加坚定。青年志愿者活动倡导团结友爱、助人为乐、见义勇为，是当代社会一项十分高尚的事业，体现了中华民族助人为乐、扶贫济困的传统美德，是大有作为的事业。努力做好这项事业，有利于在全社会树立奉献、友爱、互助的时代新风范。

志愿者的服务工作让我积累了许多人生的经验，也让我得到很多欢乐与心灵的满足，这一切都是我从书本学习不到的宝贵财富。语言是通向世界的窗口，更是讲好中国故事、传递中国精神的桥梁，尽我小小力量为我们的精神插上语言这一羽翼，让它腾飞至世界的每一个角落。在许多的志愿服务活动中，我体会到工作的成效取决于个人的进取性。倾情地投入、热情地参与、耐心地引导、不厌其烦地解释说明，即使再棘手的问题也能够迎刃而解。我们互相学习，共同努力，互相付出，共同奉献，原本没有的经验现在也装得满满的。所以，志愿者既是奉献者，也是受益者。我将不断充实自己，发挥自己的优势，用好"语翼"，在日后的生活工作中奉献自己的力量！

"小雪花"的冬奥回忆

赵昕遥，河北外国语学院德法语言学院2018级法语专业学生，北京2022年冬奥会和冬残奥会张家口山地转播中心语言服务志愿者。

我是赵昕遥，一名北京2022年冬奥会和冬残奥会张家口山地转播中心语言服务志愿者。我们给自己起了个亲切的名字——小雪花。

初次感受你——崇礼

2022年1月6日，河北外国语学院第一批志愿者队伍抵达张家口崇礼，进入移入期。一下车，张家口山地转播中心（Zhangjiakou Mountain Broadcast Centre，简称"ZBC"）的志愿者领域经理就热情地接待了我们。虽然早就在新闻里看到了制服的样子，收到装备的我们还是忍不住心里小鹿乱撞，个个合不拢嘴地拖着装备箱到驻地安顿。团队里的女生们小心翼翼地把防寒服、冲锋衣、外套、手套、雷锋帽等志愿者装备码好，按下快门键。望着白雪皑皑的山峰、星光点点的长城、灯火璀璨的雪如意，神奇的冬奥之旅也就此开始了……

熟悉又陌生的队友们

ZBC语言服务团队由河北外国语学院和对外经济贸易大学组成，主要工作语言是英语，队伍中有的同学专业是法语，有的是德语，还有意大利语、日语、韩语、西班牙语，两所学校为冬奥会输送的每一位志愿者都水平高超、专业过硬，ZBC只要有语言服务需求，我们总能想办法解决。冬奥会开始前，语言服务领域的董帆经理对我们进行的专业培训课都在线上举行，我们每一位同学早已互相熟悉。1月22日是对外经贸大学的同学们到达崇礼的日子，也是ZBC志愿者们整体移入的日子，忙着安顿却丝毫没有影响我们看到队友的喜悦，这些"最熟悉的陌生人"终于从线上来到了现实！

装着"小雪花"的冬奥大巴车

每一位志愿者在回忆自己的冬奥之旅时都少不了分享清洁环保的氢能源交通。日常上下班坐的大巴车以及在各个场馆间穿梭的冬奥服务与保障车辆，全部采用清洁的氢能源，排出的只有水，张家口有4座加氢站为车辆提供补给。每天上班时看到有着冬奥蓝特色涂装的班车和浪漫的白色雪景融在一起，心情就会自然而然地愉悦起来。有一次等班车时看到，在我们的TW-11V班车的车标上方，可爱的司机师傅贴了一个"I love China"的贴画，上车后映入眼帘的是满满的中国国旗！每当登上这辆班车，"小雪花"们心中都是满满的自豪！

开幕式上的中国红

开幕式当晚，ZBC的志愿者们都来到办公室观看。中国代表团的出场顺序在中间靠后一点，我们期待着、侧耳倾听着、目光凝聚着，终于听到法语、英语、中文喊出响亮的“République populaire de la Chine！ People’s republic of China！ 中华人民共和国代表团！”。霎时间，全场志愿者都站起来欢呼着，手里摇着鲜艳的五星红旗，听到早已刻在骨子里的“五星红旗迎风飘扬”的旋律都唱了起来！我们眼含自豪的泪光，望着这令人激动的颜色，那一刻我感受到，我们和大家在一起，在做好这件祖国的大事。如果问：“你最喜欢什么颜色？”那回答一定是：“这灿烂的中国红！”

志愿者们都是一家人

来到张家口，一年前蚊子咬的伤口因为不适应发生破溃流水。我觉得这么点儿小伤自己能处理，很怕需要环外就医就不能继续服务冬奥会。室友和同学们看到伤口，急忙帮我找到了驻地医生来宿舍清创。本就有点儿社恐的我被一大群医学生围观，有临床的、护理的、麻醉的，各个专业的同学看着医生处理我的伤口，我成了一个模型，让大家上了一堂生动的清创演示课。同学们都担忧地看着我，突然几个同学急匆匆地跑进来说：“双氧水（过氧化氢）、碘伏、酒精、纱布、生理盐水都借到了，给！”“给你我的盆，用去吧！”人生第一次有这么多人围着我，需要什么就以最快速度跑着去借，不停地问我疼不疼，安抚我的情绪。那一刻，我真真切切体会到了志愿者之间滚烫的温度，也感受到了志愿精神里“互助”二字的含义。我的脸上没有泪水，但心里早已被这一幕融化，真的特别感动，感谢大家！

一群原本素不相识的同学因冬奥聚在一起，在我急需帮助时争先恐后地出现在我眼前，我想这就是志愿精神，这就是医者仁心最淋漓尽致的体现吧！谢谢你们！

语言服务的工作需要耐心和恒心

疫情下的冬奥会，语言服务也尽可能采用远程、无接触的方式进行。我接到的第一个实战口译任务是对接协调芬兰转播商有关用车的语言需求任务。心里又紧张又兴奋，我连夜看了有关交通、收费卡领域的相关词汇和翻译材料。终于等到了芬兰转播商的电话，阿努女士说她很高兴有人来帮助她，她们要预定一辆车，需要我来协调车辆。激动地挂掉电话，马上联系相关负责人传达利益相关方的需求。而外方派车属于高风险交通工具，语言服务志愿者不允许跟车服务，这就让沟通出现了一定的限制，不如面对面交流传达得快，可能解决一件事需要两边致电。除了专业功底，这还很考验我的应急处置能力。第一天的行程中出现了两个赛区车辆通行证不兼容的问题，根据防疫规定，外方工作人员必须由车辆到驻地门口接送，但因跨赛区，我们的车辆无法进入外方工作人员下榻的酒店。我一边在电话中安抚阿努女士的情绪，耐心地向她解释，一边马上将情况上报给语言服务领域经理和场馆管理领域经理，在多方协调下终于解除了误会，顺利放行。总结了第一天的经验，为了避免在后面的服务中浪费时间，我选择提前与中方和外方沟通，把问题解决在前面，为事情留好预备量。为芬兰转播商提供的3天全程远程语言服务，解决了很多她们不方便交流的事情，阿努女士说："作为转播商，我不得不说，语言服务的Zhao非常专业和友善，为我们解决了很多问题。"外方工作人员的认可让我也很欣喜自己这漂亮的"第一枪"。

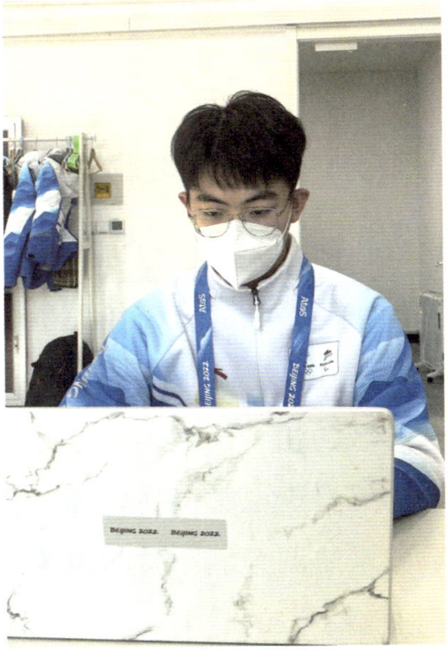

图37　赵昕遥在北京2022年冬奥会期间执行笔译任务

除了口译的任务，我们还会收到各种外文邮件、密函、通知和条款，为了让场馆内的中外方工作人员都能看懂，我们需要将文件进行英汉互译。志愿者们第一次翻译正式的官方邮件时出现了很多问题，其中一个突出问题是两位志愿者把原文的小标题误当作正文，导致内容冗长，文不达意。此外，还出现了“我”“您们”等第一人称、第二人称的不当使用（应当采用“本人”“贵方”的字眼）。语言服务领域董帆经理对校对任务进行总结时帮助志愿者纠正了错误，并指出：“作为翻译，我们不光要把文章翻译得能看懂，还要为两方考虑，真正做好润滑剂的作用，要提高笔下的情商。”

我们学到的是对待工作态度之严谨、对待文本翻译之敬畏、对待事情之认真，服务完毕后我仍然将这些宝贵的经验记在心中，延续到今后的工作、学习中。

冬奥会上我们展现中国青年志愿者的风貌，做最美的中国名片。语言服务成了沟通中国和世界的桥梁，我们用语言让各国友人消除言语阻碍，友谊的脚步更加坚定，道路更加畅通。我们互相关心关爱，为大家解决问题是每一位冬奥会“小雪花”都在做的事情，并且我们坚信，少年之所以可期，是因为热爱在沸腾，心中冬奥的火焰从燃起那一刻就不会熄灭。让爱心和体育无国界，让奉献继续！

篆刻着五环的起点让我永生难忘

吴永湘，河北传媒学院新闻传播学院2019级播音与主持艺术专业学生，北京2022年冬奥会张家口赛区媒体运行领域混合区助理、记者工作间助理。

在正式进入志愿者团队前，我在心里无数次酝酿了以“我是冬奥会志愿者吴永湘”为开场白的自我介绍。尽管通过了层层选拔，我的心里对于“冬奥会志愿者”这样的标签依然底气不足。然而，当我经过了一次次的培训与历练，站在崇礼的赛场上，并在签名墙上签下自己的名字时，我作为奥林匹克运动会参与者的底气油然而生，由此，我更加坚定了作为一名冬奥会志愿者应该有的信念。

我来自浙江，是个南方男孩儿。其实，即便我嘴上说着“不惧严寒”这样的话，但心里依然对自己的身体能否胜任冬奥会志愿工作感到担忧。因此，出发前我从网上买了特别多像厚手套、暖贴这样的保暖用品。虽然到了驻地和场馆，组委会都会给我们配齐这些用品，但是自己准备着心里总归踏实些。当然，在数月的志愿者工作中，我也证明了自己的体质状况是完全能够做好寒冷状态下的所有工作的，我也为自己能够胜任这些工作而感到自豪。

2月4日，令我期待已久的北京冬奥会终于正式拉开了序幕。当晚，我在场馆媒体中心和我的经理、主管及其他志愿者们一起观看了激动人心、让我震撼无比的开幕式。当庄严的《义勇军进行曲》在鸟巢回荡时，我们场馆媒体中心工作人员全体肃立，唱着国歌，一同注视着屏幕上国旗的升起。当中国代表团步入国家体育场时，场馆媒体中心的每一位工作人员和志愿者都沸腾了！回想起开幕式当晚，我真的记忆犹新，在开幕式中蕴含的“中国式浪漫”令我永生难忘，为我的大中国双手点赞！

在混合区助理的工作中，我很荣幸地担任了小组长一职。在第二个比赛日，我在混采预约处负责为媒体记者提供混合区的准入服务时，有一位俄罗斯记者因其英语口音问题，在与我的沟通过程中出现了一定的语言障碍。凭借着测试赛和赛前培训中积累的外语沟通经验，我用“重点强化”“长话短说”的方法尽我所能去帮助这位记者，为他解答了工作上遇到的问题。临走前，他示意要与我“碰拳”，并且多次向我致谢。那连续好几声的“Thank you”，不仅让我惊喜，而且使我心安。

混合区的日常运行点位于室外，天气的寒冷和生理的疲惫是我在工作中需要面对的重大难题。在最后一个比赛日，崇礼的赛场狂风大作，大雪纷飞，当天国家越野滑雪中心进行的是越野滑雪女子30公里集体出发（自由技术）比赛，北京2022年冬奥会首金选手、挪威运动员特蕾丝·约海于格第三次夺得了本届冬奥会金牌。尽管天气状况异常恶劣，但媒体记者的热情却依然不减。在凛冽的寒风中，我克服着严寒协助媒体记者开展采访工作。离开混合区前，一位挪威记者在安全距离线外

图38　吴永湘（右一）在2022年冬奥会国家越野滑雪中心媒体运行混合采访区工作，受访运动员（左一）为北京2022年冬奥会首金选手、挪威运动员特蕾丝·约海于格

拍手示意我，向我竖起大拇指，他的同伴们看到后也纷纷向我表示感谢。说实话，我心里真的特别感动。

在“轮岗”环节中，我再次回到了记者工作间，回到了北京冬奥会“相约北京”测试赛时的岗位——记者工作间助理。我们的媒体接待台上会经常摆放一些暖贴。有一位来自俄罗斯的媒体记者，特别好奇地指着接待台上的暖贴询问我们“这是什么新奇的物品”。面对他的疑惑，我们志愿者团队非常热情、细致地告诉了他暖贴的使用方法。在征得他的同意后，我们将暖贴贴在他的胸前，并且告诉他“一会儿就热了”。临走前，他非常俏皮地再次前来跟我们“要暖贴”，想把这些他眼里的新鲜事物分享给自己的朋友们，并且还告诉我们暖贴仿佛是个"magic"。除了暖贴，还有非常多的媒体记者喜欢上了媒体中心里摆放的冰墩墩玩偶，一再"请求"买走它们。现在回忆起来，我还觉得来自各国的媒体朋友们特别真实和可爱。

当然，日常工作中还有很多值得回忆的点点滴滴，如我用自己的专业知识，中、英文双语播报每日的最新工作进展信息，赢得了现场媒体记者、工作人员的连连称赞。还有一天，我遇上了崇礼的大雪，当积雪严重影响记者进入场馆媒体中心时，我毫不犹豫地拿起雪铲冲向室外，清理积雪。在我清理完积雪、回到室内继续做常规工作时，一位新华社记者走到我的身边，说了声："孩子，有你真好，辛苦了！"

我的新闻外籍副经理是澳大利亚籍日裔，有着多届奥运会的工作经历。她工作一直勤勤恳恳、踏踏实实，对于出现的每一个问题，她都会根据自己的赛事经验，与其他工作人员积极沟通，不放过任何一个小细节。一直以来，我们只谈工作不谈其他，但是看得出她非常热情和贴心。有一天，她叫出了我的名字。说实话，当她叫我名字的时候我真的非常惊喜。因此当她前来与我确认是否把我的名字念对时，我连连说着："That's right！"。她告诉我，我的眼睛长得特别像她的一位家人的双眼。冬奥会闭幕那天，我与她促膝长谈。她告诉我，在她的学生时代，心里一直都有一个信念和梦想，这个信念和梦想一直支撑着她走下去。她鼓励我一定要坚持自己的梦想，为自己的目标不断拼搏。回国前，她向我介绍了她的家乡，我们相约在不久的将来再次相见。

每场比赛结束以后，赛场大屏幕上都会写："Thank you，volunteers！"。每当看到这些话语的时候，我总会发自内心地感受到志愿者的辛苦与伟大！当然，能将自己的力量发挥到极致，为这一场家门口的奥林匹克盛会贡献力量是非常自豪的事情。闭幕日，我听到各国记者离开前那一句句“I love China”，心中的自豪感便油然而生。我会用一生去珍惜“冬奥会志愿者”这个身份，并且继续践行志愿者的使命。

北京冬奥会不仅架起了中外文明交流互鉴的桥梁，更镌刻着中国与世界携手向未来的决心和努力。奥林匹克运动的北京时间已告一段落，作为奥林匹克参与者的一员，我也将怀揣着五环旗走向未来。我会把北京2022年冬奥会当作我的起点，珍惜这段特殊的奥林匹克志愿服务经历，带着这一句句肯定，背起行囊，继续前行。

Together for a Shared Future！让我们一起向未来！

燃烧的雪花，奉献的青春

奚子洁，河北师范大学外国语学院2019级翻译专业学生，北京2022年冬奥会和冬残奥会张家口颁奖广场获奖运动员陪同志愿者。

一、我的岗位——获奖运动员陪同人员

在北京2022年冬奥会及冬残奥会中，我担任获奖运动员陪同人员，参加了长达96天的专业训练，培训总时长近960小时。2022年1月，我跟随先遣部队来到张家口颁奖广场进行前期筹备工作，负责培训材料的撰写及志愿者培训考察。在正赛开始前，我参与了186场张家口—北京协同全要素模拟演练。

我所在的张家口赛区颁奖广场海拔1 582.812米，冬奥会时日平均气温最高只有-13℃，户外常有10米每秒的大风天气。因为工作需要，我经常在极端低温和大风中等待、寻找运动员，与外方领队沟通，确保获奖运动员能够准时参加颁奖仪式，满足其交通与个人需求。

我深知陪同责任重大，容不得半点失误。所以，我勤学苦练，每天背诵专业中英文话术，熟悉业务领域的点位流程、行

车路线。工作空闲时，我还会与同事相互提问进行检验复盘。在这些练习下，我很快就熟练掌握了陪同任务的要领，为正赛的专业接待工作打下了坚实基础。

在这个岗位上，我每天接触到各国的顶尖运动员、教练员和技术人员等，我尝试尽自己最大的努力帮他们解决问题，展现中国人的热情，用自己的专业知识传递好中国声音，讲好中国故事。

作为一名预备党员，我很荣幸能在这段时间为国奉献。在每场陪同任务开始前，我都去观看对应的整场比赛，第一时间掌握自己即将陪同的获奖运动员的全部信息，将他们的国旗印刻在脑海中。在执行所有陪同任务前，我学会了用俄语、芬兰语、挪威语、瑞典语、德语等去说“你好”“再见”等简单的日常用语；我也会储备一些关于此项运动的小知识，以便能和他们有一些共同话题，让各国运动员得到宾至如归的感觉。

二、冬奥有我——首金情缘

我依然记得自己的首场任务，是陪同本届冬奥运会首枚金牌得主——挪威女运动员约海于格。组织给了我这个艰巨的任务，去做“第一人”。当时虽然已经准备充分，但还是会感到紧张，因为我是第一个去做这件事的人，没有任何经验可以借鉴。首金小姐姐来自挪威，因此我学习了挪威语中的“你好”及一些短句，期待可以用她的母语带给她亲切感。然而在接待时，我实在太紧张，她亲切地鼓励我，特意用英语对我说：“不必紧张，你已经做得很好啦！”为了缓解我的紧张情绪，她主动与我聊起了她的家乡和挪威的风土人情，让我第一次感受到运动员带给我的温暖与热情。

图39　奚子洁护送获奖运动员参加北京冬奥会闭幕式现场照片

任务结束之后，我认真总结和反思，将各种日常外语背到滚瓜烂熟。后来接待日本运动员、俄罗斯运动员、瑞典运动员和德国运动员时，我都能自信大方地说出他们的语言。

根据冬奥会惯例，越野滑雪男子50公里和女子30公里项目的颁奖仪式将在闭幕式上举行，象征着对此项目运动员的最高礼遇。

令我倍感荣耀的是，在冬奥会闭幕式当天，我作为颁奖广场代表，负责护送越野滑雪项目获奖运动员到北京闭幕式，现场令人震撼！

今年，老将约海于格真正做到了有始有终，对于我，也有同样非同凡响的意义。14天后，我们再相遇，这一次都为各自的冬奥之旅画上了圆满的句号。

“WOW！I remember you！So nice to see you again！”见到我的第一面，她就惊喜地认出了我，口罩没有隔断我们的情谊，更隔不断各国之间如雪花般纯净的友谊。

闭幕式结束后，首金姐姐主动提出交换我俩的帽子，她非常喜欢志愿者的纯白色雷锋帽，想带走这一份珍贵的记忆。而我也得到了一顶人生中意义非凡的冠军之帽，这顶小小的帽子被赋予了勇往直前的奥林匹克精神，陪伴我、激励我翻过人生中的一道道山峰，就像越野滑雪一样，披荆斩棘，获得属于自己人生赛道的金牌。

那一刻，我真正感受到什么是无国界的友谊交流。她拜托我向所有志愿者转达所有运动员们的感谢，说我们是最棒的一批人！那天晚上虽然气温已低至-25℃，但是我的心像火一般温暖。

中国、意大利、加拿大、俄罗斯、瑞典、芬兰、德国、挪威、瑞士，陪护9个国家的获奖运动员，18个夜晚，每个夜晚都让我永远铭记。各国运动员们会因为我的热情服务而更加喜爱我的国家，这是最令我自豪且幸福的事情。

三、我与冬奥——感动时刻

参加北京闭幕式的那个夜晚，是我愿意用一辈子去铭记的时刻！每一位运动员都向我们热情地招手，用中文向每一位志愿者大喊：“谢谢你们！”“拜拜北京！”我深刻地感受到国家的繁荣与富强，更明白了“天下一家”4个字的珍贵与美好。

20日晚上，我作为获奖运动员陪同人员有幸来到鸟巢现场，将我们的越野滑雪运动员成功送到最高领奖台上。颁奖仪式谢幕之后，看到志愿者们上场，我还以为是在布置现场，但是当志愿者登上最中央的颁奖台，大屏幕上亮起我们的脸庞时，我一瞬间就明白了冬奥组委和国家的用意，眼眶一下子就湿润了，没有想到，我们志愿者会成为本届闭幕式的主角之一！

视频中闪现的一幕幕就是我们日常工作的缩影，有过不安、紧张、想家、寒冷，但是那些困难一下子就融化在这场盛会带给我的爱与温暖中。

两位嘉宾为我们颁发大红灯笼，我想这就是志愿者存在的价值与意义：点亮自己才能照亮他人。当每一次执行任务，看到运动员像小孩子一样欢呼着跳上领奖台，下台时激动地朝我挥手，离别时向我们比心，半探出身子在栏杆上说“谢谢你们的努力，你们非常棒”时，我都会真正感觉到，志愿服务不只是一场单方面的奉献，而是一次次充满爱意的双向奔赴。

在张家口颁奖广场的感动使我毕生难忘。我习惯了在每一个月夜，抬头看到五星国旗和闪耀的繁星同时闪耀，用尽全身力量为每一位奥运健儿欢呼呐喊，与所有志愿者朋友度过一个又一个平凡却又特殊的日子。我们聚是一团火，散是满天星，“一起向未来”！

北京冬奥会和冬残奥会已经落下帷幕，但是在长久的未来，冬奥盛会带给我的感动，将如一颗火种，照亮我成长的方向，照亮每一个终将过去的寒冬。

四、感恩过往，迎接未来

除了工作之外，学校和团省委给予我们的保障更让我信心倍增。无论是在住宿条件上还是在饮食条件上，抑或是生活保障上，我们的需求都得到了最大限度的满足。这里的疫情防控严格而有效，防疫物资供应充足，老师们也时常关注我们的心理状况，这让我们能够没有顾虑地全身心投入志愿服务工作中。同时，这也让我意识到，作为志愿者，我们不是在孤军奋战，我们的背后是支持我们的母校和富强自信的国家，这足以支撑我在面对来自世界各国的运动员时能真正做到不卑不亢。虽然在颁奖广场的日常十分忙碌，过年不能和家人在一起，但只要想到我是在为国家贡献力量，便不会觉得辛苦。作为一个土生土长的张家口人，我终于凭借自己的力量为家乡奉献了一份力。我有幸参与其中，成为奥运的参与者、见证者、奉献者，弘扬奥林匹克精神，做北京冬奥精神的传承者、践行者和传播者。

北京2022年冬奥会虽已圆满落幕，但团结友谊的温暖之花将在世界人民的心间久久绽放。各国人民用真诚、友爱、关怀、鼓励的点滴行动，诠释着“相互理解、友谊长久、团结一致”的奥林匹克精神内涵，为世界挥洒出一片盎然春色。这份宝贵的精神遗产应当被珍惜、继承、发扬光大，为体育赛事增添人文关怀，不断鼓舞人类团结共进，携手一起向未来。未来，我将怀揣此次奥运盛会的巨大精神财富，继续用实际行动展现中国人民热情、友善的美好品质，用优质服务诠释奥林匹克格言，用专业素养加深各国人民之间的相互理解。

在冰雪中收获感动

李娇婷，河北师范大学外国语学院2020级英语教育专业学生，北京2022年冬奥会和冬残奥会张家口颁奖广场获奖运动员陪同志愿者。

自2020年秋季的初次冬奥会志愿者校级选拔起，我以饱满的热情接受每一次培训及考核，最终有幸成为北京2022年冬奥会及冬残奥会的一片“小雪花”，有机会能为国之大事奉献青春。在冬奥会和冬残奥会期间，我在张家口颁奖广场的庆典仪式获奖运动员交通服务团队进行服务，主要工作是陪同获奖运动员往返冬奥村和颁奖广场。在张家口颁奖广场进行的93场颁奖中，我一共完成了10次陪同任务，冬奥会及冬残奥会各5次，接待了来自中国、芬兰、澳大利亚、德国、乌克兰、挪威、美国等国家的运动员，每一次的陪同任务都顺利完成。

在2022年1月23日下午抵达张家口颁奖广场之后，我们便开始了闭环管理，1月24日到2月5日获奖运动员交通领域进行冬奥会工作准备。我们领域一共34名志愿者，全部来自河北师范大学。办公室在领奖台正后方的办公楼一楼，与接待获奖运动员的候场室和接待颁奖嘉宾的贵宾休息室相邻。志愿者们每天上午10点前到达岗位，开始背话术、走点位，话术包括中英文双版，主要内容为自我介绍、颁奖广场简要介绍、颁奖广场一些规则及路线简述等。我们所有人在办公室一起工作、一起开会、一起吃饭、一起跨年。严肃认真又不失欢乐活泼是我们办公室的日常氛围。

2022年2月6日，获奖运动员交通领域正式开始赛时服务，第一天我接待的运动员是来自澳大利亚的单板滑雪女运动员特丝·科迪。第一天工作，我十分紧张，但运动员的友好热情与活泼大大安抚了我的情绪。她耐心听我讲完所有话术，并在我每讲完一句时回应以“cool”“good”。在她领完奖、接受完采访从混采区出来之后，我有些忐忑地和她搭话，没想到特丝·科迪十分热情，邀请我摸她的奖牌，也向我简单分享了一些她的经历，包括曾来中国训练以及遗憾未能参加平昌冬奥会。在我们从颁奖广场上客区乘塞纳福祉车到达冬奥村落客区后，她向我一遍又一遍地道谢，我对她说：“I’m very glad to be at your service tonight.（我很高兴今晚能为您服务。）”她听后非常开心，举起手和我轻轻地击掌。在返回颁奖广场的路上，我忍不住微笑着一遍又一遍回忆当天晚上的经历，口罩遮不住她的笑容，寒冬挡不住她的热情，特丝·科迪为我的冬奥志愿服务创造了一个明亮美好的开端。

在之后两次接待德国和挪威运动员的过程中，尽管语言不通，但我也能感觉到这些身经百战的世界级佼佼者对我一个年轻大学生的平等和友好。第四次陪同任务，当2月11日的排班表发布后，得知要与另一位志愿者一起接待自由式滑雪空中技巧混合团体中国银牌队伍时，我激动得无以复加！尽管当时我们的话术已经倒背如流，但我与另一位志愿者仍然反复练习各个点位、每一句话术。在冬奥村的上客区接到贾宗洋、徐梦桃、齐广璞3位运动员之后，我和另一名志愿者既激动又紧张，自我介绍完之后就不知道再说什么了，但上车之后运动员们在车上主动与我们聊天，聊颁奖广场、聊吉祥物、聊他们以往的冬奥之旅。身经百战的老师们平易近人、友好且有耐心，徐梦桃老师甚至记住了我们的自我介绍，能叫出我的名字，一种感动与受宠若惊的感觉在我心里交织。尽管这一天已经过去了很久，但再次回想起来仍然使我开心又感动。

2月19日，张家口颁奖广场冬奥会赛事服务的最后一天，我接待来自挪威的铜牌运动员。晚上8点左右，我和另外几位同样陪同挪威运动员的志愿者在混采区外等各自陪同的运动员出来，但运动员们迟迟不出现。张家口冬天的晚上寒意刺骨，零下二十几度的气温伴着凛冽的寒风，我的睫毛上渐渐结了冰霜，戴着手套的手也变得僵硬。为了避免运动员从混采区出来时错过志愿者的情况，我们在门外等候的4个志愿者都没有离开。在这等待的1个小时中，我们与同在混采区门外等待运动员的OBS摄像师开始聊天。摄像师来自美国，他有些腼腆，但是会回应我们的每一句话。也许是为了照顾我们，他语速很慢，也只用一些简单常见的单词来沟通。他与我们分享他的行程，他的工作和家庭，还拿出手机给我们看了他小儿子的照片，听到我们称赞他的儿子可爱时，他十分高兴。当时那种语言不通但心领神会、友谊相连的微妙感觉，给了我一种十分奇妙且美好的感受。

冬奥会告一段落，但这项国际盛事带来的美好还没有停止。3月6日，张家口颁奖广场正式开始冬残奥会的赛事服务，我第一天接待的冠军是来自乌克兰的视障运动员及其领滑员，由于语

图40　2022年3月12日晚李娇婷于张家口颁奖广场领奖台前

言不通，运动员及领滑员全程不说话，在紧张了一晚之后，我陪同运动员及领滑员返回冬奥村。在冬奥村落客区，我注意到领滑员衣兜里有东西掉了出来，便立即捡起来递给他，他对我说了一句乌克兰语，我完全听不懂，只说：“You are welcome.”。这时，一旁的运动员笑着，用中文对我说：“谢谢！”这两个字驱散了我一晚的紧张，虽然不是标准的普通话，但对我来说却是当晚最动听的话，它传递的信息是，语言国籍都不是障碍，一颗真诚的心最终会收获同样真诚的友谊。

3月12日晚，张家口颁奖广场正式结束了北京2022年冬奥会和冬残奥会所有的赛事运行服务，那天晚上9点多钟，我们所有环内志愿者一起登上领奖台，在最后一场灯光秀中恣意舞蹈，纵情欢唱。最后，在静谧的雪夜里，在所有人的注视下，国际残奥委会会歌奏起，国际残奥委会会旗缓缓降落，我的冬奥会和冬残奥会志愿服务工作在当晚的风雪与热泪中正式结束。

冬奥会，这场世界最盛大的聚会，为我们与来自世界各地的人民相互了解、增进感情提供了一个广阔平台，面对国籍和地域造成的壁垒，语言是我们在对外交流中冲破这一界限的重要工具，而我们的眼神和行为中所展现的热情、所传递的友好也更能增进我们与对方之间的感情。国家友好，根在人民，源在交流，这场盛会中的每一份小小的友谊，都是一次文明的互鉴，都是发展中外友好关系的助推器。

在这愈演愈盛的世界文明大融合中，在这人类命运共同体的构建过程中，精彩的碰撞、奇妙的反应无时无刻不在发生。展示出我们真挚的友好，不论时间长短，最终我们都会收获对方同样真诚热情的回应。以诚心为基础，以语言为桥梁，让中国与世界各国的友谊在瞬息万变的形势中行稳致远。

冬奥记忆：雪山上的两枚徽章

曹孖阔，河北大学外国语学院2019级英语系学生，北京2022年冬奥会和冬残奥会张家口赛区云顶滑雪公园摄影运行助理。

我叫曹孖阔，是河北大学英语系的一名在读本科生，正面临着考研抑或是就业的抉择。在整理个人履历时，我偶然翻到年初的相册。随着一张张照片闪过，记忆中的那片连绵雪山也悄然浮现。

2022年，我参与了北京冬奥会及冬残奥会两项国家赛事的志愿服务工作。我志愿服务的地点位于张家口赛区云顶滑雪公园，当时的职位是一名摄影运行助理。从最初到岗至最终离岗一个半月的时间，我见证了一个个足以载入史册的伟大时刻，也遇见了形形色色的奥运相关人员，然而最令我难以忘怀的是我服务的那些摄影记者们。摄影记者是以摄影手段进行新闻报道工作的专业人员，可以说，他们用手中的镜头带令人与后人见证了被时空相隔的所有伟大时刻。

我服务的摄影记者们来自世界各地，他们有着迥然各异的文化背景，为全球不同的媒体工作。但他们都会操着带有各自

图41 2022年2月9日，曹孖阔（右下角）在云顶滑雪公园单板滑雪障碍追逐赛道结束区正面摄影位置，为全球多家媒体的摄影记者提供摄影运行服务

口音的英语问我同一个问题：“Where is the photo position?（摄影位置在哪？）”因为在冬奥会这种国际赛事上，为了使各个利益相关方实现有机合作，保证赛事顺利运行，摄影位置是由赛事组织者事先经过专业选取并划定的，摄影记者并不能任意选取摄影位置，所以每一位摄影记者都会在训练开始前1天和前3小时到达赛场寻找划定的摄影位置。由于赛程紧凑，为了配合完成赛道转换，摄影位置也会相应变动。因此，摄影位置成了每位摄影记者最关心的问题，而我需要做的便是实时跟进摄影位置信息，并引导记者到达他们各自需要的摄影点位。即使经过专业造雪团队的塑形，大雪覆盖的山路也并不好走，加之张家口山地冬季接近-30℃的低温，想要从一个摄影点位

走到另一个摄影点位不可谓不艰难。

他是来自日本朝日新闻的摄影记者。我对他有印象是因为那天清晨在场馆媒体中心开馆时，他早早地到了摄影记者工作室并热情地从背包中掏出哆啦A梦形状的朝日新闻徽章递给我们志愿者以示感谢。我在坡面障碍技巧赛道旁的摄影位置执勤时遇到他正背着长枪短炮般的摄影设备向上攀爬。那些庞大的摄影设备把他本就矮小的身材映衬得好像夕阳下枯黄的老竹，摇摇欲坠却又倔强坚挺。“Hey！Kirill，can I access the starting point position?（嘿！Kivill，我可以到起点摄影点吗?）”（为了方便同各国工作人员及参与人员交流，中方人员也会用外文名）我很惊讶他选择的摄影位置，因为起点摄影位是最高的摄影点位，与我们当时所在的结束区有150米的高差。但这是合乎规定的选择，所以在检查确认过他的冰爪穿戴齐整后，我便陪同引导他前往起点摄影位。他告诉我他今年40岁，这是他第二次令我惊讶，因为他看起来只有30岁左右，而且在雪道上攀爬得比我还快。我当时自嘲道，在占据年龄和负重优势的情况下，我还是没他走得快。他说：“谢谢你陪我走了这么远，你完全可以休息一下，我知道该怎么上去了，我要到那里去拍一张最满意的照片。”

时至今日，我不知为什么这位日本记者会让我记起，我甚至不知道如何拼写他的名字，或许是他对奥运摄影事业的热爱，也或许是他递给我的那枚徽章……

记忆深处还有一个难以忘怀的冬奥人，他并不是我服务过的摄影记者，他是带领我们一起服务摄影记者的场馆摄影经理——来自希腊的Alex。他也曾是一名资深的摄影记者，但体育摄影并不是他的专长。2004年机缘巧合下，他以摄影经理的身份参与了雅典奥运会。北京2022年冬奥会已经是他参加的第九届奥运会了。对于这位老奥运人，我们每一名志愿者都充满了敬佩。他从没有经理的架子，除保障赛事摄影工作完美运行外，他最关心的是我们每一名志愿者的安全。每天场馆媒体中心关闭前他都会把摄影运行领域的所有志愿者凑集起来然后发表一长串令人习以为常的叮嘱和感谢。在一个自由式滑雪坡面障碍技巧的训练日，上午9点，赛道上突然下起了鹅毛大雪。于是训练终止，比赛延期。已经在赛道摄影位置站了两小时的我顶着风雪一步一蹒跚地挪下了山道，然后走回场馆媒体中心取暖。那天上午只有一个项目的训练，又遇大雪，很多摄影记者已经赶回驻地或者前往其他比赛场馆，场馆媒体中心里只有零星的文字记者和志愿者。我当时倚站在墙边回神取暖。可能是张家口隆冬的寒风把我冻木了，我并没有注意到Alex已经站到了我面前。我刚想要打招呼，就见他从口袋里翻出一枚《纽约时报》的徽章递到我手里："Good job！（好样的！）" 我当时真的很开心，甚至忘记了怎么用他教我的希腊语说声谢谢。我想那枚徽章也是别人对他的感谢，一枚转赠的徽章真的驱散了雪山上的寒意，让我感到发自内心的温暖。

徽章交换是奥运文化重要的一部分，各国代表团、各个国际组织与各家赞助企业和媒体都有自己的徽章。荣幸倍至，我得到了40余枚徽章，它们来自世界各地，用真诚打破了文化差异、语言隔阂，承载了跨越种族、年龄、身份的友谊。每一枚徽章背后都有一个我无法用文字描述尽致的故事。希求在将来的某时某刻，这段记忆再次翻涌时，我能用更好的文笔淋漓地讲述那些没讲完的故事。文行至此，眼眸之中一片雪山悄然浮现……

冬奥会上关于Pin的小故事

傅立诚，河北大学国际学院2020级国际经济与贸易专业学生，北京2022年冬奥会和冬残奥会张家口赛区云顶滑雪公园摄影助理。

在北京冬奥会期间，我的主要工作是在云顶场馆VMC（场馆媒体中心）服务来访的各国记者。在此期间，我和我的同事遇到了很多不同国家的记者朋友们，帮他们解决了各种问题，也收获了很多的感谢与好评。其中一些记者会将他们带来的独具特色的Pin作为礼物赠予我们以表达他们的谢意。我在工作期间也收到了一些记者赠予我的Pin，这些Pin背后的故事成为我参与北京冬奥会最珍贵的回忆之一，每当我回看这些Pin时都会想起很多有趣的细节。以下是我对一些印象深刻的Pin的故事的介绍。

图42　志愿服务结束后我对所有Pin进行了装裱

一、日本朝日新闻社的Pin

这位来自日本朝日新闻社的记者是第一次参与冬奥会摄影工作，他告诉我们他对一些冬奥会的工作流程不太熟悉，所以希望志愿者们能够对他多多关照，于是我们就帮助他熟悉了一些工作流程，解决了他遇到的一些问题。有一天，他给每一个帮助他的志愿者都赠送了一枚朝日新闻社的Pin，表达自己的谢意。这枚Pin很有日本特色，上面的哆啦A梦超级可爱。我不会忘记赠送这枚Pin的那位亲和有礼的日本记者，整个冬奥期间每一次见到他，他都会很热情地打招呼，让人感觉很开心，很温暖。

图43　日本朝日新闻社的Pin

二、日本读卖新闻社的Pin

这枚Pin是有一天我们工作到很晚，记者们也在工作间里面争分夺秒地整理素材，突然有一位日本记者走到我面前“偷偷”掏出来一个带包装的小东西，当时我还有一丝丝疑虑，但是拿到手之后发现是一枚Pin。我超级开心，不仅因为这枚Pin十分好看且珍贵，也因为我的工作得到了这位记者的认可！我记得这位记者平日里看起来不苟言笑，给人感觉不好接近，但实际上十分温暖友善且谦和有礼。

图44　日本读卖新闻社的Pin

三、伦敦残奥会的Pin

这是OBS领域的一个中国大哥与我交换的。他参与了好几届奥运会，他的包上和衣服上全是各式各样的Pin，他十分喜欢和我们大家交换不同的Pin，我拿一个志愿者的“旋转的雪花”Pin和他交换了这枚他从伦敦残奥会带回来的Pin，这种友好的交换也让我们感受到了真正的奥运氛围，同时也让我感叹一届又一届、一代又一代延续的奥运习俗和奥运精神。

图45　伦敦残奥会的Pin

四、捷克国家队的Pin

有一天晚上的比赛，我们照常工作到很晚，记者们都准备下班了，我们在门口挥手跟他们再见。那天场馆里正好有一些冰墩墩的贴纸，我们就商量着可以给一些特别友好的记者当作小礼物，因为大家都很喜欢这届冬奥会的吉祥物。于是，我送给一位捷克女记者一版贴纸，她收到后特别开心地跟我说：“I also have a small gift for you!（我也为你准备了一个小礼物！）”然后她就回赠了我一枚捷克国家队的Pin。在冬奥会，我们总会因为这些小惊喜开心很久！

图46　捷克国家队的Pin

五、“今日美国”新闻社的Pin

记得有一天，一位美国记者需要餐巾纸，我恰好随身携带，就给她抽了两张，本来是举手之劳（因为其实每天借纸的记者会有很多，我们如果有的话都会借给他们），没想到过了一会儿，她突然到我工作的help desk（咨询服务）区域专门找到我，送给我两枚Pin，表达她对我借给她纸巾的感谢。她是“今日美国”新闻社的记者，所以就有了这枚Pin，当时的我既惊喜又开心。后来在赛程快结束、我们和记者告别的时候又有机会跟她聊天交流，才得知她是一位已经怀孕的准妈妈，不远万里来到冬奥会赛场，在冰天雪地的极寒环境里进行报道，她对工作的热爱和勇气震惊和感动了我们，也给了我们很大的鼓舞！

图47　“今日美国”新闻社的Pin

六、Getty Images的Pin

之前就对Getty Images这家世界顶尖的图片社十分感兴趣，也特别喜欢他们为北京冬奥会设计的专属标志。有一天早上，特别多的记者在help desk区域借柜子和雪爪，秩序有些混乱，一位Getty Images的女记者在混乱之中被无意插了队，我看到她很无奈，于是急忙把登记表拿给她让她先填。我还害怕她会觉得我们没有管理好秩序而责备我们，结果她在后续借还流程中表达了对我们工作的认可和她的友好，之后还给了我们这个非常有特色的Pin！

图48　Getty Images的Pin

七、巴西记者的Pin

有一天障碍追逐比赛我们去户外站点位，一位在韩国媒体工作的巴西记者不会穿雪爪，我和另外一个女生就在雪地上帮他穿雪爪，他特别感激我们的热情和周到，虽然遗憾的是最后那个雪爪有点问题没成功穿上，但他一直夸赞我们说："You guys are so amazing!（你们太棒了！）"还说没关系，他只在结束区拍摄就好了。比赛快结束的时候，他和我们聊天，还特别提出说等稍后比赛结束回VMC要给我们Pin，于是就有了这枚Pin。

图49　巴西记者的Pin

图50　傅立诚在北京冬奥会张家口赛区云顶场馆媒体中心旗林前

这些各具特色、各有故事的Pin是我在整个志愿活动中最珍视也最值得回忆的一部分。在我看来，这些故事不仅仅是发生在我个人身上的几件小事，它们也是我和来自各国的媒体记者们友好交流留下的痕迹，是我们冬奥会开放怀抱迎接各国朋友的记忆。这些故事在北京冬奥会的赛场上无时无刻不在发生，让我们看到了中国开放包容办冬奥会的场面，看到了世界人民团结友爱向未来的景象。经历这次体育盛会，对我个人来说，是一种能力的提升，也是眼界的开阔；对我们的国家来说，不仅仅是冬季运动水平，更是与其他国家友好交流水平、对外开放程度的提升。我相信我们国家一定会更好，让我们"一起向未来"，未来必将更美好！

五、健康护佑：医疗保障篇

欣逢盛世，当不负盛世

任丽坤，河北中医学院教师，北京2022年冬奥会和冬残奥会张家口赛区国家冬季两项中心场地医疗站助理。

当激情在坚冰之上飞扬，梦想于飞雪之间翱翔，北京冬奥会让冰雪运动的精彩与欢乐实现全球共享。习近平总书记指出，奥运志愿者是代表奥林匹克理想、体现奥林匹克文化、传承奥林匹克精神、奉献奥林匹克事业的形象大使。2008年奥运会，志愿者的微笑成为北京最好的名片；2022年，北京成为首个“双奥之城”。“奉献、友爱、互助、进步”的志愿精神，已成为越来越多新时代中国青年的选择。冬奥“小雪花”不仅是一种荣誉，更多的是一份责任。我同数万名志愿者一同奉献着自己，和冬奥会融在一起，度过了难忘的71天。这71天里，有看到中国队夺冠时的兴奋、观看开幕式时的震撼、救助运动员时的紧迫，也有过年不能与家人团聚的遗憾、生病时被大家照顾的感动……

一、专业、快速、精准、博爱的医者仁心

我在北京2022年冬奥会及冬残奥会中担任张家口赛区国家冬季两项中心FOP（Fidld of Play，场地）医疗站助理，负责协助完成医疗急救护理转运、外语交流、患者转运等工作。

对于赛场医疗救治，时间意味着一切，如何让运动员在第一时间得到快速、专业、有效的救治，是赛时服务保障中的重要一环。冬奥、冬残奥的医疗保障中，FOP医疗站是赛场医疗的“最前哨”。与平时的医疗工作不同，FOP医疗站的医护人员需要时刻关注赛场上运动员和比赛的进程，随时针对不同突发状况做出及时、专业、有效的医疗现场判断及救治处理。在“有限的时间”“特殊的场地”“媒体聚光灯下的环境”完成专业有效的医疗救治是这项工作最具挑战的地方，也是奥运赛事保障中最不容出错的“战场”。在比赛中，FOP医疗站负责打头阵，我们紧邻竞赛场地，运动员在比赛过程中突发紧急情况，裁判长会向FOP医疗站发出救援指令，我们就会第一时间介入。背上重达10公斤的医疗包，在4分钟内赶到现场，并在15分钟内完成运动员伤情评估和处理，迅速将伤员转移出赛道。

冬季两项女子7.5公里短距离比赛接近尾声时，对讲机里突然传来医疗官急切的声音：“媒体评论席顶楼有评论员晕倒了，FOP1人员迅速到位！迅速到位！”虽然平时我们模拟训练过很多次，但是这是第一次真实地出任务。大家按照平时训练的那样，组长背上背包，其他组员有的拿保护支具，有的拿毛毯，我负责拿转运脊柱板，大家飞速冲了出去。这是我第一次切身感觉到自己身上的责任这么重大，仿佛自己在与时间赛跑，而时间就是生命。一路上，工作人员为我们开道，组长冲

在前面，边跑边向医疗官汇报情况。媒体评论席的楼梯是钢架结构，加上张家口崇礼赛区正在下雪，楼梯非常湿滑。但已顾不上那么多了，我们以最快的速度冲向顶楼。平时10分钟的路程，在接到命令后我们用3分钟就赶到了患者身边。

晕倒的患者是一名61岁的瑞士籍解说员。“How do you feel now?（你现在感觉怎么样?）”见患者已有些意识，我用英文询问他的情况，患者说他刚才突然就晕倒了，现在浑身乏力。FOP医疗站的医生查看后，考虑是低血糖，为他测量血压、血糖，并询问他的既往病史，是否有糖尿病、高血压等，我在一旁负责翻译。当时他的血糖比较低，我们赶紧联系旁边的工作人员拿来巧克力让他吃。我们询问他是否需要转运到医疗站接受进一步治疗，他说自己感觉好多了，不需要去了。看到他血糖恢复正常，不头晕了，也可以正常行走了，我们悬着的一颗心总算放了下来。

我们收拾好东西往回走，室外的风一吹，冻得我一激灵。这才发现零下二十多度的天气我竟然出了一脑门的汗。顾不上擦汗的我和其他组员回到站点进行全面消毒，等一切收拾停当，头发早已冻成了一缕一缕的。顺利完成第一次任务，大家都很开心，并且抓紧时间复盘有没有什么可以改进的地方。

这是我第一次感受到医务人员敬佑生命、救死扶伤、甘于奉献、大爱无疆的精神。

二、奉献、友爱、互助、进步的志愿精神

赛时我们每天早早来到场馆，进行各种培训和演练，除了对急诊、急救的培训外，由于受到疫情的影响，“防疫”成了重中之重，作为医疗专业志愿者，不单要保证别人的安全，更

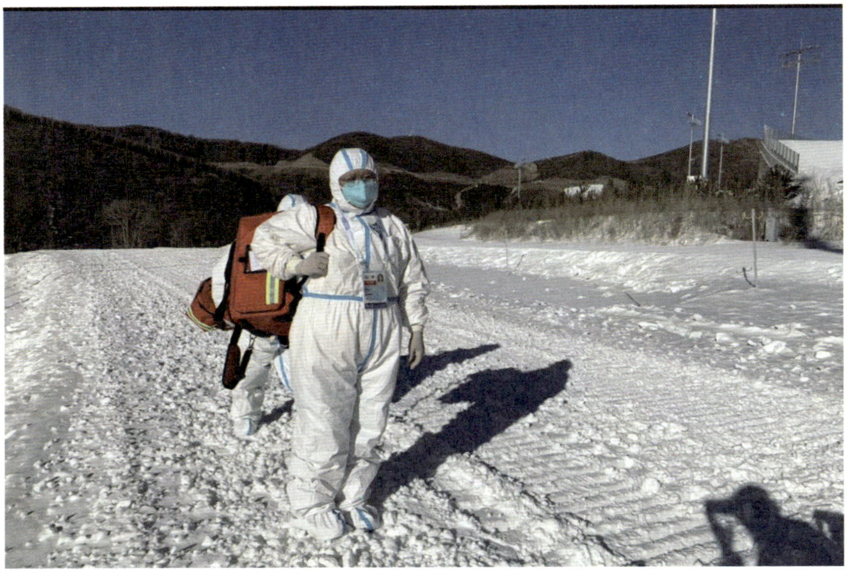

图51　任丽坤在北京2022年冬奥会张家口赛区国家冬季两项中心FOP医疗站工作照

要保证自身安全。打铁还需自身硬，手消毒、穿脱防护服、消毒隔离等防疫要领，我无时无刻不牢记于心。在比赛或官方训练开始前，我们需要背着急救包、脊柱板、毛毯等急救设施提前到达指定的地点，并随时等待救援命令。在比赛过程中，需要时刻观察运动员的状态有无异常，如果有运动员受伤倒地需要医疗救援，我们会立即带急救用品上场，与队医和运动员沟通，同时还要使用手台随时向场下的医疗官和运动员医疗站汇报沟通，随时调整救治流程，保证伤员第一时间得到正确合理的救治。

冬奥会期间张家口崇礼赛区室外平均气温零下十几度，海拔1 700多米的赛道旁，户外保障时间最短需要1个小时，最长达四五个小时。保障结束时，我们常常手脚都冻透了，呼吸的哈气在口罩里变成水，顺着口罩又结成冰，这些都是常态。有时还会遇上六七级的大风，刮在脸上生疼，非常考验人的意志力。尽管条件艰苦，但是作为新时代青年志愿者，我们努力克服困难，脚底、衣服内侧等都贴上暖贴，脸上抹上学校发的冻疮膏，继续坚守岗位，做到在岗1分钟，干好60秒。

这次冬奥志愿服务经历也让我更加深刻地体会到“奉献、友爱、互助、进步”的志愿精神。在冬奥会和冬残奥会过渡阶段，有一天我突然感觉眼前天旋地转，倒在了身旁的文铮身上。短暂休息恢复后我回到宿舍，我校的其他志愿者都非常关心我，婧瑶帮我联系医疗站的医务人员，陪我去检查，初步诊断是得了耳石症。因医疗站资源有限，她又带着我去北医三院崇礼院区治疗，一直忙前忙后，并且安慰我。回驻地的120疾驰着，让本就晕车又没顾上吃饭的婧瑶十分难受，但她也顾不得这些，始终关心着我的状态。受疫情影响，医院只是开药缓解我的眩晕症状，没有办法为我进行耳石复位。同为志愿者的河北医科大学附属第四医院耳鼻喉科付凯医生听说我的情况后，主动提出为我手动复位。在付医生的帮助下，我的情况有了很大的好转，也正因此我才能顺利地完成冬残奥会的保障任务。

经历了北京2022年冬奥会，我深深地感受到了作为一名中国青年、一名中国青年志愿者的光荣与骄傲。我校志愿者将“博学求源，厚德济世”的医者精神，“奉献、友爱、互助、进步”的志愿精神，“和平、友谊、团结”的奥运精神相融合，在国际交流中展现包容与团结，在人类健康和生命面前施以崇敬与仁爱，这既是河北中医学院冬奥志愿者的初心，也是新时代冀中医人肩负的使命。“广大青年要肩负历史使命，坚定前进信心，立大志、明大德、成大才、担大任，努力成为堪当民族复兴重任的时代新人，让青春在为祖国、为民族、为人民、为人类的不懈奋斗中绽放绚丽之花。”习近平总书记对青年人的寄语铿锵有力，也是这句话一直鞭策着我。随着冬奥圣火徐徐熄灭，我已重新投入到辅导员工作之中。这一段人生经历将如“微火”烙印在我的心中，彰显在今后的工作之中，我将守正创新，厚德尚道，踔厉奋发，笃行不怠，继续在奋斗中释放青春激情，追逐青春理想，以青春之我，奋斗之我，为民族复兴铺路架桥，为祖国建设添砖加瓦！

健康所系，冬奥有我

张婧瑶，河北中医学院人文管理系汉语国际教育教研室副主任，北京2022年冬奥会和冬残奥会张家口赛区国家冬季两项中心场地医疗站助理。

“志愿者”这3个字在我的心中是自带光环的，大三时我担任了上海2010年世博会志愿者，研究生留学英国期间又担任了伦敦2012年奥运会志愿者，上学时期的这些经历，让我迷上了志愿服务，我迷恋志愿服务时的那种不计个人得失、全心帮助别人的成就感。2019年12月5日，我在新闻上看到了北京冬奥组委发布的赛会志愿者招募公告，那已经是我工作的第六个年头，也是作为妈妈的第二个年头了。我在提交了冬奥会志愿者报名表之后，心里是有些忐忑的，因为我不知道自己能否入选，也不知道如果我不在孩子身边，他会不会哭闹。反复思考之后，我选择了交通更为方便的北京的场馆；结合之前从事了6年的国际交流工作，积累了一定的口笔译经验，我选择了北京冬奥村语言服务的岗位。

2020年6月，我欣喜地在学校网站上看到了冬奥会志愿者的报名通知，便迫不及待地把电话打了过去：“老师您好，我是国际交流与合作处的张婧瑶，已经在冬奥会志愿者招募的网站上提交了志愿者的报名申请，我看到学校也发布了通知，想问一下还需要做些什么吗?”那时我了解到，河北省的高校与张家口赛区各场馆实行的是馆校对接，我随即把场馆志愿从北京换为张家口，岗位类别从语言服务改为医疗服务。因为疫情的原因，预计在张家口工作的时间比我预想的要长3个多月。工作上的挑战我从来不怕，可离家半年对我来说确实是个巨大的挑战，老人不在身边，爱人工作忙，照顾孩子成了摆在我面前最大的难题。在我不知道如何开口时，爱人对我说：“世博会和伦敦奥运会你都去了，家门口办冬奥会这么难得的机会，你不去一定会后悔的，家里的事你别操心了，我来安排。”看似云淡风轻的一句话给我吃了颗定心丸。报名之后，我利用工作之余了解张家口赛区的各项比赛，开始自学一些急救的基础知识，先后参加了冬奥会专业人才培养研修班和河北省迎冬奥志愿者骨干交流营，在反复学习和观摩中，我对张家口赛区的场馆和医疗专业志愿者的工作内容有了初步的了解。2021年6月11日下午，我和学校其余10名志愿者候选人参加了期待已久的面试，11月28日收到了冬奥组委正式录用的邮件。

根据场馆的安排，我参加了12月28日至31日冬季两项国际训练周的医疗保障工作。12月25日早晨6点，在学校团委书记支政和李志远、聂佳曼老师的护送下，我和任丽坤老师从石家庄出发，一路向北来到了崇礼。海拔越来越高，我的耳朵出现了耳鸣的症状，温度也越来越低，到达崇礼县城时室外温度已经到了零下十几度，我切身体会到了“刺骨的”寒冷，风吹过皮肤表面时冷得像针扎一般，洗头膏、护肤品都冻成了冰块，由于海拔高、气压低，零食的包装袋变得鼓鼓囊囊的，仿佛轻轻一碰就要爆炸似的。测试赛期间我们的住宿安排在了山地技术官员酒店，安排妥当后，我和任老师在工作人员的指引下，沿着冰玉环桥下的机动车道来到了冬季两项中心。冬季两项国际训练周主要是为各领域技术人员和打蜡师提供测试的场地，并没有比赛，我们作为医疗服务志愿者，需要全部“带妆”上岗，也就是说我们需要按照比赛时的最高标准进行防护和准备医疗保障物资。每天早晨，我们按部就班地洗漱、排队核酸、吃早饭，然后坐班车来到场馆，穿上防护服，带上面屏，再背着急救装备，走着雪坡，到达自己的工作点位。第一次上岗时，我们既兴奋又紧张，跟电视上报道的一样，我们每一班岗大约是5—7个小时，这期间不能喝水，不能上厕所。为了方便，我们早饭几乎不喝牛奶，而会多吃几个鸡蛋或者是面包，这样到了中午就不会饿得太早，也不会因为上厕所而提前换岗；晚饭时，我又会拼命喝粥，因为崇礼的冬天除了冷，还十分干燥，一天工作下来嗓子干得要冒烟似的，火辣辣地疼。

2022年1月23日，和其他高校的师生志愿者一起，我们正式开启了冬奥会志愿服务的旅途。早晨7点，一辆辆大巴车载着各个高校的志愿者，陆续从霍寨驶入张石高速公路，大约7个小时的车程，我们驶入张家口，高速公路出口闪着一排警车，分别引领不同高校的志愿者前往不同的驻地。我们志愿服务的国家冬季两项中心是冬奥会和冬残奥会比赛场次最多的场馆，赛道依山而建，和其他场馆相比弯道多，地势起伏大，不同类型赛道共有11条，全长12.3公里。我们医疗服务的4个FOP医疗站就分布在这11条赛道旁，每个FOP医疗站的8人分两组轮流上岗，冬奥会期间我在西侧赛道的FOP4，冬残奥会期间我在技术楼东侧的FOP1。进入场馆的第一天，医疗经理张新计找到了我，他对我说："婧瑶，你面试的时候我是面试官，我看了4所医学院校所有师生志愿者的分数，你的分数是最高的。给你压压担子，赛时医疗保障工作之余，帮我做一些场馆安排的其他工作吧！"于是，赛时保障结束后，我都会回到运动员医疗站协助经理汇总当天的工作、制订第二天的工作计划，抑或是汇总整理医疗服务的相关工作。

根据救援需求，我们通常在运动员赛前或训练前1个小时携带十几斤的急救器械徒步走到FOP医疗站。测试赛的时候我们经验不足，即便是一个很小的坡，我们都会脚底打滑，加上海拔高、气压低，走到更陡的坡时，我们经常会气喘吁吁地往上爬，摔跤打滑便更常见。在赛道旁保障赛前训练时我们发现，运动员在上坡时雪橇呈外八字，而下坡时雪橇是内八字，这样既可以很好地发力，又能够保证脚底不打滑。于是每天去往FOP的路上，大家不约而同地采用了他们滑雪时的技巧，我们常常一边走，一边互相调侃："每天来来回回走这么多趟，能减肥不说，回头再去滑雪都省着交学费了！"

冬奥会的比赛通常是下午和晚上进行，户外的温度已经降到零下二十多度，即便是穿着最厚的衣服，贴上暖贴，一场比赛下来，大家在赛道旁站着也都冻透了。2月7日冬季两项女子15公里个人比赛过程中，一名乌克兰籍的运动员在处罚圈北侧赛道摔倒，救援人员到达指定地点后却发现运动员已经自行离开。我当时刚好轮班休息，正在运动员医疗站整理当天的工作，听到对讲机中接连传来"运动员已向终点线方向撤离""运动员已前往更衣区""运动员已前往打蜡房"的指令，我意识到她行动的方向离运动员医疗站越来越近，我急忙向新计经理请示："我带上手台，现在去打蜡房找她！"从运动员医疗站出来后，南边就是打蜡房A、B、C、D 4个区，来不及多想，我跑进离运动员医疗站最近的C区，在入口处公告栏里焦急而快速地寻找打蜡房分区图。足够幸运的是，在分区图上，我看到了乌克兰打蜡房位于D区312房间。“呼叫新计经理，我是张婧瑶，我已确认乌克兰打蜡房位置，位于D区312房间，请速派医护人员前往。”我一边用手台向经理汇报，一边跑向D区，终于在房间里看到了受伤的运动员。这时经理也带着运动员医疗站的医疗主管李振生主任赶了过来，在确认了运动员不需要救援后，我们离开了打蜡房，这时我才发现在零下二十多度的室外，我已经跑出了一身汗，哈气和鬓角的汗已变成冰柱挂在了口罩上。

除了在比赛期间为运动员提供紧急医疗救援之外，我们还需要为工作人员提供医疗救援服务。3月11日上午10:28，我们小组在保障完女子12.5公里坐姿比赛后回到FOP1铁皮房中准备休息，这时手台传来了医疗官的声音：“FOP1请注意，技术楼西侧枪弹库旁有外籍人员晕倒，请携带相关设备速去救援并及时汇报伤员情况。”“FOP1收到，我们立即前往。”我们4人分别拎上急救包、药箱、脊柱板和支具，在安保人员的指引下穿过技术楼北侧的通道，向技术楼西侧枪弹库方向跑去，路上我还反复回忆着在学校参加心肺复苏培训时老师讲解的要点。仅用了1分钟我们就来到了伤员身边，看到她躺在冰冷的地面上，喘着粗气。虽然之前参加过心肺复苏的训练，但是见到失去意识的患者还是头一次。我们组的王涛医生在对她进行初步查体后告诉我：“先给她吸上氧，婧瑶你问问旁边的陪同人员怎么回事。”我起身问道：“We are medical service team，we need to know her name，accreditation card number，and what has happened to her?（我们是医疗服务组，需要知道她的名字、注册卡号，以及发生了什么。）”没想到旁边的陪同人员看着我一脸懵，我突然意识到可能他英语并不好，于是我又转向另外一个外籍人员重复了刚才的问题，一番沟通后，我告诉我们组的医生：“伤员姓名、证件号不详，现在已经有人去她办公室拿证件去了；伤员是意大利籍，是Omega公司高级技术官员，在计时区工作，晕倒前有轻微的咳嗽和呼吸困难。”这时伤员也醒了过来，我蹲下来告诉她：“Don't worry, we are medical service team. First, we would like to know how do you feel now; second, could you tell us what has happened?（别担心，我们是医疗服务组。首先，我们想知道你现在感觉怎么样；其次，你能告诉我们发生什么了吗?）”她告诉我，她冬残奥会才来到崇礼，这里海拔高，她很不适应，并且这两天比赛非常多，她很累，所以才晕倒的。因为有哮喘，刚开始感觉不舒服的时候，她以为是哮喘病犯了，给自己喷了药，但是并没有缓解，所以才让同事呼叫了医疗救援。在了解了基本情况之后，我及时将这些信息翻译给了同组的医护人员。考虑到户外低温缺氧，我又主动询问了她进一步救治的需求：“It's cold outside, we have an ambulance waiting at the entrance of ZBT and we're ready to take you to the hospital for further examination. If you want to stay and have a rest, we also respect your choice and we'll find an office and wait till you get better. Just relax, for anything you need, just let us know.（外面太冷了，我们的救护车已经在国家冬季两项中心场馆入口处等候，随时可以带您去医院做进一步的检查。如果您想留在场馆休息观察，我们尊重您的选择，并将为您找一间能休息的房间，一直陪您到感觉好转。别紧张，放轻松，有任何需要随时告诉我。）”在与医护人员沟通后，我们决定尊重她的

图52　张婧瑶在志愿服务工作的路上

意见，先回室内休息。工作人员引领我们来到技术楼西侧最近的房间，但是里面并没有人员休息的地方，情急之下，我把外套脱了下来，垫在她身下，扶她躺了下来，给她盖上保温毯。我一直蹲在她身边，不断地安抚她的情绪，待她彻底好转。不知道过了多久，她笑着冲我比了个OK的手势，坐了起来，告诉我："Hey darling，you still have the oxygen cylinder in your hand."。这时我才发现右手还抱着将近10公斤重的氧气瓶呢。

这样的救援几乎每天都会有，运动员长距离滑行体力不支摔倒在终点线，我们第一时间过去给予吸氧和保暖的措施；年近70的裁判在雪上摔倒后撞伤头部，我们用脊柱板给他固定好后小心翼翼地走在雪地上，把他抬到了运动员医疗站；视障运动员拐弯时摔倒，右肩部骨折，在陪着她办理转诊手续时她哭得没办法回答我们的问题，我们一边安抚她的情绪，一边包扎。在完成了赛时和训练的保障工作后，其他志愿者都坐上了返回驻地的班车，我稍作休息，又回到运动员医疗站汇总当天的工作。

有一次，我跟随新计经理参加场馆队医会，在翻译时，我发现不同领域的工作人员在描述赛道位置时会使用不同的术语，如媒体领域的工作人员会说“OBS机位”，体育领域的工作人员会说“折返点”，而参赛运动员的教练、领队又会用coaching zone（教练区）的缩略语“CZ”来描述，其他领域工作人员和志愿者会利用玻璃栈道、靶场、人工湖等标志性建筑来描述赛道的位置。不同类型的工作人员对救援地点描述标准不统一，会给我们4分钟内到达救援现场这一标准的实现带来很大的沟通压力。我和新计经理利用没有比赛的时间，多次奔走在场馆的技术楼、媒体中心和比赛场地，反复与各个领域的工作人员沟通，把不同领域描述赛道的术语记录了下来。随后，我们又请教了国际冬季两项联盟的外籍专家，了解了运动员比赛时容易受伤的区域，为4个FOP医疗站和1个运动员医疗站手绘了赛道保障点位图，在图中我用不同的颜色和图标将折返点、OBS机位、教练区这些标志性区域标注出来。后来，我又带着图，利用休息时间走遍了所有11条赛道，确认了每一条赛道地势起伏、坡度和弯度，进一步划分了每个FOP医疗站对运动员易受伤区域的责任区，并标注出了每个区域救援转运最近的流线。

转眼间，北京冬奥会和冬残奥会已经结束4个月了。“北京2022年冬奥会和冬残奥会（张家口赛区）优秀志愿者”“北京冬奥组委运动会服务部先进个人”“国家冬季两项中心每日之星”这些荣誉称号是对我志愿服务工作的肯定。冬奥会的结束对我来说不是终点，而是另一个起点。隔离结束回到家后，我可以骄傲地告诉孩子，妈妈在有冰墩墩、雪容融的地方工作过，帮到了很多生病、受伤需要救助的人；回到学校，在工作岗位上，我可以把奥运会上这份顽强拼搏的精神和无私奉献的志愿精神传承下去，在追梦的路上，乘风破浪，不负韶华！

志愿保障冬奥，谱写医路精彩

荣琪，河北中医学院2019级扁鹊中医班学生，北京2022年冬奥会和冬残奥会张家口赛区古杨树场馆群运行团队FOP医疗站助理。

我是来自河北中医学院2019级扁鹊中医班的青年志愿者荣琪，被评选为冬奥会及冬残奥会“每日之星”、冬残奥会“优秀志愿者”。2022冬奥盛会的赛场硬件设施、场馆运行团队、赛事组织服务等方面的日益完善均离不开志愿者的协助。

2021年夏天我便得知北京2022年冬奥会及冬残奥会面向社会及各大高校招募志愿者，身为医学生的我在官网报名后便加强医疗急救知识的学习，并积极练习医学英语口语。同时，我知道各大高校人才辈出，青年志愿者的竞争异常激烈，虽然我十分想获得这次宝贵的机会，却也一直安慰自己要以平常心对待层层筛选。也许正是因为我没有过分紧张，在面试后不久便收到了面试通过的好消息。于是在学校的安排下，我们进行了更加专业的医疗急救课程的学习。我们学会了各种急救设备的使用，并多次进行伤员抢救演习，还到河北省第四人民医院进行了多次穿脱防护服的培训及考核。同时，学校还专门安排了英语老师、体育老师、针灸推拿老师从各方面对我们进行培训。

2022年1月23日，历时7个小时，我终于到达了心心念念的崇礼，住进了文创中心的志愿者宿舍。第一天上岗时气温-14°C，我们几个高校志愿者被分配到不同的FOP医疗站站点。由于不同FOP医疗站站点间隔很远，最远的两个站点之间甚至需要步行40分钟才能到达，我们在雪中步行了10.3公里才初步熟悉了赛道。为了更加顺利地在海拔1 800多米、气温零下二十多度的崇礼赛区进行赛道救援，我与FOP医疗站站点的同事每天健身打卡，冬残奥会结束后我已经有了6块腹肌，有的同事成功减重15公斤。

跟随张家口古杨树场馆群运行团队入驻国家冬季两项中心后，我与其他团队成员每天的主要工作是在训练赛开始前半小时将脊柱板、支具、急救包等急救装备搬运至赛道做好赛前准备，并在正式比赛结束后半小时把设备搬回医疗站点，以确保能够及时携带救援设备到达救援地点。与救援相比，不断巡视赛道并及时发现问题是能够及时进行抢救的前提保证，因此工作期间我要攀爬多个高达90米的高坡，巡视长达20公里的赛道，在雪中一站就是三四个小时。当运动员受伤等突发事故发生时，我跟同事则迅速根据救援指令，携带急救装备第一时间到达运动员身旁进行救治转运。急救过程中我主要负责同伤员进行沟通交流，翻译并记录上报。

令我印象最深刻的一次救援经历是冬残奥会男子越野滑雪的比赛中，我们在赛道旁巡视过程中观察到几名运动员状态不是特别好，随时有需要救援的可能，于是我们站点的各个成员便互相提醒，多加关注状态不好的几名运动员。果然，在一个转弯后一名运动员径直倒地，我们发现情况后立即报告指挥中

图53　在北京冬奥志愿服务期间，荣琪正在清理赛道救援通道上的积雪

心，同时迅速携带急救设备跑到他的身边，并询问他是否需要救援。比赛规定，运动员一旦接受医疗救助、触碰到医务人员便相当于选择放弃本场比赛。飞奔到那名倒地的运动员身旁时，我们发现他已经丧失了意识，在他身旁大声呼唤也没有任何反应。生死攸关的时刻，我们依据医疗经验进行判断，立刻将他拖离赛道，防止影响后面的运动员正常比赛，同时迅速对他进行急救并转运到赛道下的医疗站。这次救援得到了表扬，因为我们赶在指挥中心下达命令前率先发现了伤员，并且我们的团队配合还为其他救援人员做出了表率。

无疑，严寒是张家口赛区志愿者们所面临的最大困难。虽然冬奥组委为我们准备的防寒衣物很暖和，但是在零下二十多度的室外待20分钟便会开始失温。一场大雪过后，我们的工作内容又多了一项——铲雪，即清理救援通道，并且修凿台阶。皑皑白雪下，脚下哪里深哪里浅都是未知的，雪化了就是冰，一不小心就会滑倒，而转运伤员的过程又需要我们抬起伤员。为了确保转运的顺利进行，我们必须及时清理积雪，在雪坡中修出从上到下的一条路。比赛开始后，面对各个方向的机位，我们要尽量避免入镜，往往在原地一站就是几个小时。每天完成保障任务返回医疗站点时天都黑了，我们把救援装备搬运回站点的过程中手被冻僵了，连开门这个动作都无法单独完成。崇礼的冬天有多冷呢？掏出钥匙然后把钥匙插到门上这么短暂的时间内手都会被迅速冻僵而无法转动钥匙，因此开门这个在平时再简单不过的动作必须由两个人配合来完成。长期处于零下二十多度的严寒环境，每个人都会冻伤、失温，脸部和手部会产生强烈的刺痛及灼热感，双脚也早冻得麻木，因此我们必须在医疗站点的电暖器下暖和半小时才能返回驻地。

即使在如此艰难的情况下，我仍以执着坚定的理想信念、朝气蓬勃的精神面貌和扎实过硬的专业素养，科学合理地运用所学专业知识技能，切实履行“奉献、友爱、互助、进步”的志愿精神，擦亮河北中医学院青年志愿者的靓丽名片，燃烧热情温暖奥运之冬。-20℃下连续50天坚守在赛道上进行医疗志愿服务，我摆脱了20岁的鲁莽与冲撞，消磨了最初的热情，收获的是沉稳与成长，也收获了一生的朋友。期间的收获已经不能用言语表达，我明白，这样的机会不是所有同龄人可以得到的，因此我格外珍惜冰雪志愿者这来之不易的经历，也愿意在后冬奥时代将我的故事分享出来。

保障冬奥，逐梦未来

班施墨，河北医科大学临床学院2018级中西医专业学生，北京2022年冬奥会和冬残奥会张家口赛区综合诊所信息组医疗志愿者。

2021年11月30日那天，我收到了冬奥志愿者的拟录取通知，心中顿时感慨万千。其实自2008年北京举办夏季奥运会的时候，我心里就有了想要成为一名奥运志愿者的想法，经过两年的层层选拔，我终于得偿所愿，当时的我就已经做好了投身冬奥保障工作中的准备。

在正式去往冬奥村之前，学校安排了志愿者培训，有英语口语、体能、急救，以及培养我们团队协作能力的一些素质拓展活动，同时，我们还考取了救护员证，做好了为冬奥服务的全面准备。

2022年1月16日，我们出发了。一路警车护航，畅通无阻，这么多人支持我们，我觉得我应该更加努力地投入到冬奥志愿服务中，绝不辜负大家的这份支持。6个小时的车程后我们到达了目的地，首先吸引我的就是挂在中国队运动员住宿楼上的国旗，红艳艳的感觉把我的心也燃烧了起来。

入村之后，我和两位医大同学被分配到信息组工作。休息了一晚后，我们便投入到了工作中。在组长侯岩老师的带领下，我们迅速熟悉业务，并开始根据教学视频学习诊所内的医疗系统与执法记录仪设备的使用方法、操作流程及注意事项，制作相应的培训课件、培训方案和计划。信息组对诊所内所有人员进行了两场培训，第一场由我和刘雅宁培训医疗系统的操作流程及注意事项，第二场由信息组张宇钦同学培训执法记录仪的使用方法。两场培训下来，线上线下参与培训人员共计240余人次。为了方便相关工作人员反复学习查看，培训现场实时录像录屏，生成视频课件。我们还积极给药房等部门的培训提供了技术支持。

给我印象最深刻的任务发生在1月22日，收到诊所一楼当日下午就要接诊的消息后，信息组全体成员利用午休时间迅速组织了对16台执法记录仪、9台内网电脑、25台固定电话的上门发放与安装工作，并对设备软硬件进行了调试。由于设备有限，在统一部署的同时，还要想办法通过技术手段解决设备资源紧张的问题（如信息组通过技术手段将检验科5台设备连接到同一打印机），当时时间很紧迫，但是好在我们圆满完成了任务并且得到了科室的认可。在此期间，信息组办公室也配置了相同的内网系统和设备，供各科室前来练习和咨询。

在开诊的过程中，我们也遇到了不少问题，诸如场馆选择有误时无法开药、打印机不足等设备问题及系统漏洞。在侯岩老师的带领及我们小组成员的共同努力下，我们先后录制了5次医疗系统及设备的补充培训视频；20余次联系技术运行中心医疗系统专家修改系统及账号漏洞；针对执法记录仪录像5分钟后自动关闭及部分设备系统启动异常的情况，联系相关技术部门

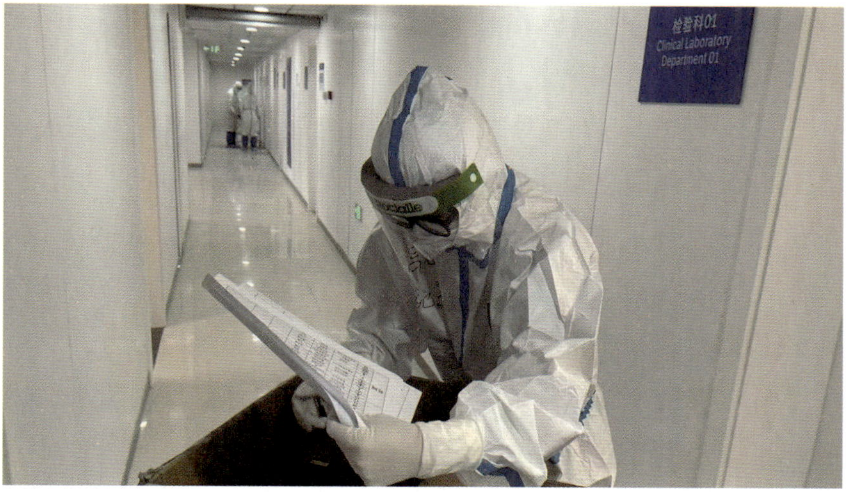

图54　2022年1月22日，班施墨利用午休时间对综合诊所各个设备进行调试

组织了一次系统更新。由于设备位于诊所一楼污染区，信息组提前录制了更新操作视频并通过固话指导各科室完成了执法记录仪更新。由于OIN网络电脑内的病历信息无法导出，我们信息组制定了每日转录电子病历到智慧冬奥系统的工作制度和流程。将就诊患者病历信息手动录入到智慧冬奥系统当中，累计录入445人次。这些工作为后期的检查、分析等工作提供了数据保障。

当然，我们的春节也是在冬奥村里度过的，这个时候我们信息组也起到了至关重要的作用。信息组利用自身技术特点主动支持兄弟科室工作，在冬奥村春晚筹备工作中利用远程会议、分屏投影、录屏等技术手段实现了石家庄、北医三院崇礼院区和综合诊所三地线上线下一起看春晚、拜年的温馨场面。工作之余，我们学生志愿者和老师们一起贴对联、挂灯笼，这让我有了家的感觉。

自开诊日起到冬奥会闭幕，综合诊所一共接诊来自31个国家和地区的患者469人次，其中疾病295人次，受伤174人次，转运患者9名，检查检验144人次，进行理疗53人次。各国家运动员就诊92人次。

自2月12日起至2月23日，信息组每日配合医疗官完成信息上报工作，信息组于4份文档中按人员类别分别录入患者病历信息，累计上报运动员信息49人次，志愿者信息69人次，工作人员信息87人次，市场合作伙伴信息5人次，每日就诊统计12份。这每一个数据背后都彰显着各位志愿者的努力。

由于崇礼天气寒冷，工作之余我们和老师们玩了泼水成冰的游戏，大片迅速凝结的冰霜像花朵一样绽放。

冬奥结束后我也有幸参与到了冬残奥会的服务保障中，有之前在冬奥会的工作经验累积，我更加快速且熟练地投入到了冬残奥服务中，也圆满完成了冬残奥会期间的所有任务。

第一次入村，第一次入住两人宿舍，第一次站在天台看鹅毛大雪，例行巡检，总结培训，回收所有设备。感谢冬奥给了我一个无比珍贵的机会，通过与师友同学们的相处，也让我看到了自己的不足之处和改进的方向。感谢诊所里所有帮助过我的老师和同学们，感谢支持我的家人。人真的需要这样的一段经历，而我显然是那个幸运的人。在合适的年纪、合适的时机、不平凡的时期、伟大的时代，和一群优秀的师友共同服务一个伟大的历史事件。虽然没有直接参与到与病患的面对面沟通交流上，但是在信息组的工作中我仍然感受到了身为一名医疗类志愿者的重大职责。生逢盛世，当不负盛世。这段经历像一束强光，把路照得亮了，远了，让我可以更大胆、更笃定地向前走！

在山地新闻中心的那些天

陈景艳，河北经贸大学金融学院2019级金融学专业学生，北京2022年冬奥会张家口山地新闻中心防疫助理。

每当回忆起奥林匹克火炬燃亮北京的夜空，五星红旗高高飘扬，我都不禁激动起来，好似昨日的场景又一次次地涌上心头。

2022年1月4日，我跟随其他38名志愿者一同从学校出发前往张家口，经过6个小时车程，终于到达住宿的地方——密苑太子酒店。落地之后放下行李，办理好入住，简单整理了一下，我们就来到了张家口山地新闻中心进行配岗，至此开始了忙碌又充实的防疫工作之旅。

最让我感到幸运的是，各业务领域经理都非常专业而且很有耐心。刚到的这几天，公卫经理对我们进行了系统性的防疫知识培训。他教我们怎样科学佩戴手套、更换废弃口罩、佩戴面屏、消杀环境等，要求我们对防疫工作的每一个步骤都要牢记心中，做的每一件事情也要严格遵守防疫手册和防疫政策，不能有一丝松懈。每天早上到岗时，首先要佩戴防疫用品——N95口罩、面屏、手套等，然后用免洗手消进行周边环境的消杀和擦拭，开启测温仪器并进行调试，解决网络延迟和测温值不准的问题，这样准备工作就完成了。

在场馆试运行期间，每个验证点都由1名志愿者负责，各个领域的人进场馆都要经过我们的验证和测温才能进入。这里面比较麻烦的就是验证工作，有的人工作牌不是忘记带就是还没办下来，更甚者想用别人的工作牌进来，各种情况都发生过，这就需要我们灵活处理。处理的第一件紧急事件发生在1月9日。那天晚上7:30左右，有5位戴着非赛时通行证的外国人突然出现在场馆内，他们没有经过验证点的验证，从其他楼层坐电梯直接出现在2楼。因为外国人员与中国人员的防疫政策不同，况且此时的场馆还处于内部试运营阶段，并没有正式对外开放。意识到这点后，我立刻在群内和手台里通知了运行经理，清晰地描述了他们的相关信息，期间他们还用英语向我询问了去餐厅吃饭的路线。我向他们简单解释了一下情况，随后经理便立刻赶了过来，并提醒我做好防护。经理让我跟他们进行沟通，向他们解释“现在场馆还未正式运营，如果需要就餐请到5楼，那儿有餐饮区”。最后，那几位外国人听取了我们的建议，乘坐电梯离开了场馆。这次与外国人的面对面交流，我确实很紧张，一方面是担心跟他们沟通不畅，造成不必要的麻烦；另一方面是因为无法判断他们的防疫情况。最终，我鼓起勇气上前解释，在经理的协助下及时处理了这次事件。经过这次事情，我们的胡老师（志愿者经理）对我们所有防疫岗位的志愿者提出了八字要求：胆大心细，及时上报。直到工作的最后一天，这8个字始终深深地刻在我的心中。

上岗几天后，我的业务能力有了明显的提高，遇到突发事件也能镇定自若地处理，防疫工作也做得越来越到位。由一开始对防疫工作的不了解、有些顾虑害怕，到后来的理性对待、正确防护，这一态度的转变其实是需要勇气的。站在防疫前线进行近距离沟通，即使心里有所顾虑，我们也要做好自己的工作，对大家负责，对场馆负责。

1月11日是个充满惊喜的日子，我终于领到了冬奥会志愿者制服、鞋、帽子、手套之类的防寒必备套装，里面有我最喜欢的雷锋帽和背带裤。雷锋帽很可爱，毛茸茸白乎乎的，摸起来特别软和；而背带裤很酷很帅气，里面搭配夹克既保暖又美观。但要注意的是，里面搭配的运动鞋得穿长一点的袜子，不然会露脚脖子。这一天场馆里还发放了莲花清瘟、洗手液、护手霜、方便面、小零食等，从吃穿到用，场馆都给配全了。

之后的工作里也有许多让我难忘的小故事，它们感动着我，温暖着我。其中令我印象最深的是24日那天，也是在场馆刚刚正式运行时发生的一件事情。一位保加利亚的记者从我身后走过来，他拍了拍我的肩膀连比带划地跟我说了一段不太流利的英语，我从中隐隐约约听见“Green Dragon Restaurant”。哦，我明白了，原来他在找青龙餐厅。我跟他说了一下路线，但他还是一脸疑惑地看着我，我就说：“Just follow me.（跟我走。）”我把他带到了餐厅门口，本以为这就结束了，这时他给了我一个大大的拥抱，非常激动地跟我说：“Thank you so much！How kind of you！（非常感谢！你真是太好了！）”说着递到我手里一枚徽章，上面有保加利亚国徽。我瞬间被感动到了，这是我工作以来收到的第一个礼物，直到现在，那个初次见面的笑容还停留在我的脑海中。我们来自不同的国家，说着不同的语言，有着不同的文化，但冬奥会使我们产生了交集，互相温暖着对方。

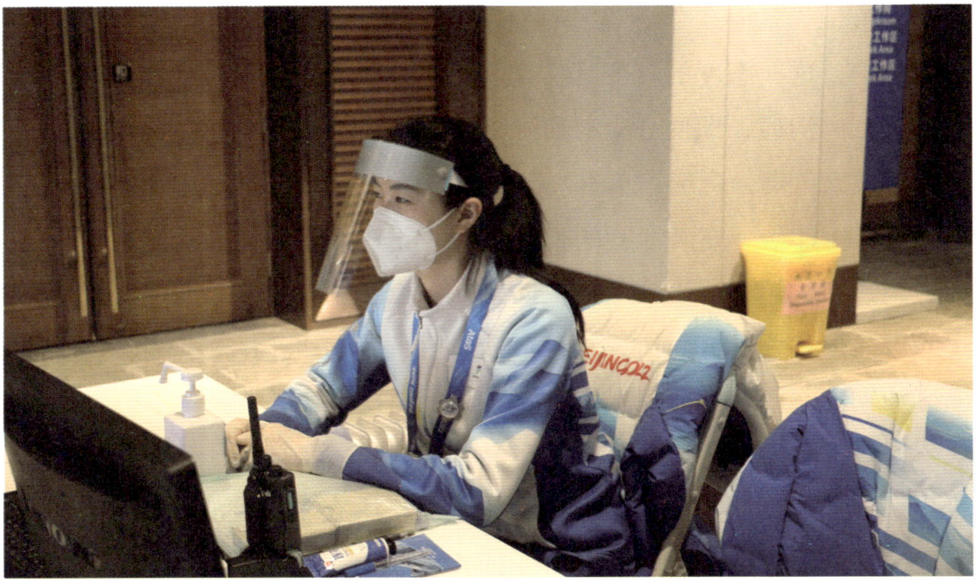

图55 陈景艳在张家口山地新闻中心防疫3号验证点工作

在工作期间，我也结识了许多优秀的朋友，其中就包括我的搭档。他来自中国人民大学，专业是会计，而我的专业是金融，所以比较聊得来。他做事非常认真，冷静沉着，不急于求成，总是在点滴间不经意地影响着我。还有那位保加利亚的记者，自从帮助他找到青龙餐厅后，我们就成了朋友。每次他从验证点经过都会跟我打招呼，笑容灿烂，我也会以微笑作为回应，跟他聊一聊今天过得怎么样。

在这里，我还遇见了很多很多优秀又自带光芒的人，有的来自北外，有的来自国关，还有的来自南开。他们不仅业务熟练、工作认真负责，而且待人亲切和善，我总是默默地把这些闪光点放在心里，慢慢地学习。还有一位我们大家共同的朋友——谷爱凌，非常幸运在这里遇见了那个说着一口流利的北京话、自信大方又热情的女孩。遇见时，我给她看了一条称赞她的朋友圈，夸她不仅滑雪技术强，是世界冠军，还是一位专注学业、兼具多项才能的18岁女孩。她拥抱了我，并且感谢我对她的喜欢。我激动极了，心里想，这算双向奔赴了吧。在这段短暂的工作时间里，我有过快乐，也有过压力；收到过赞扬，也收到过批评；经历过30多天的白班，也经历过连续9天的大夜班；看过云顶清晨冉冉升起的红日，也看过深夜12点的璀璨星空。这段经历使我受益匪浅，终生难忘。

作为一名防疫助理，我的工作就是每天坚守好我的验证点，消杀周围环境，测量每一位从我这里进入的人员的体温并检验相关证件。这些工作看似平淡无奇，就像一个“小保安”，守卫着场馆的每一个出入口，但这也是场馆运行的重要一环，一旦失误可能会对场馆造成重大影响。在这40多天里，一直到工作结束的最后一刻才真正放下心来，我圆满地完成了防疫志愿服务工作。

对于国家而言，一手抓疫情防控，一手抓冬奥筹办，为有序推进冬奥项目的建设付出了巨大的努力。安全是成功的基石，冬奥会期间有大量不同国家和地区的涉奥人员来华，人员聚集，给疫情防控带来巨大的压力。面对来自全球和国际社会的冬奥热情，我们的防控工作做到了全力以赴、科学精准、切实有效，保证了冬奥赛事的有序开展，成功举办了一届简约、安全、精彩的北京冬奥会。

张家口的冬奥是寒冷洁白的，也是温暖似火的。作为一名志愿者，我以最热情的姿态迎接北京2022年冬奥会的到来，也以最饱满的精神状态服务冬奥。一滴水离开大海很快就会干涸，一个人脱离集体将会一事无成。非常感谢在这里相遇的每一位陌生人，陪我度过这段时光，共同创造了一段美好的回忆。感谢为我们保驾护航的每一位老师、经理等场馆运行人员的默默付出。在这里，我成长了许多，收获了许多。服务冬奥是我一生中难忘的经历，也会是我未来向前奋斗的动力。以后，我会把更多、更温暖的笑容带到日常的工作和学习中，带给每一个人。

忆我的冬奥之旅

齐佳仪，华北理工大学药学院2020级药学专业学生，北京2022年冬奥会和冬残奥会张家口山地转播中心公共卫生领域志愿者。

2022年1月6日，我抵达崇礼，开启了我的冬奥之旅。晚间抵达临时驻地，次日便换好制服，进入场馆上岗工作。

第一次穿上制服、第一次坐上摆渡车前往场馆、第一次进入张家口山地转播中心场馆、第一次见到我们的经理老师……对我而言，一切都是陌生且新奇的。作为一名公共卫生领域志愿者，我主要负责对阳性病例进行流行病学调查。第一次接触这个全新的领域，我有些无所适从，但看到身边老师坚定的目光和自己身上的制服时，我明白了身上的责任与使命。

从进入场馆开始，我们学习了各种条例与规范操作，如消毒器械的使用、防护服的穿脱和处理完阳性病例后的个人消毒。尽管并不熟悉这一领域，但在老师们的耐心教授下，我努力学习，逐渐掌握了公共卫生领域和疫情处理的原则及规范。山地转播中心作为人流量最大、外国友人最多、防疫风险最高的场馆，责任重大，我们要保证场馆所有人员的防疫安全，使山地转播中心可以完美地完成转播工作，让全世界人民可以看到张家口赛区的精彩比赛、运动员们的奋进拼搏，让全世界感受到冬奥的魅力、张家口的魅力、中国的魅力。

进驻场馆几天后，公共卫生领域就接到了消息，山地转播中心场馆出现一名初筛阳性病例。当时，我大脑一片空白，第一次体会到原来疫情离我这么近。转头看到老师们冷静地指挥、联系各处、穿戴防护服时，我也冷静了下来。这是我的职责，我必须完成！我慢慢回忆之前学习到的知识，开始第一次实战，这次我参与了一线消毒工作，积累了经验。

1月16日，我第一次在一线处理初筛阳性病例，病例为西班牙籍OBS员工。接到通知后，孙经理第一时间确定人员位置，我与温老师穿戴好二级防护服前往山上演播厅（TV Studio）寻找此人，并对他进行就地隔离，疏散周围工作人员。孙经理通知医疗领域派出医生查看阳性病例的情况，医疗领域联系救护车并与病例驻地取得联系。等待救护车期间，我对病例进行流行病学初次调查，询问其近3天的轨迹及密切接触者，并将结果报告孙经理。救护车到达，我们指导阳性病例穿防护服，并将其护送至救护车。经过这次实战，我熟练地完成了流行病学调查的工作，并且越来越得心应手了。

在冬奥会准备及正赛期间，PHS（Public Health Service，公共卫生领域）共处理6例初筛阳性病例，其中确诊4例，查找到密切接触者24人。我4次参与一线流行病学调查，2次参与一线消毒工作。在冬奥会期间，ZBC场馆做到了中方人员零感染，PHS圆满完成了组织交给的任务。

1月20日，场馆为1月份过生日的志愿者举办了集体生日会，作为第一个在场馆过生日的志愿者，我被选定在会上发

图56　2022年1月16日，齐佳仪（左一）第一次在山上演播厅处理阳性病例时与公共卫生领域志愿者合照

言，但在生日会开始的20分钟前，我突然接到孙经理的电话，场馆出现了初筛阳性病例。我立即放下生日会的安排，回到PHS办公室，做好二级防护，开始在场馆中寻找此人。处理完病例后，我本想回到志愿者之家过生日，没想到又来了第二例阳性病例，我再一次进入工作状态。两次防护服的穿脱让我感到疲劳，错过20岁生日会的遗憾让我感到失落，但是当身心俱疲的我来到志愿者之家收到全体志愿者祝福的时候，那种温暖的力量轻而易举地打败了工作的劳累。

2022年对于我来说，注定是不平凡的一年，我十分荣幸地参与了冬奥会，也体验了很多的人生第一次，第一次在没有家人陪伴下在外地过年、第一次参加集体生日会、第一次直接接触阳性病例、第一次体验早八晚九……这些全部都在我的人生中留下浓墨重彩的一笔。

春节期间，我们一起排练了春晚节目，共同庆祝这对于任何一个人都不平常的一年；开幕式的时候，我们场馆的所有人一起聚在全世界最快收到信号的屏幕前观看开幕式；在冬残奥会期间，我们一起去了颁奖广场，在现场观看颁奖典礼。至今回忆起五星红旗冉冉升起、《义勇军进行曲》雄壮激昂飘扬在颁奖广场的场景时，我仍会热血沸腾。

为卿难辞冰雪热，同心共筑奥运梦。志愿服务冬奥会是我人生中拥有的最流光溢彩的经历，我也会把在冬奥中体会到的温暖和精神，传递到我的生活中去，成为一名合格的奥运人。

志愿青春，服务冬奥

石叶，华北理工大学公共卫生学院2019级预防医学专业学生，北京2022年冬奥会和冬残奥会张家口赛区云顶滑雪公园兴奋剂检测陪护员。

岁月轻轻滑过指尖，许多往事便渐渐弥散在如沙漏般的光阴里面。但在生命的长河中，总有某些东西让我们刻骨铭心，难以忘记。

2019年12月，北京冬奥会招募志愿者的通知一经发出，我便踊跃报了名，之后又跟随学校进行团体报名。经历了一年多的培训与选拔，深入学习各项冬奥及志愿知识，只愿能成为一名合格的冬奥志愿者，能更好地服务国家盛事，贡献中国青年的力量。而后，我还积极参加了“相约北京”系列世界杯测试赛，一步步地扎实提升自己，为服务冬奥会及冬残奥会积累经验，提高志愿服务质量。

志愿服务期间，作为一名反兴奋剂领域志愿者，因为工作需要，我们会在现场观看整场比赛，有时遇到晚上的比赛，零下二十多度的天气，没多久眼睫毛就会挂上小冰珠，整场比赛过后，双脚已被冻得失去知觉。工作完回到宿舍往往已是凌晨，虽然辛苦但很充实，也很自豪。

犹记得进行自由式滑雪空中技巧混合团体比赛时，我和另一名搭档负责陪护中国队，我负责陪护中国女运动员徐梦桃。决赛进行时，运动员贾宗洋不幸失误，最终中国队总分位居第二，获得银牌；在陪护徐梦桃前往检查站的路上，我向她表达了敬佩与敬仰之情：“姐，你们真的太棒啦，是中国的骄傲！”而梦桃姐在回以感谢的同时也说道：“其实还是有点儿遗憾的，因为空中技巧混合团体比赛是首次出现在冬奥会的赛场上，而这次冬奥会又是在咱自己的家门口举办的，所以得到这一枚金牌意义非凡。”那一刻，我恍然大悟，我看到了运动员身上的使命与担当，他们参加比赛不只是为自己而战，更是为国家而战，所以他们会在比赛中拼尽全力，展现自己最好的一面，向世界展示中国的风采。无论结果如何，这种为国拼搏的精神值得我们肃然起敬。

令我印象最深的比赛当属自由式滑雪女子空中技巧，徐梦桃和孔凡钰双双进入决赛。决赛时，孔凡钰选择挑战高难度动作，不幸出现失误，险些受伤，我们的心都为之一紧，这也意味着徐梦桃的压力更大了一分。来到最后一跳，大家都屏气凝神，当徐梦桃稳稳落地冲向终点区的那一刻，全场沸腾，所有人都在为她欢呼。我听着大家的呐喊，看着扬起的雪花，眼泪夺眶而出，内心百感交集，激动、兴奋、震撼……徐梦桃激动得泪洒现场，大声呼喊：“我是第一吗？”是的，她是第一！所有人都知道这枚金牌来之不易，作为4届冬奥会元老，坚持了16年的拼搏与奋斗，膝盖韧带撕裂、半月板切除70%、踝关节及肘部伤病……饱受伤痛折磨的她，值得这枚金牌。全身的伤病打不败她对空中技巧的热爱，磨不灭她要为自己、为中国获

图57 石叶在自由式滑雪空中技巧混合团体比赛时的工作照

得一枚金牌的决心。

我有幸再一次陪护了徐梦桃，这两次陪护让我见证了她从空中技巧混合团体银牌到个人金牌的历史时刻。这一次，梦桃姐走路都是蹦着跳着。“姐，一会儿要去做兴奋剂检查。”“行，流程我知道了，上次那个志愿者跟我讲了。”“嘿嘿！姐，其实上次也是我陪护的你。”“是吗？哎呀，那咱俩太有缘啦。”两次相处，让我感觉梦桃姐就像邻家大姐姐，很亲近，也并没有因为是金牌获得者而轻视他人。检查结束时已接近凌晨，但检查站外大批等着见梦桃姐的人，都是为了向她表达祝贺及敬佩，中国人的热情让−25℃的天气不再寒冷。

梦桃姐在新闻发布会时表示：“梦想成真的前提是，一定要付出、一定要努力，你加倍努力，才能靠近目标、接近梦想。不要轻易放弃之前的努力，你的努力一定会在最关键的时候帮到你。”这是她由自身经历探寻的结论，也是所有运动员身上所体现的、一直践行着的真理。而我，也会向梦桃姐学习，不断努力，实现自己的目标。

如果说奥运会是人类对运动极限的挑战，那么残奥会就是人类对意志和精神极限的冲顶。残奥健儿被束缚了身躯，但他们不屈服于命运，他们对生命更加热爱，面对挑战更加有勇气。在赛场上，他们一次次摔倒，一次次爬起，以可迎万难的气魄、百折不挠的意志、乐观向上的心态，冲破了身体的束缚。孙奇在障碍追逐比赛中遗憾得到第四名的成绩，但是他并没有就此放弃，就此消沉。在之后的坡面回转比赛中，他展现了自己更好的一面，奋力争先，勇夺金牌。还有武中伟，在坡面回转时第二滑还未开始就已锁定冠军，但他依然认真对待这毫无悬念的比赛，最后他超越了自己，再创佳绩。在赛场上挑战自我，甚至挑战极限的时候，他们所展现的不仅是顽强拼搏的精神风貌，更是自强不息的人生态度，他们的灵魂闪闪发光，这值得我们向他们致以崇高的敬意。

除了比赛，让我记忆深刻的还有我的工作伙伴——20位志愿者、18位检查官老师，包括一些国际检查官。虽然我们相处的时间很短，但在这段时间里，彼此产生了深厚的感情，真正要分开的时候，心中全是不舍。很感谢能凭借冬奥会这个契机认识这么多的朋友，一起工作，一起分享欢乐与感动。

在这短短的时间里，我收获的不仅是一份经历，还更加深入地了解了反兴奋剂、“拿干净金牌”的重要意义。兴奋剂检测的每一步骤都十分严格，确保公开透明，保障每一位运动员的权利。公平、公正、公开是比赛举行的首要前提，对运动员进行严格的药物把控也让比赛更加有意义。这个过程见证了运动员们的敢于拼搏、全项参赛、全力争胜，他们因热爱而坚持，因梦想而坚定；志愿者们默默无闻地坚守岗位，让“奉献、友爱、互助、进步”的志愿精神更加闪亮，让北京冬奥盛会尽善尽美。奥林匹克不只有冠军，每一位拼搏者、奉献者、参与者都是英雄。何其有幸，见证这场盛会，参与这场盛会，服务这场盛会。永远热爱，永远怀念！

落在生命中的一道光

魏佳慧，承德医学院基础医学院2020级医学影像学专业学生，北京2022年冬奥会和冬残奥会张家口赛区国家跳台滑雪中心反兴奋剂陪护员。

冬奥会赛事志愿服务终于圆满结束啦！有平安、顺利完成工作的喜悦，有终于卸下各种压力的轻松，但更多的是不舍，不舍得国家跳台滑雪中心，不舍得兴奋剂检查站，不舍得相伴携手走过这段难忘旅程的老师、同学和各个业务领域的朋友们。看着工作人员们忙碌地收拾清理场地，拆卸各种设备，一种说不上来的辛酸、留恋浮上心头。我依然清晰记得清理场馆最后一天的漫天飞雪，清凉的雪花撞击着脸上的泪花，视线逐渐模糊，寂静的跳台在一片洁白中向我们挥手告别，失去了往日的繁华盛况，它已经在大雪中隐去了昔日的光环，但它就像一道光，一道从理想照进现实的光，深深地烙印在我的生命中。

假如一个人是一粒石子，在志愿者的共同努力下，也会铺成一条宽敞的道路；假如一个人是一滴水，一群人也会汇成一条小河。我始终坚持为成功举办一届“简约、安全、精彩”的冬奥会贡献自己的力量。作为志愿者，辛苦之余，我颇有感想：志愿者，以振兴中华为己任，以尽忠人民为职责，勤于行动、善于关爱、乐于奉献、尽己所能，不计报酬、帮助他人、服从安排、协同合作、服务社会、奉献真诚。践行志愿精神，用手把爱相牵，用心把爱传承。

每个人之于社会的价值，不仅仅在于创造了多少物质财富，同时也在于为社会创造了多少精神财富。在付出爱心、奉献社会的同时，人生的价值就会得到充分彰显。

真的是平复、沉淀了很久，才走出最后一场比赛刚刚结束时那种突如其来的不适应、不舍得的感觉，决定提笔写下这些文字。这其中的每一个字、每一句话都激荡着我最真实的情感和对祖国、对北京2022年冬奥会、对国家跳台滑雪中心最真挚朴实的爱。我们从2021年11月底测试赛的时候就来到了这所场馆，那时候的我们懵懵懂懂，为跳台的宏伟壮观而感到惊叹，看什么都觉得很新鲜，我们目睹跳台从测试赛到冬奥会的成长与变化，从测试赛的十几个国家到冬奥会的世界各国，国家跳台滑雪中心就像是一条江河，汇聚着来自世界各国的小溪流，不断奔涌向前。

在疫情世界各地迅速蔓延，各国公共卫生安全面临挑战的形势之下，顺利举办冬奥会对我国无疑是一场艰巨的任务，需要每一位参与者都克服身体和心理上的诸多困难。首先是工作强度和时间的困难，由于兴奋剂检查工作的特殊性，我们兴奋剂检查站几乎每天都是场馆最后一批离开的。最辛苦的是测试赛和赛前准备的时期，那段时间我们需要每天五六点就起床，每天赶最早的一班车到场馆进行培训，协助老师整理场馆物资。测试赛期间，为满足防疫要求，工作期间我们不能在场馆吃午饭，只能在站内简单吃一些零食餐包，由于中午回驻地午休的时间比较紧张，兴奋剂检测站内折叠床、面积等又非常有限，我们8名陪护员志愿者只能挤在一个小小的工作间内，坐在椅子上靠着墙小憩片刻就迅速调整状态进入到下午的工作了。跳台滑雪的很多比赛都在晚上进行，兴奋剂检查又需要在比赛后进行，所以我们经常会工作到晚上十一二点去赶最后一班车回驻地。兴奋剂检查官老师们则更加辛苦，我们走后他们还需要整理传送样品，进行消毒工作，有时候甚至会工作到深夜一两点。

虽然工作并不轻松，但是从未有人喊苦喊累，每个人心中都有着坚定的信念。工作的同时我们也不断地学习总结，模拟演练各种突发情况，为赛时工作做好充分准备，以更加自信的姿态，为运动员提供更好的服务，向世界各国运动员展示中国志愿者靓丽的风采，为学校赢得荣誉，为祖国奉献自己的青春力量！做好疫情防控，严格遵守各项规则制度，我们在保护好自己安全的同时尽全力保障冬奥会反兴奋剂工作的安全、顺利进行。

作为一名学生，服务社会是我一直以来奋斗的目标；作为一名志愿者，服务冬奥是我一直以来向往的仪式。雷锋说过：“一滴水只有放进大海里才永远不会干涸，一个人只有当他把自己和集体事业融合在一起的时候才最有力量。”作为一名大二学生，我十分幸运有这样的机会成为冬奥会志愿者，并服务于国家跳台滑雪中心反兴奋剂领域。从穿上志愿者服装、戴上志愿者证件的那一刻起，职责与使命深深地烙印在我的心里。在−20℃的天气里手脚冰凉、不能回家过年团聚，我未曾抱怨，全身心投入到冬奥志愿服务工作中。我知道，北京冬奥会是举世瞩目的，冬奥志愿者在做好自身工作的同时，也要讲好中国故事，展现中国姿态，我们肩负着让世界深入了解中国的使命。我想要化身为一束光，一束志愿之光、温暖之光，与所有志愿者一起让北京冬奥会在世界舞台散发出万丈光芒。

国家跳台滑雪中心反兴奋剂业务领域陪护员，这个岗位的重要性不言而喻。“拿干净金牌，对兴奋剂说no”是反兴奋剂工作者共同的口号，严谨、负责是反兴奋剂工作者一致的代名词。陪护主管李琳老师在培训中不断强调：在工作中时刻打起100%的精神，不错过任何一个环节；在工作之余陪护员们采用互相“刁难”的方式学习和演练突发事件的解决方法。我和其他志愿者一起，不怕苦、不怕累，严格要求自己，不断完善自我，保证做到不出任何错误。

一项工作的顺利进行离不开一个团队的紧密协作。同学们在团结合作的过程中结下了深厚的友谊，因为有一个目标让他们相聚在一起，有一个梦想让他们拼搏协作，同服务，共吃苦。志愿者是奉献者，也是受益者。他们以奉献的精神服务于他人，在奉献他人的同时也收获了一段宝贵的经历。树立拿干净金牌理念，严守反兴奋剂工作底线，很幸运遇到了一个非常优秀而又团结的团队。令我感触最深的是陪护主管李琳老师赛前对我们业务领域的培训，正是她赛前培训的严格要求和不厌其烦的模拟实战，提前带我们预演了一切可能发生的突发情况，才使我们在冬奥赛场上能够有条不紊地应对各种突发情况，灵活解决与运动员出现的各种沟通问题，保证了我们在赛时工作的顺利进行。

其次，需要克服的是疫情形势下带着防护用具在寒冷的室外工作所面临的许多问题。我们通知运动员的时候会携带包括笔、夹板、对讲机等在内的许多东西，这些东西一样都不能落

图58　魏佳慧在打蜡房等待陪护随机挑选的运动员

下，出站之前要再三检查，确保完全没有问题才能出发。跳台的很多比赛都在晚上进行，晚的时候要到9点、10点才能结束，那时我们才能开始工作，去场馆各处寻找运动员。在资格赛和试跳轮期间，我们需要轮班去室外观察比赛进程，决赛开始，我们需要带全装备全员出动去室外观察比赛一直到比赛结束，然后分批行动去寻找分配给自己的目标运动员，搜寻范围广，搜索难度很大。因此我们的工作大部分时间是在室外且需要与运动员进行密切接触与沟通。如何在崇礼零下20多度的夜晚戴着口罩、护目镜或面屏等众多防护用具的条件下，在户外嘈杂的音乐和人声中与运动员进行顺利沟通，如何面对长时间极度的严寒，如何在现有防护基础上近距离接触一些密接运动员的时候保护好自己不被传染，都成了非常考验陪护员能力的问题。赛前的工作准备是我认为比较重要的一个点，也是保证赛时工作顺利进行至关重要的一个环节，包括站内各种物资分配、检测站场地布置等。真的非常感谢冬奥组委、团省委提供的各种物资保障，感谢经理老师们的辛苦付出，没有他们的大力支持和保障，就不会有我们在工作岗位上拼搏奋斗时的踏实和安心。

在这为期6天的赛事服务中，我始终都在以最饱满的精神风貌和最积极的状态去对待我的工作，一刻不敢松懈，丝毫不敢疏忽大意。陪护运动员的工作看似简单轻松，实则需要注意很多细节，在学好陪护员基本知识、做好充足赛前准备的同时还需要有很强的应变能力，学会变通，能够灵活处理许多突发情况。和运动员的沟通交流也要灵活恰当，随机应变而不是照本宣科。作为一名兴奋剂陪护员，我认为认真细心和严谨负责的工作态度最为重要，尤其是在填写检查记录单和通知单的时候不能出现一丝马虎，有时候遇到运动员通知单填写不清的情况，也要耐心问清楚再填写，避免不必要的检查记录单浪费。除了熟练掌握通知流程、规范用语和了解各种可能面对的突发情况这些基本能力之外，遇事不乱也是非常重要的。遇到突发情况一定要保持镇定，及时用对讲机联系老师。

社会需要志愿者，人类的发展需要志愿者。我将始终秉承志愿精神，在志愿服务这条路上越走越远。志愿服务的小小力量，可以传递人与人之间最基本也最重要的爱。在不久的将来，我们必将把这种爱通过更多志愿服务的机会传递给更多人，通过实际行动淬炼出新时代青年的优秀品格！

志愿者是最温暖的光，点点微光汇聚在一起，温暖整个冬奥赛场。请党放心，冬奥有我，让我们一起向未来！

反兴奋剂陪护员的回忆

王思奥，河北医科大学2019级临床医学专业学生，北京2022年冬奥会和冬残奥会张家口赛区国家冬季两项中心反兴奋剂陪护员。

我在北京2022年冬奥会与冬残奥会中是国家冬季两项中心反兴奋剂陪护员。陪护员的工作主要是通知运动员接受兴奋剂检查，填写通知单，告知运动员签字，陪护他们前往兴奋剂检查站并监督他们有无可能违规的行为。

北京2022年奥运会是一场国际性的盛会，天南海北的运动员纷纷而来。近距离接触运动员我还是比较激动的，一是之前确实从未接触过国际或者国家顶尖级运动员，对他们很好奇；二来对他们的生活、比赛也很好奇。让我印象深刻的运动员有3位。

第一位运动员是来自德国的Benedict Doll。这位运动员参加完当天比赛后浑身发抖，我站在他身边进行自我介绍后，告知他需要进行兴奋剂检查，并且询问他身体有无不适。他说他太累了，需要缓一缓，于是便坐下来和其他运动员聊天，我站在一旁等候。因为刚开始参加工作，精神比较紧张，看到他自己打开一小瓶饮料，鉴于他喝的不是场馆或者兴奋剂检查站提供的饮品，而且看外观还有点儿像药瓶，我询问他喝的是什么。他思考了一会儿，可能是在想如何把德文翻译成英文："Chocolate drink."。我想这应该是恢复能量的饮料，但还是希望拍一张照片，他思考了一下，说没问题，我就拍了一张照片。后来我才发现，几乎所有运动员比赛结束后都要喝自带的功能饮料，没有必要如此紧张。在陪同他等待回冬奥村巴士时，我们聊到了大学，我是临床医学专业，他对临床医学的发展比较好奇，我向他介绍了学士、硕士、博士的区别和发展方向，他为我介绍了德国的医学培养模式。把他送上回冬奥村的巴士后，我结束了当天的工作，还学会了用德语说再见。

第二位运动员是来自美国的Jack Brown。冬季两项是北欧、西欧的强项，见到一位美国运动员还是很稀有的。鉴于美国人的母语是英语，口头交流肯定是很顺畅的。他的名字很好写，这让填写通知单的工作很容易。填写通知单字母需要大写，面对比较长的名字书写是一定要注意防止失误的。在他比完赛后，我前去通知他接受兴奋剂检查。当我介绍完我是反兴奋剂陪护员后，这位运动员边上的一位大叔立刻神情紧张地看着我，可能美国队对于接受兴奋剂检查这件事情比较敏感吧。我有些怀疑，但还是面带微笑，询问运动员是否需要一位代表或者翻译陪同时，那位大叔立刻说他是运动员的队医，要作为运动员的代表，我说："没有问题。"后来查询运动员资料时我才发现，这位30岁的运动员竟然是第一次参加冬奥会，怪不得他的队医对接受兴奋剂检查感到紧张。虽然我和这位运动员交流时用的是英语，而且看运动员表情应该是能听懂的，但是那位队医还是对我的英语进行了翻译。他对运动员详细说了我是做什么的，甚至把在兴奋剂检查站内要做什么都对运动员说了。我看那位运动员比较紧张，就想活跃一下气氛，我问他结束冬奥会旅程后，会在中国旅游吗？他说他还要去参加其他比赛，接着向我介绍了他近半年的行程。他11月份离开家去比赛，中国只是他多个比赛的一站而已。冬奥会后要去芬兰、瑞典等其他地方接着比赛，5月份才可以回家，这可真是个漫长的旅途！在完成兴奋剂检查后，我陪同他前往运动员巴士，在路上我教他如何用中文说张家口、河北省，临别时，他还给了我一个徽章作为纪念。

第三位运动员是来自西班牙的Political Makuri Redolad Garcia，他参加的是北京2022年冬残奥会越野滑雪比赛。在观看冬残奥会开幕式时，我注意到西班牙只派了两位运动员参加冬残奥会越野滑雪比赛，没想到我就是要去通知其中一位。当看见这位运动员的名字时，我只能说我确实感到惊讶，因为和其他运动员名字不太相同，他的姓和名都是两个词，而且很长。我暗想我得节约一点儿地方，不然通知单名字都写不下。而且，和诸多国家代码来源于英语不同，西班牙国家代码是ESP，采用的是西班牙语的前3个字母。冬奥会中一些运动员或许不太会说英文，但是他们能听懂我们通知他接受兴奋剂检查。我知道除了英语外，西班牙语是美国第二大语言，我想当然地以为来自西班牙的运动员会英语，应该容易通知他进行兴奋剂检查并引导他进入兴奋剂检查站。在他比完赛后，我自信满满，面带微笑，用英语向他问好并进行自我介绍。迎接我的是一张灿烂的笑脸，但是他没有说话。我很奇怪，我好像没有说错什么，于是我缓慢地又重复了一遍，这时边上西班牙队的工作人员用较为生硬的英语解释："He doesn't know English."

图59　王思奥在运动员签名墙前与残奥会火炬合影，拍摄于国家冬季两项中心兴奋剂检查站

我当时感觉好尴尬，这时边上来了一位女士，自我介绍说是西班牙的领队，要做他的翻译。于是我请她帮忙翻译了我的来意，运动员示意他要走完采访，我打手势回应说没问题，并对领队用英语解释赛后参加采访是第一件事情。采访结束后，一位西班牙记者又用手机进行了视频采访。西班牙领队用英语说："我需要去打蜡房拿运动员的个人证件。"我说："没问题。"在去打蜡房的路上，为了活跃气氛，我还向领队打听西班牙的美食和风景，不料回应的还是那一句英语："我们要去

打蜡房拿运动员的证件。”看来，她也不太会英语，这位领队可能是为了应对兴奋剂检查，就学了零星几句关于兴奋剂检查的英文吧。我引导他进入兴奋剂检查站排队等候登记，打手势请他坐下，他用中文说：“谢谢。”我笑了笑，说：“不客气。”在引导他完成进站登记并对站内工作人员解释领队是翻译后，我结束了当天的任务。这次志愿服务经历对我来说永生难忘。

回首自1月25日抵达张家口到4月4日返程这70余日的志愿工作经历，从冬奥会圣火点燃到冬残奥会的圣火熄灭，从“有朋自远方来，不亦说乎”到“海内存知己，天涯若比邻”，从填写第一份兴奋剂检查通知单到清点上交陪护员个人工作物品，我经历了一场无与伦比的盛会。正如志愿者之歌所唱：“梦想照亮天与地，勇敢地出发……”我将继续弘扬志愿精神，为社会贡献自己的青春志愿力量。

六、华夏之美：文化展示篇

讲好中国故事，一起向未来

张照悦，河北师范大学外国语学院2019级英语专业学生，北京2022年冬奥会和冬残奥会张家口赛区国家冬季两项中心竞赛办公室翻译志愿者。

北京2022年冬奥会和冬残奥会期间，我在张家口赛区国家冬季两项中心竞赛办公室担任翻译。工作期间，我遇到了来自世界各地的朋友，也和他们结下了深厚的友谊，很幸运能有机会向他们讲述中国故事，传递“一起向未来”的理念。

我的老师和长辈们都曾经教导我：外语人，中国心。用英语讲中国故事，让中国文化为世界所了解，怀揣着这份使命和责任，我于2019年12月5日报名参加了北京2022年冬奥会和冬残奥会志愿者全球招募活动。报名后，我曾无数次幻想过我和世界各国的友人们相聚，一起畅谈中国文化和中国故事的话题。

大二上学期，我选修了“中国文化简介”这门课程。在老师的指引下，我们一起用英语讲述中国传统书法、武术、典籍、思想，一起在抖音、B站等平台上发布讲解素纱禅衣、清明上河图的故事。这门课程激发了我对中国优秀传统文化的认同和自信，这种不同语言和文化之间的碰撞让我发现了用另一种世界通用语言去讲述中国故事的可能性和必要性。我感叹于中华文化的博大精深，更深知用地道的英语讲述中国故事的重要性。从那时起，一颗讲“中国故事、发中国声音”的心更加坚定。作为一名英语专业的学生，我认为能够有机会把心底的这份骄傲与自豪传递出去是一种幸运，更是一种使命和责任。

在储备志愿者培训期间，冬奥组委和学校为我们准备了英语读本，里面介绍了张家口地区的历史文化和风景名胜，以及跨文化交际的注意事项。那段时间，我每天早上6点钟起来到时光塔下晨读，大声朗读各个文化名胜的英语简介，并在课余时间进行抄写和背诵，直到熟记于心。我迫不及待地想给外国友人介绍我们的大镜门、长城、打树花、蔚县剪纸等文化瑰宝、民族骄傲。

北京冬奥会期间正值农历新年，为了让外国友人也能感受到浓浓的年味儿，我书写了一副春联贴在竞赛办公室门口：冰花雪卉书壮志，冬两健儿展英姿。同时，我们将“福”字贴在门上，外国友人一进办公室就可以看到。我向他们解释：“福”的意思是“祝福”，希望对方幸福快乐每一天的意思。他们听后都微笑着点头，还向我们学习了“福”的中文发音，对我们也说出相同的祝福。一开始是我主动向各个国家的领队介绍，后来是他们开始主动问我门口是什么汉字，有什么寓意，他们听完我的介绍之后也对中国文化产生了浓厚的兴趣。虽然我们只有简单的几句交流，但正是这样简短的接触让我认识到志愿者除了赛事服务之外，还是中国文化的代言人，时时刻刻都代表着中国，传递着中国声音。

除夕那天，我和小伙伴们还剪了一些窗花。由于条件有限，我们只能用打印机打印出红色的纸来用作剪纸。2022年是农历虎年，我们就剪了一些可爱的小老虎送给各国代表团的领队，他们拿到之后特别小心翼翼地捧在手心，视若珍宝，有一些国家还把剪纸贴在了他们打蜡房的门口。办公室屏风上的剪纸来自张家口本地幼儿园的小朋友们，他们灵巧的双手剪出了冬奥会各个项目的符号，来到办公室的外国友人都赞赏中国剪纸的精妙绝伦，还拍照留念。

北京2022年冬奥会开幕式，正值中国传统节气立春，开幕式上的二十四节气倒计时向全世界传递着中国人的浪漫。第二天，我和国际技术官员Kathy聊天，她不停地向我称赞昨天晚上的开幕式是如此精彩，借此机会我向她介绍了中国的二十四节气。一开始她并不理解简单两个词汇中所包含的深意，在我的讲解下，她逐渐理解了中国人的智慧。

在与Kathy交谈的过程中我了解到，她对“一墩难求”的冬奥吉祥物冰墩墩很感兴趣，但由于我们处于闭环内，没有特许商品店。于是我用笔画了一只戴着虎头帽的冰墩墩给她，她拿到之后特别开心，并且把我的画一直摆在办公桌上。我很开心能以这种方式让冰墩墩以另一种形式受到更多的喜爱，于是我画了很多张戴虎头帽的冰墩墩送给来办公室的教练和领队们，他们特别开心地收下了，还在社交媒体上分享了戴虎头帽冰墩墩的视频。

冬奥快结束的时候恰逢元宵节，我邀请Kathy和我们一起猜灯谜，并且向她介绍吃汤圆的习俗。她了解了“元宵”在中国的多重含义，还表示想尝试一下汤圆。

冬奥结束即将分别时，我送给Kathy一个中国结，并告诉她中国结有团圆、祝福、吉祥等寓意，她很开心，并且将自己

图60　张照悦在场馆内和国旗、奥林匹克会旗合照

随身携带的一个小熊送给了我，并告诉我这只小熊身上的地点是意大利冬季两项场馆的所在地，将举办2026年冬奥会冬季两项赛事，希望在意大利可以再见到我。我十分感动，也备受鼓舞，这是对我此次志愿服务的认可，让我感受到了“冬奥有我”的被需要感，这也成为大学生活和人生经历中浓墨重彩的一笔。感谢冬奥盛会让我认识了外国友人，也丰富了我的社会阅历。Kathy和我在彼此的人生中都留下了美好的回忆，也通过邮件保持着联系，希望如她所言，我能够拥有继续为冬奥服务的机会。

在竞赛办公室这个岗位上每天都会遇到来自各个参赛国的

领队、教练、国际技术官员等，他们之间都是惺惺相惜的朋友，彼此互帮互助，有时候相遇时击掌或者拍一拍肩膀相视一笑，有时也会坐下来聊聊天。

一位俄罗斯奥林匹克队的选手因为在最后一次射击时脱靶太多而与金牌失之交臂，当俄罗斯的教练来到办公室时，Kathy安慰了他，并说了一句“Biathlon is biathlon”，翻译成中文是“冬季两项就是冬季两项”，有其独特的魅力。那个教练挤出一丝微笑点了点头。这一刻，关心和鼓励跨越了语言的简单表述。是啊，我想，他们都是可以懂对方的，冬季两项的魅力也许就在于此——动静结合、瞬息万变，不到最后一刻你永远不知道金牌花落谁家，比赛的完美表现会得到大家的欢呼与祝福，赛场失误也会收获无数的安慰与鼓舞。

这里就像一个地球村，来自世界各国的朋友在奥林匹克的旗帜下拥有无国界的纯粹友谊。他们都向着“更快、更高、更强、更团结”的奥林匹克格言要求前进着。我意识到我所担任的职位早已不是一个简单的“翻译”，而是通过我的工作，将更多积极乐观、永不言败的精神传递出去，也是通过语言文字的力量，将各国令人敬佩的奥运健儿们凝聚在一起。

或许这就是奥林匹克精神的魅力——这一刻，世界人民为了相同的目标共同努力，而有幸成为这为之努力的一分子，我深受感动，第一次近距离接触国际型的高端赛事，第一次切身体会到“超越自我”“永不言败”的体育精神，我深切感受到我们不仅仅在传递中国文化，也是在体会世界文化的万花筒，“美美与共，天下大同”“一起向未来”“平等尊重”的理念也在每一次的对话中得以传递和体现。我也从冬奥服务中收获了无数理想、友情、精神追求与奋斗目标。

在今后的人生道路上，无论遇到何种艰难坎坷，我都会一往无前，是冬奥赋予了我这种勇气和决心；无论身在何处，我都不会忘记传播中华文化、讲好中国故事的使命，是冬奥给予了我信心和机遇，我将用我的一生去践行！

在媒体接待站的故事

李佳美，河北北方学院2019级药物制剂专业学生，北京2022年冬奥会和冬残奥会张家口赛区城市志愿者、非注册媒体中心采访线组组员。

一片冰，一片雪，14亿人民的热情与期盼筑就了北京2022年冬奥会。我们的祖国用真诚与热情捧起了一片冰雪，将它打造成冰雪的天地。壮观的冰丝带、雄浑的鸟巢、灵动的水立方将北京这座“双奥之城”点缀得闪闪发光，雪如意的问世更是让世界把目光汇聚到张家口这座冰雪之城。

我出生在2001年，前20年的春节，我都是和家人守在电视机旁，穿着新衣服、手边有准备好的年货、鼻尖有年夜饭的香气、与邻里互道祝福，等着零点钟声的敲响。但2022年的春节，我作为志愿者离开家乡沧州来到张家口，迎接冬奥会的到来。

北京冬奥会给中国带来了无限机遇，疫情并没有阻挡冬奥会的脚步，当倒计时变为0天，街上随处可见“BeiJing 2022”的标识，各个冬奥专卖店“一墩难求”；当五星红旗在中国国家体育馆冉冉升起，神州大地奏响和平、团结、友爱的盛大乐章；当熊熊燃烧的圣火照亮北京夜空，奋进的中国再度同奥林匹克携手共进；当五湖四海的朋友在北京齐聚一堂，世界发出“一起向未来”的最强和音，世界沸腾了。办好冬奥会是党和国家的一件大事，也是欣欣向荣、自信富强的中国对国际社会的庄严承诺。

还记得那是2019年，作为大一新生的我，听说冬奥会要在学校选拔志愿者便怀着一腔热情报名了。经过机考和一系列面试，我成为一名赛会储备志愿者，但后来因为疫情原因要减少志愿者人数，我没能在那次面试中继续我与赛会志愿者的缘分，而是在学校的争取之下去了张家口的非注册媒体中心，作为一名城市志愿者继续服务冬奥。

2022年1月28日，我告别家人，来到媒体接待站。没有独自在外过年的孤单，有的只是满腔的热情与对冬奥服务的向往。除夕夜，我们借用酒店后厨一起包饺子、看春晚，家的温暖油然而生。我们的志愿者团队中有尚在哺乳期的母亲，有参加过多次重大赛事的优秀志愿者，还有税务局抽调过来的工作人员，这更让我对冬奥服务多了一份敬畏与责任。在分岗调配中，我成为一名媒体服务组的志愿者，在采访线组与小组成员共同配合，完成一项又一项任务。

我的日常工作是配合各位媒体服务组的老师对接指导各县区做好采访线路、采访点准备工作；为保障组做好采访线车辆调度工作；向信息收集研判组反馈实时采访活动情况。在北京冬奥会期间，我服务了包括新华社、中国妇女报、长城新媒体等在内的各中央和地方媒体，配合引领媒体采访各县区20余次，总服务时长200余小时，共服务媒体500余人次。

从2月2日到2月20日，从第一次懵懂无知地参与工作到最后一次圆满地结束工作，20天的时间里我从手足无措到有条不紊，从在老师身后辅助的小小志愿者蜕变为可以一个人独立完成相应工作的合格志愿者。在这20天的时间里，我的沟通协调能力得到了更高层次的提升。

工作期间，我们陪同记者朋友们去往张家口各个名胜村落。在宣化，我们参观了中医药文化展示馆，认识了当地特产——黄头鸡精和北柴胡。在工作人员的带领下，我们体验了香囊制作过程，学习了中国健康文化知识。展馆负责人说希望乘冬奥之东风，让本地药材走出张垣，走向世界。

你可曾听说过、见到过打树花？在张家口蔚县，我们有幸领略到这场惊艳与壮阔，高温融化成的铁水被泼洒到城墙上，迸溅出漂亮的万朵火花，火花的形状像树冠一样，树花的名称便由此而来。在打树花传承的300余年，我们看到的不只是眼前的这场火树金花，更是悠久文化的发展与延续。

作为第一批国家级非物质遗产，蔚县剪纸也颇负盛名。它是全国唯一一种以阴刻为主、阳刻为辅的点彩剪纸，主要分戏曲人物、花鸟鱼虫等六大类别、3 000多个品种。在剪纸老师的创作之下，一张张平平无奇的纸逐渐变得活灵活现。冬奥会开闭幕式中更是加入了蔚县剪纸的元素，使得蔚县剪纸走进更多人的视野，走进千家万户。

作为“塞外山城”，张家口以其多山、干冷而闻名，正是这样得天独厚的自然环境，铸就了张家口一众滑雪场的诞生，除了因服务冬奥而为人熟知的云顶滑雪场，还有万龙滑雪场、太舞滑雪场、鸳鸯湖滑雪场等。因为冬奥会的举办，越来越多的人被滑雪这项运动吸引，张家口百姓也乘着冬奥会的契机吃上“冰雪饭”，获得满满的幸福感。在后冬奥时代，张家口也正在努力弘扬发展冰雪运动，让冰雪文化“活”起来。

图61　冬奥志愿者们带领记者参观库伦淖尔湖（右一为李佳美）

在沽源库伦淖尔湖凿开1米深的冰层，我们体会到了冬捕的收获感；在尚义十三号窑洞村观看现场二人台表演，我们体会到了生活的幸福感；在工业主题文化公园走进火车的发展进程，在科技产业园区接触现代电子科技的进步，我们感受到了张家口古文化的魅力与现代科技的才华，感受到了生长在如此文明古国、文化强国的自豪感！

我不再只是从媒体上看到中国的进步，更是亲眼看到了中国在科技、机械，甚至手工艺上的飞跃与进步，从衣食住行各个方面感受到了中国富起来，强起来了。也真切地感受到作为冬奥会赛区之一，张家口市民的自豪，看到了张家口市为保障冬奥做出的努力与贡献，这都是媒体接待站赋予我的机遇。

从《北京欢迎你》到《一起向未来》，北京联合张家口再一次向世界人民展现了她的开放与包容。和一群有趣的人一起参与到冬奥志愿工作中是我认为这次旅程最幸运的事，“以雪为令”是张家口独特的浪漫，更是媒体接待站志愿者执行力的象征。“x号车已到达”“x号车已返回”是我说过最频繁的话语，它记录了我身为一名志愿者的工作与服务，也记录了冬奥带给我的能力与见识。虽然没有像赛会志愿者一样近距离接触冬奥、服务冬奥，但我们也在自己的岗位散发光和热。

2月3日，冬奥火炬传递至张家口大境门；2月4日，冬奥会正式开幕；2月5日，短道速滑2 000米混合接力获得首金；2月20日，冬奥会正式闭幕。到今天，冬奥会已经过去了将近9个月，但好像这些都发生在昨天，难以忘怀。

零下三十几度的天气也无法阻隔我们心中如火的热情，口罩也不能妨碍我们看到每个人洋溢的笑脸。从“同一个世界，同一个梦想”到“一起向未来”，中国用实力展现了奥林匹克精神，中国用自信诠释了大国风范!

萤烛末光，增辉日月；尘埃之微，补益山海。习近平总书记说：“文化自信是一个国家、一个民族发展中最基本、最深沉、最持久的力量。向上向善的文化是一个国家、一个民族休戚与共、血脉相连的重要纽带。”如果说北京2008年夏季奥运会是奥林匹克精神与中国传统文化首次碰撞，那么北京2022年冬奥会则是奥林匹克精神与中国传统文化亲密、完美的结合。“没有高度的文化自信，没有文化的繁荣昌盛，就没有中华民族伟大复兴”，通过这次冬奥会，我深刻明白了这个道理。作为新时代中国青年，我将坚定理想信念，继续努力学习中华民族优秀传统文化知识，并尊重外来文化差异，把中华优秀传统文化融入生活的方方面面，坚定文化自信，将个人理想融入中国梦之中，担起为国家繁荣做贡献的责任与使命，不断实现自我的人生价值和社会价值!

青春筑梦冬奥

肖李衣佟，河北师范大学新闻传播学院2020级广播电视编导专业学生，北京2022年冬奥会张家口赛区云顶滑雪公园市场开发助理。

我是肖李衣佟，河北师范大学新闻传播学院2020级广播电视编导专业的一名学生。转眼间，北京2022年冬奥会已经顺利落幕，我的冬奥会志愿服务也结束了。这段时间以来有收获也有感触，收获的是一段宝贵的经历，收获了与志愿者小伙伴们深厚的友谊；感触到的是冰雪运动的魅力、冬奥文化的自信与祖国强大的底气。国之盛事，与有荣焉！在我心中，参与冬奥会是一直以来的梦想，能以志愿者的身份代表中国形象，肩负国家责任，怀着对冬奥会的期待和初心，踏上此次冬奥会的服务之旅，为冬奥贡献出自己的一份青春力量，是我身为新时代青年肩负的责任与无上荣光。在这次志愿服务中，我从思想上、学习上都取得了长足的进步，这次经历也会成为我一生中美好的回忆。

在北京2022年冬奥会举办期间，我在云顶滑雪公园市场开发团队担任市场开发助理一职。我们市场开发团队共有24名服务人员，负责临时邮局经营、特许商品售卖和赞助企业接待。我的日常工作是在赞助企业接待区门口的验证点位值守，负责对前来的赞助企业宾客进行验证、手消等工作。除此之外，我在此次特许商品店“爆火”时负责特许商品店的疏导工作。

春节，无疑是每一个中国人心头最浓重的色彩。作为冬奥会的志愿者，我们今年度过的春节注定与众不同。因为今年冬奥会正值我国农历新年，为了更好地服务冬奥，全体参与者都在冬奥会的场馆过春节，这是我第一次在外过年。我和5位志愿者小伙伴一起，去场馆包饺子、为食堂和酒店门口贴对联，还收到了团省委为我们准备的砂糖橘、巧克力和瓜子等年货。当天晚上，经理组织我们团队一起吃了火锅，收到了哥哥姐姐们的关心与祝福，我在一个新的“大家庭”里度过了一个特殊的春节，充满美好也氛围满满。

作为赞助企业服务领域，我们在云顶滑雪公园比赛场地旁拥有3个位置绝佳的赞助企业接待区，是供宾客茶歇、观赛的场所。赛前的很长一段时间我们都在装扮我们的3个接待区，擦洗、摆放好每一张桌子、椅子。春节的气氛当然也不能少，大家一起在玻璃上贴喜气洋洋的窗花，在墙上贴福字、挂拉花，一起将春节吉祥美好的氛围与我们对冬奥的期待都装点在接待区里。在比赛的16天里，我们接待了国家体育总局原局长、张家口市委书记等领导，接待了前来观赛的外国驻华使节，接待了持票赞助商，接待了场馆工作的赞助企业工作人员等共计1 150人次。在工作中，我得到很多宾客的感谢和关怀，这让我深深体会到志愿服务是一种双向奔赴的尊重和收获。

印象最深的是2月14日晚上，自由式滑雪女子空中技巧决赛在云顶滑雪公园的C场地举行。在激动人心的竞赛氛围中，我们在C场地赞助企业接待区进行着紧张的准备。晚上6点，接待区准时开启运行，我们为前来观赛的赞助企业宾客进行手消，在温暖的环境中为他们提供优质服务。当晚，徐梦桃摘得桂冠，赞助企业宾客共同见证了这一创造历史的荣耀时刻，欢呼、尖叫、鼓掌，回响在整个赞助企业接待区。“中国加油，徐梦桃最棒！”的声音回荡在我的耳边。能见证一位运动员在赛场上圆梦，见证赛道上五星红旗飘扬，真的是冬奥会带给我的深深感动与震撼。那一刻，所有的自豪感涌上心头。

提到特许商品店的工作，就不得不提我们冬奥会的顶流——冰墩墩，它为特许商品迎来了超出想象的购买热潮。憨态可掬冰墩墩绝对是冬奥会当之无愧最受欢迎的“明星”。大量热情高涨的顾客前来，店里的商品每天都被一抢而光。我也亲眼看着满墙的冰墩墩被大家买空。这样兴隆的生意，既让我看到大家对冰墩墩、对冬奥会的热情，也对我们工作提出不小的挑战。为了保障疫情防控，我就开始在特许商品店门口负责引导，保证顾客按照一米线的安全距离进行排队，并帮助他们使用正确的方式支付。

记得2月6日那天，天气很冷，室外温度达到零下二十多度。为维护特许商品店的秩序，保证防疫安全，我在C场地的特许商品店门口连续站岗1个小时左右。冷风中，我引导顾客按一米线排队，帮助他们使用数字支付。见证比赛的进行，我也见证了特许商品店的顾客盈门。崇礼的夜晚真的很冷，呼出的哈气让头发和眼睫毛都结冰了，但是面对热情的顾客，我不敢懈怠，依然笔直地站着。感动的是，路过我的经理、顾客和志愿者小伙伴们，都会以亲切微笑跟我打招呼，每一个温暖的笑容都是当时寒冷中的火焰。能用自己的力量助力冬奥，冷却

图62　志愿者肖李衣佟在冬奥会服务期间留念，背后为云顶滑雪公园C场地比赛赛道

快乐着。

在整个冬奥会运行期间，我们确实遇到了很多挑战。狂风、极寒和暴雪，我们都赶上了。早晨看着朝阳从群山中升起，赛后与市场开发团队的其他人员一起在所有工作结束的深夜返回驻地休息。所有人都在一丝不苟地坚持，这让我看到了属于冬奥服务人员的北京冬奥精神。做每一件事都带着认真负责的态度，带着一份发自内心的关爱，即使在平凡琐碎的工作中也能找到快乐和满足。

除日常工作外，我也有幸参与到我们市场开发团队纪录片的制作中。经理跟我们说，应该为自己留一些“财富”，所以我们在工作之余会记录自己的工作与生活。我发挥了自己所学的新闻传播专业特长，担任策划、拍摄、剪辑等主要工作，与团队一起制作了时长20分钟的五集纪录片《云顶之约》，用我们的镜头记录下我们团队的冬奥故事，也记录下我们视角中冬奥参与者的卓越风采。纪录片从冬奥会刚刚踏勘、建设，志愿者集结、学习、准备，再到冬奥会的举办，我们把点点滴滴的经历用视频与文字的方式留下，这是我们冬奥会的宝贵记忆，也是我们为冬奥会留下的文化遗产。

来时迎客松，去时折柳枝，这是热情好客的中国人民的真诚友谊。一团微火、一片雪花是大道至简的东方美学的气质。今年4场精彩纷呈的开闭幕式让我们振奋，它包含了丰富的中华文化内涵，充满了文化韵味，文化自信满满。作为冬奥志愿者，我也在冬奥会相遇的传统佳节日氛围中，在冰墩墩、雪容融的火爆售卖中，在用文字和视频记录下的创作中，感受到了冬奥的文化氛围。

“胸怀大局、自信开放、迎难而上、追求卓越、共创未来”，冬奥结束后，我积极践行和传播北京冬奥精神，参与学院举办的“冬奥宣讲活动”讲述自己的冬奥经历与感悟。3月11日，我受邀参加网易新闻河北“我是家乡代言人主题活动”，作为河北省冬奥会志愿者代表参与了网易河北“我是家乡代言人：燃情冰雪”主题直播活动，讲述自己的志愿故事，体验“冰雪运动”，传述冰雪文化与北京冬奥精神。此次直播通过网易新闻多平台在多城市传播，当日视频播放量达89万，获得了较高的关注度和热评，我也成为河北“家乡代言人”。

总的来说，在冬奥会一次次的工作中，能和大家一起齐心协力、全神贯注、全力以赴做好赛时的每一项工作，我深切地体会到一种奉献的喜悦感，从冰墩墩的火爆，到北京冬奥精神的传递，我也感受到了冬奥文化的魅力和祖国文化自信的日益增长。冬奥会虽然结束了，但是我的志愿之路不会结束。我会始终如一地将“奉献、友爱、团结、互助”的志愿精神继续发扬下去，也会认真总结此次冬奥服务的经验，在以后的工作中不断进取，也会在未来更积极地参加各项志愿活动，成为一名越来越合格的志愿者。

真诚服务，展现新时代中国形象

——记冬奥志愿者的两件小事

任强，共青团张家口市委员会工作人员，北京2022年冬奥会和冬残奥会张家口赛区景泰山麓酒店驻地志愿者服务保障人员，云顶滑雪公园志愿者之家工作人员。

在北京2022年冬奥会和冬残奥会总结表彰大会上，习近平总书记称赞广大冬奥志愿者“用青春和奉献提供了暖心的服务，向世界展示了蓬勃向上的中国青年形象”。作为一名服务北京2022年冬奥会和冬残奥会的工作人员，我有幸加入到冬奥志愿者的队伍中，亲身经历冬奥志愿服务，感受到了志愿者们向世界展现新时代中国可信、可爱、可敬形象的真诚与热情。

一、合影

人与人之间产生信任，不在于溢美的言辞，而萌发在一件件贴心的小事中。

——题记

2022年3月5日是学雷锋纪念日，这一天，我作为北京2022年冬残奥会志愿者参加了张家口赛区云顶场馆（闭环内）志愿者之家的“爱心替岗”活动，前往云顶场馆（闭环内）部分点位看望在岗的交通领域志愿者。

交通领域志愿者主要负责赛区专用通勤车辆在各停靠点位的上下车人员引导工作，都在室外工作。由于会接触到外籍人员，交通领域志愿者都必须穿戴好防疫装备。这样一来，他们成了冬奥志愿者中工作较为辛苦的一类人群。

我们走访了交通引导工作较为繁重的几个点位，看望了在岗的交通领域志愿者，并跟他们一同上岗服务，见证了冬奥志愿者的专业服务与真诚热情，其中的一件小事给我留下了深刻的印象。

那是在打蜡房站，常有外国运动员及随队官员上下车。我们的交通领域志愿者常常需要用外语为这些外籍人员进行交通指引。那天，我们遇到的是一个刚上大二的志愿者。

他穿着全套的冬奥志愿者制服，外面还套上了标有“交通Transport”字样的黄色马甲，白色雷锋帽下整整齐齐地戴着防护面屏，正望着远处通勤车驶来的方向。

这时走来一位外国女性，大约40岁出头，问我们去某酒店应该坐哪路班车。

我们的志愿者很耐心地告诉她，在这个站乘坐xx线路，然后在xx站下车就行。这位外国女性表示感谢，然后在站台静静等候通勤车辆的到来。

天很晴，远处白色的积雪在阳光下闪闪发光，站台上所有人都没说话，静静地等待通勤车。

——Excuse me, madam. Your backpack is open, and let me

help you zip it.（这位女士，抱歉打扰一下。您的背包拉链开了，我来帮您拉上。）

——Oh,thank you very much.（噢，太感谢您了。）

突如其来的对话打破了安静的气氛。循声看去，我们的志愿者正帮那位外国女性拉上背包拉链。经过两次帮助，双方都没有了当初的拘谨，开始主动交流起来。

看到对方胸前的身份注册卡，我们主动问起上面的身份标记是什么意思。通过交流，我们才知道，这位外国女性是西班牙人，是一名随队医生。她表示很高兴参加北京2022年冬奥会，对中国志愿者的专业服务表示感谢。

此时，我们的志愿者提议留个合影，这位外国医生爽快地答应了。

于是，4个人，不同的肤色、同样的笑容，相聚在中国张家口赛区，留下了永恒的回忆。

如果没有当初志愿者热情而专业的服务，如果没有我们主动提供帮助，在一个陌生的国度，那位外国医生或许很难爽快地接受合影请求。毕竟，信任不是靠刻意的恭维建立的，而是在真诚行动中逐渐萌发。

二、“早上好，中午好，晚上好”

“全世界都在说中国话。孔夫子的话，越来越国际化。……我们说的话，让世界都认真听话。”

——S.H.E.《中国话》

2022年3月4日，我跟同组一名志愿者看望各点位在岗的

图63　冬奥志愿者们与外国随队医生合影（左一为志愿者王泽源，左二为志愿者任强，左三为志愿者张傲哲）

志愿者，返回途中我们遇到了这样一件事。

那是在AB体育楼站，中午时分，我们正等待返回志愿者之家的通勤车。这时，走来两个外国人，向我们询问着什么。

一开始，我们并没有听懂他们在说什么（显然他们说的英语带有异国口音，并非来自英语国家）。尽管如此，我们还是耐心地听他们说，然后借助手势，弄明白了他们是准备乘坐通勤车回酒店，想确认一下线路。我们告诉他们路线后，两名外国人表示要回去吃午饭。此时，向AB体育楼运送午餐的餐车经过，大家都看到了中午的美食。

“It’s delicious!”（真美味！）我不由地赞叹。

显然，对不同文化背景的人来说，美食的吸引力都是一样的。其中一名外国人也对北京冬奥会的午餐产生了兴趣，忽然转头问我们：

“How to say lunch in Chinese?”（“午餐”用汉语怎么说?）

旁边的志愿者用英语耐心地解释起来：

“It’s pronounced wucan （午餐）.Wu（午） means noon; can（餐） means meals.（汉语读作“wǔcān”。“午”是中午的意思；“餐”是饭的意思。）

这名外国人跟着读起来：“Wucan， wucan。”志愿者一字一顿地纠正着发音：“Wǔcān，wǔcān。”

看得出这名外国人读得很用心。我们的志愿者顺便教了“早餐”和“晚餐”的汉语读法。那名外国人也像模像样地读起来。

“早上好。”那名外国人突然说出了一句汉语。

我们才恍然大悟，原来这名外国人早就学了一些汉语，见我们愿意教他，竟然高兴地练习起汉语来。

于是，在愉快的气氛中，我们又练习了“中午好”“晚上好”“你好”“再见”等汉语常用语。不知不觉中，原本等车的地点成了与外国人进行汉语交流教学的现场。

不知什么时候，通勤车来了，两名外国人开心地乘车离开了。估计那位学汉语的外国人还在回味着刚才学习的内容吧。

曾经一度被外国人认为最难学习的汉语，现在却有外国人来到中国主动学习。想着在家门口举办的国际性赛事，想着中国日益强大的经济实力和文化软实力，我不由得想起了一首流行歌曲："全世界都在说中国话。孔夫子的话，越来越国际化。……我们说的话，让世界都认真听话。"

信任是心灵相通的桥梁，喜爱是感情碰撞的火花，敬佩是价值认可的光芒。点点滴滴的小事中，冬奥志愿者们用真诚和热情为不远万里来华的奥林匹克大家庭成员提供了宾至如归的服务，诠释了"奉献、友爱、互助、进步"的志愿精神，更向世界展现了一个更加开放、自信、充满朝气的中国当代和未来！

我的冬奥志愿友谊

刘斯宇，河北医科大学基础医学院2019级麻醉学专业学生，北京2022年冬奥会和冬残奥会张家口冬奥村（冬残奥村）反兴奋剂陪护员。

2022年3月13日，北京冬奥会和冬残奥会圆满落幕，我的冬奥志愿服务工作也结束了。回顾这段时间的志愿经历，我收获满满。与志愿者伙伴成为亲密无间的战友，与外国运动员结下宝贵的友谊，都弥足珍贵。

我们工作的地点在张家口冬奥村，主要负责兴奋剂检测的陪护工作，去运动员的房间找到本人，通知运动员进行兴奋剂检测并引领进站。在去寻找运动员之前，大家一同熟悉运动员名字的读法，了解运动员所在国家的语言文化，避免在通知运动员的时候产生误会。在进行陪护时与同伴相互鼓励，监督哪里做的不完善，提示指正。与运动员礼貌交流，保持微笑，向运动员介绍中国文化。即使遇到运动员不在房间的情况，能够采取多种办法，灵活处理，尽最大努力在短时间找到运动员。任务结束后，与组员交流心得，总结工作经验。

工作的过程让人享受，我收到了来自世界各国运动员的鼓励与微笑，正如北京冬奥会闭幕式上的烟花“天下一家”。运动员来自不同国家，有着不同的文化和信仰，但在此刻，能够摒弃所有分歧，团结一心，共襄盛会，让我感受到了世界的团结与友爱，也让我对奥林匹克精神有了更加深刻的理解。

在冬奥会和冬残奥会中，我总共陪护了来自法国、日本、希腊、加拿大、美国等20多个国家的运动员。工作过程中让我印象最深刻的是来自法国的法比安·克洛德（Fabien Claude）和埃米利安·雅克兰（Emilien Jacquelin），他们是冬季两项运动员，在北京2022年冬奥会冬季两项男子4×7.5公里接力赛中获得银牌。

相遇

2月7日晚，我们收到任务去通知陪护Fabien，4号院2号楼207房间，是Emilien给我们开的门，用中文打招呼，并用中文介绍自己的名字，我听后纠正了他的发音，Emilien与Fabien瞬间来了兴趣，开始向我学习更多中文的讲法。

Fabien的态度特别好，问我“How are you”用中文怎么说，我告诉他是“你好吗”或者是“你好”，他们两人便开始学了起来，我还告诉他，在路上碰到了去餐厅吃饭的朋友也可以用“吃了吗”。在我填写通知单时，他还用中文很标准地讲出“北京，我们来了”，我听后当时高呼“厉害”，并且告诉他这是“cool”的意思。他似乎是不太满意我的评价，连忙问到没到“excellent”的程度，我说：“你是我见过中文最好的运动员。”他回敬我道：“你是我最近遇到说英语最好的人了。”在去检测站的路上，他一脸坏笑地和我说：“我表演一下。”于是就向迎面走来的乌克兰运动员用中文讲：“北京，我们来了。”

显然乌克兰运动员没有听懂，但还是用英语很礼貌地问是不是去检测站。我问他是否去过开幕式，他告诉我因为第二天有比赛没去成，十分失落。进站以后，他高呼“anti-doping（反兴奋剂）我们来了”，把负责出入控制的志愿者逗乐了。在候检室里，我祝他在冬奥会上取得最好的成绩，那是我第一次遇到如此有趣的外国友人，也对工作有了更多的期待。

重逢

2月14日情人节，讲真，我相信缘分了。我又与Fabien见面了，不过，这次通知的是他的室友Emilien，就是上次一见面就用中文介绍自己名字的法国人。能再见到这魅力二人组，我也很兴奋。在开始去的时候，他们的房间没人，我们等了一会儿，Fabien先回来了。Fabien以为又是自己，收拾衣服就要和我走，我连忙告诉他不是。我问他你还记得我吗，上次是我叫你去的检测站，之后我高呼“北京，我们来了”，成功唤醒了Fabien的记忆，他说：“记得记得，我认识你。”我告诉他：“你和Emilien是我最喜欢的外国运动员，我太爱你们了。”他听后说“我也一样”，并进屋拿出照片，在上面签名后送给了我，说：“谢谢你们的付出与工作，这是赠予你们的，不用客气。”

Fabien告诉我，Emilien去滑雪了，一会儿就回来，我们在屋外等了几分钟Emilien就回来了，Fabien有些幸灾乐祸地告诉Emilien这次是他。Emilien听后十分着急，因为他回宿舍是着急如厕，我们还没来得及把通知单填完，他就冲出去了。我们赶忙叫他回来，填完单子后，他也不检查，潇洒地把字一签，飞快地下楼，喊着：“I can't stand.”。

在刚刚见面的时候和去站里的路上，他和我们一起拍了视

图64 刘斯宇在张家口赛区冬奥村奥运五环前

频，他说一句法语，我说一句英语和汉语。他还是如此好学，上次我教他“吃了吗”，他学会了，这次见面就用“吃了吗”和我打招呼，真的是太棒了。对于“吃了吗”，他问我“eat”是“吃”，那“了”“吗”是什么意思，我解释道：“‘了’like be，‘吗’ is question。”

他这次还学习了“对不起”“我饿了”的讲法，也是学得非常快，发音也很标准，并且还用手机记发音，认真过头了。在去检测站的路上，他还告诉我们，他和Fabien还是孩童时就认识，而且他们每个人会3种语言。进了站，和出入控制的同学讲“吃了吗”，声音很大，在走廊的志愿者都能听到，在候检室还和加拿大运动员科普“吃了吗”，整个候检室都充满着欢乐。

冬奥的成功举办，让世界看到了一个不一样的中国，我看到了祖国的繁荣与昌盛，感受到身为一名中国人的骄傲与自豪。冬奥志愿服务能够顺利结束，离不开团队中每一位的精诚合作。出发之前，名单上大多是陌生的名字；如今再看这些名字，许多已经是非常熟悉的好友。这也让我感受到了志愿服务的魅力，使志同道合的朋友相聚在一起。虽然工作十分辛苦，但是大家牢记心中的使命与担当，互相帮助，共克难关。一起生活，一起工作，一起应对出现的问题，一起迎接节日分享喜悦与欢乐，每天都是充实快乐地度过。

能够参与北京冬奥会和冬残奥会令我自豪，这段经历也必将是我人生中绚丽的一笔。在其中我感受到了汉语的独特魅力，我想正是因为中华文化的深厚底蕴，拉进了人与人之间的距离，增强了人与人之间的信任，让我们能够跨越国家与种族之间的隔阂，使你我之间心灵相通。正因如此，我们更应坚定文化自信，向世界讲好中国故事，展示文化精髓，让世界看到新时代的中国风貌，以更加从容的姿态面向世界，走向未来，不断铸就中华文化的新辉煌。希望今后我可以有更多的机会为祖国的繁荣昌盛贡献青春力量。

体验冬奥

高于薇，燕山大学艺术与设计学院2019级舞蹈表演专业班长，北京2022年冬奥会闭幕式演职人员。

我是燕山大学2019级舞蹈表演专业的学生，也是一名北京冬奥会闭幕式演职人员。2008年北京夏季奥运会，我在家中电视机前等待着中国运动员入场，看着五星红旗慢慢升起，看着所有人都在热烈欢呼。那场面，只看电视机的转播画面都足以让我震撼。现在回想起2022年北京冬奥会闭幕式上，我可以在鸟巢看着习主席入场，看着五星红旗冉冉升起，那更是2008年的我意想不到的事，所以我更加珍惜这次宝贵的冬奥会经历。

在2021年的冬天，我很荣幸地通过了选拔，成为北京冬奥会闭幕式的演职人员之一，在第六组完成《燃烧的雪花》部分。在排练的第一天，我们就把所有的舞蹈动作学习完毕，然后就开始不断地练习，第二天起床的时候，胳膊和脖子已经充满了酸胀感。这仅仅是空手跳，还没有拿到正式道具，我一个舞蹈专业的学生都有点儿吃不消，更别说那些不是舞蹈专业、从来没接触过这一领域的那些同学，他们面临的问题可能要比我更多一些。但是我们第六组特别融洽，我们的小组长会主动帮助那些基础较差的同学，帮他们规范动作，传授一些小口诀，让他们更好地记忆动作，从此在组内形成了非常愉悦的互帮互助的学习氛围。我在班内担任班长，所以我也会主动去帮助小组和班级内的同学，认真负责他们的盒饭发配，然后在排练往返车辆上点名，完成信息收集等工作。回想起在秦皇岛排练的日子，每天都很辛苦，要兼顾冬奥会的排练，还要完成自己学业上的考核，回头一想，好像也没有那么难熬，每天都过得很充实。那段日子虽然比较辛苦，但却是在冬奥会排练最开心的时光。

接下来就是转战芦城体育馆了，每天都在排练、合灯光、抠动作，不断地、反复地重复，很枯燥，但从来没有人抱怨。我们在北京度过了新年，这是大多数人第一次在外过新年，也是最特别的一个春节。虽然不能与家人团聚，但是这个春节过得很温暖，那是因为燕山大学在背后支持着我们，保障着我们的生活，所以感觉特别安心。在学校和各方面的支持下，我们更加懂得了团结奋斗的重要性，秦皇岛400人已经完全融合成了一体。我们是国家面向世界的一张青春名片，完成好表演是我们每个演职人员的使命。我们无比期待去迎接这个巨大的挑战，相信我们一定会为全世界展现出属于中国的特有风采。

那是我们第一次进入鸟巢，我永远都记得那一天。鸟巢场地很大，场地中央有一片巨大的冰屏，五星红旗在场地中飘扬，由世界各个国家名字的小雪花组成的大雪花在场地中间旋转，中间闪烁着小而有力的火光。这让我突然明白了开幕式中的一句歌词：“千万雪花，竞相开放，万千你我，汇成一个家。”大道至简，浪漫简洁地传递着中国一直以来热情好客的美德、对和平和美好生活的追求，这是世界大团结的体现，更

图65　2022年2月20日北京冬奥会闭幕式高于薇定妆照

是北京冬奥精神的凝聚表达。

在鸟巢，我们会不断地走流程和彩排。来来回回经过的很多人都在忙碌自己的事情，但是每当国旗升起，一听到国歌奏响，所有人都会停下脚步，嘴里唱着“起来，不愿做奴隶的人们，把我们的血肉筑成我们新的长城……”。终于来到了2月20号这一天，我比想象中要平静一些，但在最后烟花绽放、宣布冬奥会结束的时刻，我的眼泪不受控制地流了下来，是激动，是自豪，是不舍。如梦般的冬奥之旅就要结束了，但这却是我一生最珍贵的经历。

虽然我们的热场活动被取消了，没有正式和大家见面，但是我们也把我们的舞蹈视频录成素材保存了起来。就像一首歌词说的“谁说站在光里的才算英雄”，我们对冬奥会付出了我们最大的努力。大雁在天空划过没有留下一点痕迹，但是大雁心中知道，那片天空，它曾经来过。在秦皇岛排练的那3个月也没有白费，乒乓球室、体育场、户外足球场都有我们留下的身影。我们努力过，所以我们经历的那一段时光，怎么不算一种收获呢？

我感到很荣幸，可以参加冬奥会这样的国家大事。现在回归于平淡生活的我们，再次回想起来，显得有些不真实，像梦一样，但是我们还会像从前一样，热爱祖国，积极向上乐观地生活和学习。好像上了一堂特别的思政课，我们看到、听到、感受到祖国的繁荣昌盛，为我们是中国人而感到骄傲和自豪！

飞舞的雪花

——我的冬奥经历

王梦杨，燕山大学艺术与设计学院2021级舞蹈表演专业学生，北京2022年冬奥会闭幕式演职人员。

我非常荣幸地通过层层选拔和培训，加入冬奥演员行列，参与了北京冬奥会的闭幕式表演。前期参加了校内的许多考核，在得知自己成功入选冬奥会演员时，我的内心非常激动与自豪。作为青年学子，既然选择参与国际、国家大型活动演职服务，我就做好了克服一切困难的心理准备，父母也一如既往地支持我。我们是闭幕式当中的热场环节，负责带动观众情绪，引起全场的沸腾与欢呼，这项任务又重要又艰难，感到幸福之余我也感到了深深的压力。

令我印象最深刻的是同学们之间的团结与协作。记得有一次在奥体中心外场排练，天气恶劣，但并没有阻挡大家对排练的热情，导演和演员们都坚守在自己的岗位上。排练的前一天晚上，导演就通知到我们一定要注意保暖和防寒，排练时间可能会比较长。排练当天，我们每人浑身上下都贴满了暖宝宝，身上裹得像只熊猫。由于涉及站点定位，我们只能站在原地定点，站久了脚像冰块一样坚硬，但同学们相互鼓励、相互扶持，一起不断地踏步活动，让身体增加一些温度，尽快地暖和起来。大家努力配合导演的安排，毫无怨言。为了保证高质量完成当日的排练任务，导演采取倒排方式来进行，中途调换一组一组的演员，让演员有时间回到屋里暖和身体、恢复体力，而导演却一直站在指挥台上指挥交流，就这样一直持续了整个下午。开始进行彩排时，6组演员全力以赴地去完成自己的动作，哪怕裹着围巾，戴着帽子口罩，大家的状态依然没有松懈下来，表情依然是那么的丰富，动作和点位依然保持着良好的水平，随着导演在楼上的指导，大家在完成自己动作的基础上还随时调节着自己的位置。

我依稀记得，在排练结束后，天色已经一点点暗下来，晚风吹得更冷了些，终于到了排练结束的时间，我们一个个搓手跺脚，哈着气，暖着身子，导演向我们喊话说："孩子们辛苦了！谢谢你们！"虽然天色渐凉，可我们的心却是暖暖的，我们自发从兜里掏出手机，打开闪光灯，形成闪耀的灯光海，挥舞着荧光，摇晃着喊："导演最辛苦！我们爱您——"此时，身边的同学、朋友都在互相鼓励，导演一直笔直地站在指挥台上招手示意，我们的眼眶湿润了，眼泪不停地在眼中打转……

随着冬奥会的进行，闭幕式也渐渐提上日程，我们进入鸟巢彩排，进行最后的检查与修改。进入鸟巢后，我们感受到鸟巢的壮观和璀璨，每一个人都被深深地震撼到了，但谁也没有忘记自己所担任的使命，更加努力认真地投入到最后的排练当中，留下很多难忘的瞬间与美好的回忆……

春节期间，我们并没有像以往一样与家人团聚，而是跟着闭幕式大团队一起吃年夜饭，度过除夕。除夕晚上，大巴车从酒店接我们到了排练的场地，为了方便排练配合的顺利进行，

图66　王梦杨与冬奥正式表演现场鸟巢的雪花合影留念

排练的地方临时建起了白色大棚，里面摆了桌椅供我们中间休息与吃饭。进入大棚，我们看到桌椅摆放整齐，中央放着可口美味的饭菜，大量的年货在大棚里堆放着，大家身着彩色的服装，喜气洋洋地互相祝福，互相问候，到处都洋溢着浓浓的年味。冬奥会导演组和冬奥会闭幕式团体人员欢聚一堂，大家红红火火地吃着年夜饭，过着春节。志愿者们还自发组织表演节目以供娱乐，大家共同举杯，一同欢度春节的到来。虽然与以往春节不同，好多人都是第一次不在家过春节，但大家都已被热闹的气氛所感染，每个人脸上都洋溢着幸福的笑容。导演组为我们准备了年货，一箱一箱的年货装上了大巴车，满满的祝福好似也塞满了车厢，一路上大家有说有笑，好不热闹！

鸟巢排练期间，我们争分夺秒，就连大雪天都依然坚守在岗位。有几天排练任务繁多，现场状况百出，不得不加紧步伐，延长彩排时间，甚至有时会到后半夜，我们凌晨两三点才能坐上大巴车返程，一早又要起床排练，经常只有四五个小时的休息时间，还要隔天进行核酸检测，十分辛苦与不易。大家积极配合工作人员的安排，全身心投入到排练当中，无论是大雪还是严寒，没有一名演员退缩，始终以自己最佳的状态面对排练与表演。

正式演出当天，准备工作紧张有序地进行着，精致的妆容与活力的造型搭配得相得益彰。导演组不停地用对讲机进行各种确认，演员们早早地候场，随着时间的推移，我们怀着无比激动的心情登上了舞台。每一双眼睛里都闪闪发光，每一枚脸蛋都笑容灿烂，冬奥会闭幕式现场一张张演职人员真诚的笑脸在屏幕上不断呈现，向1.8万名赛会志愿者和众多城市志愿者表达了浓浓的敬意。

我们见到了众多运动员，我们用我们的方式欢迎他们的到来，我们舞动着优美的身姿，用热情的舞蹈带给各国运动员力量。看着五星红旗在鸟巢中央袅袅升起，我们的内心无比自豪与激动，冬奥雪花闪闪发光、发亮，璀璨的光芒照耀着我们热情似火的心。作为无数冬奥会演职人员代表，我们用实际行动完美呈现了中国风采，冬奥演员们用自己踏实的工作为北京冬奥会闭幕式添砖加瓦，使志愿者这张国家名片更加亮丽！

舞动青春

——回忆冬奥故事

王子辰，燕山大学艺术与设计学院2020级舞蹈表演专业学生，北京2022年冬奥会闭幕式演职人员。

“Love is here，love is here，燃烧的雪花……”北京2022年冬奥会在沸腾和欢呼中圆满结束，灯火辉映着喜悦，喜悦点燃了温暖，温暖照亮了夜空，所有的疲惫与泪水都在演出结束那一刻幻化成无限的荣耀和自豪。我作为2022年冬奥会闭幕式的演职人员与同学们一起见证了祖国的伟大时刻。

2021年11月，经过导演组的层层选拔，我很幸运地被选为北京2022年冬奥会闭幕式的演员之一。当得知自己能够登上这个国际大舞台，向世界展示中国的风采时，我内心无比激动。经过导演组的细致分配，我们被分为6个组，演绎6段不同风格的舞蹈。我被分到了第二组，这组的75名演员全部出自舞蹈专业，所以导演对于我们的要求更严，期待更高。

我们组表演的段落叫作《我们的梦》，演员需要身背“画板”这一道具来进行演出。这个段落想表达每个人都有自己的梦想、理想，需要自己不断地为之努力奋斗才能梦想成真的意思。表演的过程中有一个翅膀的造型，需要我们每个人用胳膊举着画板，上下摆动，动作高低起伏。这个翅膀代表着我们要不断地去追逐梦想，努力地去实现梦想。排练过程中，导演对我们的动作要求很严格，每一个动作都会有固定的位置。任何一个动作到不了指定的位置，我们全体成员就需要从头再来。在这样的严格要求之下，最终，我们的节目得到了导演们的一致好评。

寒冷是我们在排练过程中面对的最大挑战。秦皇岛的12月，气温已在零下十几度，寒冷中带着一丝湿气。我们穿着厚厚的衣服，里三层外三层地套着，浑身贴满了暖宝宝，但是我们没有喊苦、喊累，依旧用自己最饱满的状态完成了每一次排练。我们用热情融化了这个寒冷的冬季。在秦皇岛排练期间恰逢我们专业的期末考试，每晚训练结束后回到校园内，我们便会马不停蹄地赶往舞蹈房进行自己专业的排练，凌晨三四点燕园的路灯下，每个人都步履坚定地为了梦想而努力。

在秦皇岛经历了55天、平均每天6小时的高强度封闭训练后，2022年1月19日，我们踏上了进京之路。到达北京，经过短暂的休整，我们前往芦城体校训练基地开始了日复一日的排练工作。芦城的排练，我们要与闭幕式其他节目整合在一起，人员调动非常繁杂。有时候为了等待其他节目的排练完成，我们需要在后场待好几个小时。不过这并不影响我们，在这期间，我们会完善自己的动作，改正自己的错误，使节目质量得到提升。排练期间，我们用自己热情精彩的表演感动了在场的所有人，赢得了现场热烈的掌声，获得了大家的一致好评。欢乐的表演氛围带动了现场的演员，大家纷纷跟着音乐舞动起来。

训练10天之后，我们迎来了最特殊的一个春节。这是我们第一次跟老师、同学们一起过特别的冬奥年。异乡的除夕夜，月亮很瘦，怎么也装不下我们思乡的情绪。除夕夜的晚上，我的妈妈写了一封特别的家书，触动了在外不能回家的我们。虽然身在异乡，不能回家，但心中有家，就是团圆。春节期间迎来了短暂的休整，为了缓解我们想家的心情，在同一个酒店入住的老师为我们采集物资，使酒店里充满了过年的气氛，贴春联、买年货、联欢会……我感受到了家的温暖。老师们还利用抖音直播的方式与我们进行互动，被选中的同学为大家表演节目并抽取幸运大礼。我抽到一箱苹果、一箱梨，真是惊喜多多，温暖多多。

然而不幸的消息传来了。在开幕式结束4天后，导演把我们召集起来，通知大家，由于种种原因，大家辛辛苦苦排练了近两个月的节目被取消了，无法出现在闭幕式的舞台上。我们听到这个消息后，先是震惊，更多的是失望。看着自己的付出化为泡影，内心久久不能平静。不管排练多么辛苦，条件有多恶劣，大家都坚持了下来。那一刻，无论是导演还是我们，眼泪纷纷掉落下来，心中的期待成了失望。在这期间，老师们及时调整我们的情绪，让大家放平心态，用积极的心态面对每一次困难，用乐观的心态迎接每一次挑战，将所有的精力和热情投身于其他环节。在老师的鼓舞下，我们迅速调整状态，将热场的遗憾埋藏在心中，继续全身心投身于之后的排练中。

2月10日，我第一次进入鸟巢。初进鸟巢，我被现场华丽的灯光、巨大的地屏、万人观众席所震撼。能在这里听到国歌响起，看见国旗升起，是我人生中多么值得骄傲的事情啊！震撼过后，迎来的是一遍又一遍的合成、彩排。在鸟巢的排练比我想象的要更加辛苦。每天天还没亮我们就要坐上车，经过一个多小时的路程来到鸟巢，上交手机，进行排练。在排练期

图67　2022年2月20日北京冬奥会闭幕式结束当晚，王子辰身穿演出服装在演出场地拍照留念

间，我们经历了3次全要素彩排。在后台候场时，老师们的对讲机里充满导演统筹忙碌的声音，一会儿通知这个节目去彩排，一会儿通知演员们去领服装。不过我们很珍惜在后台休息的时间，充满着欢声笑语，疲惫的身心得到了放松。随着排练的不断深入，节目调整的频率也越来越大。我们参与的尾声环节，经过了大大小小十余次修改。“132、231、213、123……”每次排练前，这几组数字都能在我们的口中谈起。

经历无数次节目更改版本、演员调整，2月20日晚，我们如愿站在了鸟巢的舞台上，听到国歌响彻鸟巢上空，看到国旗升起。这一刻，我的内心升起一丝敬意，眼泪潸然而下，所有的付出都是值得的。到了尾声，我们上场了，鸟巢上空绽放出五颜六色的烟花，伴随着绚丽的烟花上场，在友谊地久天长的歌声和主持人道别的晚安声中，我们与观众告别，向世界说再见。最后用我们在一起和燃烧的雪花做结尾，这是冬奥与我们的告别。那一刻，我们86天夜以继日的排练也就结束了。

在这3个月的排练中，我们和导演笑过也哭过，我们有着相同的目标并为之努力，为之奋斗，就像我们组节目的歌词中写到的："这是我们的梦，一个真实的梦，让每个人和每颗心，紧紧相拥，感到光荣。"这86天的时间转瞬即逝，这段岁月无怨、无悔，只剩欣喜与感动。我们用自己的行动在这个冬奥的舞台上奉献了自己的美好。

服务冬奥，从心出发

张鹏飞，燕山大学理学院辅导员，北京2022年冬奥会闭幕式演员领队。

2022年2月20日晚，在万众瞩目的国家体育场——鸟巢内，闭幕式团队用“中国式的浪漫”为北京冬奥会画上了完美的句号。此次盛会的成功举办，离不开党中央的高度重视和统一领导，更离不开数以万计的幕后工作者夜以继日的辛苦付出。很荣幸，我也是其中的一位，我是燕大冬奥人张鹏飞，任职于燕山大学理学院。

2022年1月4日，习近平总书记在北京考察2022年冬奥会和冬残奥会筹办备赛工作时殷切嘱托广大志愿者：“能够参加北京冬奥会和冬残奥会的志愿服务工作，是人生难得的机会，希望大家振奋精神、鼓足干劲，团结协作、共同努力，确保冬奥期间各项服务保障工作顺利，让各国参赛人员充分感受到中国人民的热情好客和文明礼貌，感受到春天般的温暖。”

2021年11月23日，经过学校的选拔，我如愿以偿地成为冬奥会闭幕式领队之一。从接到上级领导任务这一天起，我就暗下决心，一定要以最饱满的热情、最昂扬的精神、最认真的态度，完成这项艰巨而又伟大的任务，将中国青年人的激情、欢乐、精神态度通过冬奥闭幕式的舞台传递到整个世界。

训练比想象中的艰苦，短期的室内集训过后，整体演练到了室外。秦皇岛的冬天不仅是寒冷的低温，还有透骨的冷风，让人无处躲藏。所有同学不喊苦不喊累，就连生病时想的都是自己还能不能上场。我被同学们的精神深深感动着，多次带生病学生前往医院治疗。在出征的前一周，一名女同学在训练时扭伤了脚，肿得很大，她很焦虑，也很担心，甚至不敢将这件事告诉家长。她怕自己受的伤很重，实际怕的是自己不能够跟随大部队前往北京参加演出。我看明白了她的心思，一直陪着她，鼓励她。问诊结束以后，在回去的路上，我向她保证，只要在出征前她能走路，一定将她带到冬奥的舞台。信念真的可以击穿黑暗，虽采取的保守治疗，她的脚却很快地消肿了。

2022年1月19日出征北京，本以为来到北京后训练条件会变好，没想到又是一场噩梦的开始。严寒的天气让一些同学身体出现问题，甚至是发烧。疫情当下，发烧是很让大家提心吊胆的事，最严重的同学已经高烧到39度。我们赶紧联系了冬奥组委，得到审批后我立刻带着学生赶到了大兴区人民医院。发热门诊人很多，但大家给我们闭幕式演出人员打开了一条绿色通道，就医优先，检测优先。我们焦急地等待着检查结果，万幸只是普通感冒，拿了一堆药回到驻地。事情很简单，但却让我感受到了我们所受社会的重视，万不可马虎大意，必须将最好的一面奉献给大家。

在正式演出10天前，导演组通知在秦排练的30分钟暖场环节全部被砍，那一夜，几乎无人入睡。在体能消耗和心里受挫的双重打击下，演员士气一蹶不振。第二天情况仍不见好转，我在回程的车里和同学们聊起了心里话，“难受，无法言语的难受，但我们难道就不上场演出了吗？我们最大的职责是为世人呈上一场精彩绝伦的闭幕式演出，为冬奥画上圆满的句号。至于你是谁，我是谁，上场之后只要记得你代表的是你的国家，兴奋起来，年轻的面孔们！”

演出前的最后3天，两名男生竟然私下闹起了矛盾，当天晚上，我为第二天进鸟巢的相关事宜已忙到凌晨2点，绝不允许在这最后关头出任何纰漏，跟涉事学生简单发了条微信很快就得到了回复，我又开始做起学生的思想工作。第二天，两人握手言和，在演出当天都有出色的表现。

让我印象最为深刻的是2月16日，导演及演员管理全体代表召开大会，会议由北京市政协副主席王宁同志主持。会上，王宁同志充分肯定了各个大学对闭幕式工作做的艰苦努力，对参演人数最多的高校——燕山大学专门提出了表扬。闭幕式总导演张艺谋对我校演员进行了高度赞扬，服从指挥，团结一致。对暖场环节的删减也做出了解释，对我们能够化悲痛为力量，展现领队的超强工作能力和同学们的极强的责任心表示了赞赏。

2月20日晚，经过一整天的忙碌，同学们走到了候场的走廊里，跟随耳返线的命令，出场迎接习主席及巴赫先生的到场，奏完国歌，同学们一个个红着眼眶返回休息室，在鸟巢、在冬奥闭幕式的现场感受国家富强所带给自己的荣誉感。经过简单的情绪平复，补妆又踏上舞台。同学们用身体围成中国结图案，用舞蹈和里面的运动员进行友好互动，甚至让主持人康辉说了3次“请运动员落座观礼”，耳返里更是导演数不清次数的“快让他们下去”。

图68　志愿者张鹏飞在鸟巢演员通道执勤照片

我们几位领队坐在观众席上，虽然已看过千遍万遍，但此刻只想着能够慢一点，眼睛里怕错过自己的任何一位学生，怕错过任何一个出彩的镜头，怕错过任何一秒这自豪的瞬间。我们跟着伴奏一起高声歌唱，完全忽略了周边观众们的目光，我们骄傲地诉说着下面是我们的学生，我们来自秦皇岛燕山大学！

整个闭幕式高潮迭起，创意非凡，和开幕式遥相呼应，续写“一朵雪花的故事”。用12个生肖冰车画出中国结，既与开幕式二十四节气相对，又将中国的传统文化进行了有机结合，寓意世界人民走向团结；闭幕式折柳枝相送，呼应了开幕式的迎客松相迎；圣火熄灭，却点燃了参赛国家的旗杆，寓意奥运传承，致谢大家参与。在尾声环节，同学们一会儿手拉手围成一个个圆，一会儿变换队形成一片片雪花，伴随着《友谊地久天长》的音乐向着远方与自由奔跑着。由烟花组成的“天下一家”4个大字，再次升华冬奥主题、冬奥精神，表达团结，表达“美美与共”，表达世界人民携手“一起向未来”、共建人类命运共同体的美好愿景。86天的训练，第一次相见时仿佛还在昨天，我们为冬奥会画上了圆满的句号，也为我们的人生留下了炫彩的一笔。

七、温暖护航：志愿激励篇

冬奥过年趣事二三则

鲍京，河北省青年志愿者中心三级主任科员，北京2022年冬奥会张家口赛区奥雪小镇激励助理。

2022年，注定是一个不平凡之年，因为这一年，北京冬奥会和冬残奥会胜利举办，举国关注，举世瞩目。中国人民同各国人民一道，克服各种困难挑战，再一次共创了一场载入史册的奥运盛会。很荣幸，我以志愿者激励助理的身份参与其中，与众多志愿者一同服务并见证了这次盛会。

一次例会引发了过年的思考

“每逢佳节倍思亲”，冬奥会恰逢中国传统节日——春节，我们的广大志愿者基本都是在校大学生和研究生。对于这些孩子而言，还未走出校门就要感受一次离家在外的春节。怎么让孩子们过好这个特殊的春节？这一问题摆在了我们奥雪小镇志愿者管理团队面前。

一次组内例会上，组长申瑞斌谈到了这个问题，管理团队众人集思广益。“过年就要有个年味……”“那咱们组织包个饺子吧，过年怎么能不吃饺子呢？”“要不组织场驻地春晚吧！”

“过年得写春联，这样才有氛围……”“驻地统一伙食，为保障志愿者餐饮安全，咱们目前都严格执行冬奥组委明确的食谱，恐怕饺子……”“现在都快年关了，春联是买现成的，还是自己写呢?”

就这样，大家在激烈讨论着，如何让这600多名志愿者过上一个舒心有趣的新年。

老师，有笔墨纸砚吗?

“老师，咱们这边有红纸和毛笔吗？这不是快过年了啊，我们有同学想着给大家写写春联，送送祝福!”临近传统小年腊月二十三前夕，东北大学秦皇岛分校的一位教师志愿者在志愿者之家找到我们，提出这个要求。“挺好，挺好，这和我们的想法不谋而合，我们正在考虑怎样营造过年氛围呢!”“其实吧，我们石家庄铁道大学的同学也是卧虎藏龙，挥毫泼墨不在话下。”听到这个好消息，我们管理团队当即决定，想方设法从张家口市或者崇礼区采购一批笔墨纸砚，让志愿者们留下冬奥年的特殊墨宝。

1月底，东北大学秦皇岛分校的写满各种“虎”的春联祝福语合照出现在了志愿者之家门口、燕山大学艺术类专业同学的“绘画+书法”版本的福字供不应求……

一次春联绘写，让我切实感受到了新时代大学生志愿者的多才多艺，深刻体会到高手源自民间。

这个红包有点……

“大年初二玩点啥？餐厅有惊喜哈，明早记得吃早饭呀，随手拽走红包包，一人仅限一个哈，手慢无哦，千万别忘记和大家说哈！”2月1日，大年初一，奥雪小镇领队群“轰炸”了这么一条短消息。当晚，我们管理团队的几位同事放弃休息，揣着600来个包好的红包一同冲进驻地餐厅，餐厅的师傅瞅见我们手里的红包那是相当羡慕，直奔要害，“这红包里面放了多少钱？”“秘密，哈哈……”

2月2日，大年初二，作为活动策划的我，早早就赶到餐厅静候志愿者拽红包，结果，我还是错误估计了红包的魅力，燕山大学有一个寝室的5个“小朋友”已经坐在餐桌前，开启了吐槽模式……“你的红包里是啥？”“卡片……”“咋不是现金红包……”“我想起来了，前一阵让咱们写过一次卡片，就是祝福语什么的，原来用在了这里”“哈哈，这个老师还挺狡猾啊！”

作为始作俑者的我，不禁在旁边乐了起来。“来来，别郁闷了，我微信发你个拜年红包。”我在旁边逗乐道。

“快看，我这里的卡片写着‘大橘大吉’”“我的是‘莓烦恼’”“我的是……”前期，让各位志愿者DIY的卡片在今天拽红包活动中发挥了重要作用，一个个祝福在志愿者之间彼此传递开来，用彼此的关心、关怀共同凝聚新年的味道。

正月十五玩点儿啥

从2月4日冬奥会赛事开始之后，奥雪小镇的志愿者们就一直兢兢业业、持续战斗在张家口赛区各个志愿服务岗位，为冬奥会各项比赛的顺利进行贡献着力量。

孩子们的辛苦让我们感觉需要做点什么。马上临近元宵节了，餐厅准备了丰盛的美食，可这些对于志愿者的辛勤付出还是缺少点什么。抱着这样的想法，我们与奥雪小镇的管理方一

图69　正月十五元宵节举行做花灯活动

同开启谋划中国传统活动猜灯谜、DIY花灯。

2月14日，又是在奥雪小镇领队群，我们开启活动通知三连发："明天就是正月十五了，驻地奥雪小镇给志愿者准备了节庆小活动，上午11:30餐厅——关东大院猜谜语，猜到谜底后12:00可以到志愿者之家兑奖哈！下午2:00—4:00志愿者之家二楼DIY小花灯哦！提前预祝大家元宵节快乐哈！"

中午12:00，志愿者之家大厅里排起了长队，拿到谜语的志愿者又开始了"碰运气"。"你可以有两种选择，不碰运气，就选一个鼠标垫或者眼镜布，如果碰一碰运气的话，就是加湿器、电动牙刷在等你哦，也有可能空手而归。"作为活动策划者之一，我又客串起兑奖的工作人员。"我要碰一碰""天啊，竟然是谢谢参与。”显然，好运没有跟着这位志愿者。“来，抓一把糖块，给你带去一丝甜蜜。”作为参与奖，我们送给这位志愿者一些巧克力糖块。

之后，陆陆续续有志愿者兑换了奖品。

午餐过后，下午没有工作任务的志愿者们陆陆续续走进志愿者之家，拿着奥雪小镇准备的花灯材料包，一起做起了小灯笼，心灵手巧的志愿者们一边动手做着花灯，一边谈论着这些天的汗水与欢乐。

在志愿者辛勤服务场馆之余，作为激励助理的我们也在想方设法帮助他们排解身心的疲惫。

冬奥赛事结束了，可是我们的冬奥并没有结束。在冬奥期间，我们和各个高校的志愿者结成了朋友，还在互相联系着，续写着共青团与冬奥志愿者新的故事。

国家冬季两项中心“志愿者之家”的从无到有

徐大越，东北大学秦皇岛分校资源与材料学院辅导员，北京2022年冬奥会和冬残奥会张家口赛区国家冬季两项中心志愿者业务领域副经理。

我叫徐大越，是东北大学秦皇岛分校资源与材料学院的一名辅导员。2019年的夏天很偶然的一个机会加入到东北大学秦皇岛分校辅导员大家庭，真的没有想到这样的一个举动会将我和冬奥连接在一起。

东北大学作为中国奥运第一校，曾在1932年派出刘长春第一次代表中国参加奥林匹克运动会。同时东北大学又在2008年的北京奥运会中进行秦皇岛赛区足球赛的志愿服务，这次北京冬奥会，东北大学同样不辱使命地认真完成了任务。

我很荣幸能够担任北京2022年冬奥会和冬残奥会张家口赛区古杨树场馆群国家冬季两项中心志愿者业务领域副经理，能够亲身参与冬奥会和冬残奥会，为祖国贡献自己的一份力量。2021年11月14日，我第一次踏入张家口崇礼，呈现在我眼前的是一座座山。这里和城市不一样，没有繁华的街道，没有熙攘的人群，有的只是山，只是云，只是天。可就在这样的地方，我们国家通过多年的努力终于将冬奥会和冬残奥会张家口赛区的各种场馆建得美轮美奂。

我想重点说一说国家冬季两项中心的“志愿者之家”。志愿者之家，顾名思义就是为志愿者提供“家的温暖”的场所。2021年11月15日，我第一次亲眼看到当时的志愿者之家，那是一个巨大的白色活动板房，里面被分割成了多个区块，其中一个50平方米的区块属于志愿者之家。除了白色的活动板房以外，屋内没有任何东西，连地面都是黑漆漆的，甚至布满了泥泞。当时我在想，这样一个光秃秃的屋子，怎么样才能作为志愿者之家呢？但正是这样一个光秃秃的屋子，最终被我们变成了一个精致美丽的志愿者之家。

我们开始制订志愿者之家墙面的装饰方案，经过和志愿者来源高校进行联络，征集了多种志愿者之家墙壁的设计方案。很多次晚上开会都开到将近12点，只是为了讨论墙面的一个很小的细节。经过不断地修改、不断地打磨之后，志愿者之家的墙面终于在12月中旬定稿并开始制作。同时，作为志愿者业务领域，我们也积极和物流领域进行联络，尽快将志愿者之家内部所需要的家具运送进来，并摆放成我们想要的图案；及时与电力业务领域进行联络，对屋内的电源、插座、用电负荷等问题进行一次一次地核对与修改。从11月中旬开始，亲眼看着志愿者之家一点一点地充满了光彩，一点一点地被各种家具所填充，逐渐有了家的温暖。

要说志愿者之家产生质的飞跃，还得说到12月末在国家冬季两项中心举行的2021年冬季两项国际训练周。本次训练周是北京2022年冬奥会和冬残奥会部分志愿者第一次正式来到场馆，为了给志愿者打造家的温暖，我们对志愿者之家的墙面进

图70 徐大越在建设“志愿者之家”期间进行测量工作

行了装饰和粘贴，第一次使用志愿者之家召开了冬季两项国际训练周志愿者见面会。场馆主任戎均文也在这个场所与志愿者见面并亲切问候，志愿者之家完成了它的第一个历史使命。参加训练周的志愿者们发挥自己的想象力，在志愿者之家的墙面上用零食粘贴出代表国家冬季两项中心字母缩写的“ZBT”字样。当他们觉得劳累时，会来到志愿者之家进行休息，当他们觉得有点儿饿时，会到志愿者之家吃一点零食，补充一下自己的能量，志愿者之家里充满了温馨和关爱。时间过得飞快，冬季两项国际训练周在12月31日圆满结束，这批志愿者也返回到来源高校。

在距离全部志愿者报到之前的仅剩20天内，志愿者业务领域积极筹备，精心准备，将志愿者之家剩余墙面粘贴完毕，并对室内的布局进行了优化和调整。志愿者之家室内的各种家具配备也基本齐全，其中包括志愿者喝水的饮水机、日常办公使用的内部台式机、电脑和打印机等。同时，志愿者之家也划定了一个志愿者激励物品的存储和摆放区，志愿者业务领域提前将志愿者的各种激励物资搬运清点摆放到货架上，为的就是在志愿者最需要的时候，送上最及时的激励和关怀。1月24日是国家冬季两项中心志愿者正式报道的日子，我还记得闭环外的志愿者第一次看到装修美观的志愿者之家时的激动表情。看到志愿者们对志愿者之家评价很满意，我们觉得一切付出都是值得的。冬奥会和冬残奥会期间，志愿者之家不仅起到了志愿者业务领域办公的功能，同时也为各业务领域的志愿者提供了一个随时可以休息和补充能量的地方，受到了各业务领域志愿者的一致好评。

冬奥会结束后，志愿者之家也完成了它的历史使命。当发现有一天真的要离开它时，我们觉得非常不舍，于是在志愿者之家的墙面上都签下了志愿者业务领域工作人员的名字，并拍照合影留念，希望这样一个50平方米的温馨小家能够成为我们所有人共同的温馨记忆，也能够成为我们冬奥最浓墨重彩的一笔。再见，志愿者之家；再见，国家冬季两项中心；再见，北京2022年冬奥会和冬残奥会；再见，属于我冬奥记忆的一切。

一生一次，一次一生

商万军，河北北方学院公共体育部党总支副书记，北京2022年冬奥会张家口赛区古杨树场馆群志愿者副经理、国家跳台滑雪中心志愿者经理、古杨树场馆群临时团委委员。

对于服务冬奥，我们有着坚定而执着的梦想——一生一次，一次一生。这也是河北北方学院派出服务冬奥会全体同志共同的座右铭。

一苇以航心所向

国家大事，使命光荣。2020年10月，我被学校推荐参与北京2022年冬奥会志愿者工作。当学校领导找我谈话时，我当即表态："冬奥盛会，国家大事。有学校的支持，我一定竭尽全力做好自己的工作，不辜负组织对我的信任。"2020年11月18日，秋雨连绵，这是一个令我终生难忘的日子。一大早，我就坐高铁从张家口赶往北京冬奥组委，参加冬奥组委志愿者部组织的志愿者经理面试。这天我正式通过面试，成为国家跳台滑雪中心志愿者经理候选人，从此也成为一名可以让我骄傲一生的真正的冬奥人。谈起服务冬奥，我经常跟战友们说，一生一次，一次一生，使命担当，无怨无悔。为了尽快进入角色，我认真学习领会习近平总书记关于冬奥系列重要讲话精神，每天坚持打卡“学习强国”，通过知网搜集整理冬奥会和志愿服务有关资料，只要有空，就学一点、多学一点、再学一点，不断努力提升业务素质和能力。2021年1月19日上午，我正在驻地编制测试活动运行计划，当听到习近平总书记正在考察冬奥会张家口赛区时，我们服务好冬奥的信心更足了，决心更大了。

征途漫漫，蓄力出发。适逢建党百年，2021年5月，在河北团省委集中办公期间，我作为古杨树场馆群临时团委宣传委员，在古杨树场馆群志愿者经理、团委书记刘徽的带领下，经常组织同志们集体学习党史、共同研究工作，使学党史成为工作常态。我们组织集中办公的战友们一起到西柏坡开展“我们再出发”学习党史活动，聆听《西柏坡的历史启示》，观看纪录片《西柏坡——新中国从这里走来》，重温“两个务必”，重温入党誓词，汲取精神的力量。5月的一天，我和刘徽经理参加河北北方学院冬奥志愿者座谈会后，参观了河北北方学院校史馆。当看到学校迎冬奥专题板块时，我们深切感受到，作为冬奥会场馆志愿者经理，我们一定要牢记习近平总书记的嘱托，坚持落实办奥理念，在冬奥赶考路上再出发。2021年2月4日，冬奥会倒计时1周年，零点，我跟场馆群志愿者经理们冒着零下三十多度的严寒天气，在驻地冬奥倒计时牌前集体宣誓，在冰冷刺骨的雪地上用手指写下“2022，北京冬奥会，我们来了”几个大字，脸颊冻红了，手指冻疼了，我们为冬奥服务的情怀更深、更浓、更厚了。

弘扬精神，责无旁贷。在服务冬奥会的一年多时间里，我用真心、热心、公心，锻造出一支招之即来、来之能战、战之能胜的志愿者团队，场馆387名师生志愿者，387颗热血沸腾的心，凝聚在为冬奥服务、为国家大事服务的旗帜下。在测试活动报告会、三校对接会、储备志愿者交流营报告会上，除了谈经验、讲做法、摆问题，我总结最多的是让人感动的志愿者故事、令人振奋的志愿精神。战友们志愿服务冬奥故事历历在目。不畏严寒工作在海拔1 749米平台的女博士洋洋，履职尽责、宣传他人、默默奉献的宣传员小冀，热情周到地照顾他人的志愿者主管虹虹，宁可不吃饭也要先完成工作任务的团队助理美娟，连续值岗3个小时的赛事服务经理墨墨，父女、夫妻、师生齐上阵的佳话，京张两地志愿者的友谊……“战友”两个字，是力量，是担当，是感动，是奋斗，是胜利。在张家口市政协推进志愿者队伍建设协商监督座谈会议上，我代表学校回顾了参与学校冬奥志愿者储备工作历程，生动讲述了全校师生服务冬奥的激情和热情，简要汇报了志愿者参加演练活动和测试活动的情况，全面阐述了学校社会主义核心价值观教育的成果，受到了张家口市政协领导的称赞。

捧取丹心战友情

战友情怀，凝聚力量。2022年1月23日至25日，场馆冬奥志愿者陆续从各自来源单位到冬奥驻地集结。我和志愿者管理团队的战友们到制服与注册中心帮助志愿者领取注册卡和制服，迎接他们的到来。当看到志愿者们身着统一制服、斗志昂扬的精神面貌后，我们内心感到无比的欣慰。为了让志愿者之家更温馨、更温暖、更有家的氛围，我联系广告公司，亲自主持设计志愿者之家，提出“体现冬奥元素、展现中国文化、弘扬志愿精神、具有国际视野、突出大家温暖”的志愿者之家建设理念，微笑脸、心愿墙、星级榜成为激励志愿者工作热情、展现志愿精神、弘扬中国优秀传统文化的主阵地。为了营造春节氛围，我主动联系年近八旬的乔老人，为志愿者驻地书写春联，一字一句饱含着普通市民的深厚冬奥情怀和美好节日祝福。我制定了志愿者每日到岗迎送制度，每天坚持第一个到岗、最后一个离岗，从早晨6:30到场馆迎接首班到岗志愿者，到晚上11点多送走末班志愿者才离馆，在我心里，志愿者是我们的战友，战友就应该始终战斗在一起。在场馆总结会上，场馆主任王波同志动情地说：“志愿者团队，朝来暮归，无私奉献，是一支特别能战斗的队伍。”

心怀感动，身先士卒。为了熟悉志愿者工作环境，我跟志愿者副经理张海洋同志，冒着寒风，亲自踏勘工作流线，一起在运动员通道值岗，多次与志愿者管理团队成员，通过室外铁梯，攀爬海拔1 749米裁判塔平台，看望值班的志愿者。我与其他战友一起开车送生病战友到医院并联系医院买药。志愿者身体不舒服，我都要通过电话、微信表达团队的慰问，给志愿者送去关怀；我经常利用就餐休息时间，跟志愿者聊天，询问他们的生活工作情况，鼓励他们坚守初心；我组织志愿者们一起为过生日的战友举办简单而又温馨的生日会，室外天寒地冻，室内暖意融融。测试活动春节放假，大年初二，我放下与家人团聚的机会，带着瓜子、点心等食品，天还没亮就从市里赶回驻地与战友们团聚。我觉得，战友们因为工作，春节不能回家，如果我不跟他们在一起，感觉对不起一起战斗的兄弟们。总结会上，每一位志愿者讲述着属于他们的精彩故事，听到志愿者们团结互助、克服困难、无私奉献的感人事迹后，我转过身去，不让他们看到我感动的泪水。此时此刻，朝来暮归，披星戴月，志愿者们的高大形象一幕一幕出现在我的眼前。

相约冬奥志飞扬

主动作为，打造团队。为了做好人岗适配，我们先后走访各业务领域，发放《业务领域对志愿者评价表》《志愿者对管理团队意见征求表》，了解业务领域工作性质和对志愿者素质能力需求，同时了解志愿者的兴趣、爱好、特长，尽力做到人尽其才、人尽其用，让每一位志愿者的价值都得到充分体现。每逢周末休息，我都回学校组织骨干志愿者，通报场馆志愿者工作相关内容，讨论志愿者工作话题，征求大家对工作的意见建议。每周一会见证了服务冬奥团队的艰辛、快乐历程。每当有志愿者来源高校组织志愿者场馆踏勘，我主动联系崇礼冬奥规划馆和国家跳台滑雪中心，并结合参与测试活动亲身经历，为实践队员详细讲解冬奥相关知识，勉励他们提升素质、提振精神，为服务冬奥打下坚实的基础。2021年7月，正是一年最炎热的时候。整整1个月，我和志愿者工作团队的战友，先后一起奔赴驻张家口、天津、秦皇岛、廊坊等地招募高校志愿者，开展与志愿者对话和高校领导对接工作，抓住每一次机会，普及冬奥知识，了解志愿者。在此期间，北京冬奥组委志愿者部的领导们多次给予工作指导，叮嘱我们注意安全，保重身体。领导的关怀、战友的团结、团队的奉献，成为炎热夏季凉爽的风。

冬奥情怀，赓续奋斗。我带领团队始终坚持在办奥理念、办奥要求指导下开展工作。我主持设计了弘扬志愿精神的系列活动，起草了《北京2022年冬奥会志愿者共同倡议》《国家跳

图71　商万军在2022年北京冬奥会张家口赛区留念

台滑雪中心志愿者誓词》，编制了《国家跳台滑雪中心志愿者管理运行手册》《国家跳台滑雪中心志愿者手册》。在志愿者共同倡议下，我提出了“坚定做办奥理念贯彻者，坚定做办奥要求执行者，坚定做国际交流大使者，坚定做中国文化传播者，坚定做可持续发展践行者，坚定做志愿精神弘扬者，坚定做志愿者名片打造者，坚定做志愿服务行动者”口号。从整体工作的顶层设计到具体工作的方案策划，从工作理念的梳理形成到任务落实的要求安排，都凝聚着我和团队深入思考、精益求精的心血。团队的战友们说，对待工作，我有“强迫症”。赛前一年的筹备，赛时近两个月的奋战，我和我的团队成为北京冬奥精神的亲历者、见证者、弘扬者。

传递志愿之光，温暖世界每个角落

张博洋，北华航天工业学院团委书记，北京2022年冬奥会张家口赛区国家跳台滑雪中心志愿者主管。

集训，学习，再学习

2021年12月24日，我们学校（北华航天工业学院）进入寒假时间。当其他同学陆续离开学校开启惬意的寒假生活之时，我校35名冬奥储备志愿者正齐聚一堂，召开寒假实践集训大会，正式开启冬奥集训生活。

作为学校冬奥志愿者工作负责人，我深知这些同学经历了什么。一年多的时间，不间断的培训，大家在寒冬的大雪中奔跑，锻炼自己的耐寒能力，提升自己的体质体能；大家在专业老师带领下，锻炼仪态形体，提升自己的外在形象；大家深入学习应急救护知识，全部拿到应急救护证书；大家在霸州家具展销会、廊坊国际经贸洽谈会中躬身实践，积累大型展会志愿服务经验。思想政治、冬奥知识、礼仪形体、体质训练、应急处置、心理建设、疫情防控……一个个领域的知识，一点点涉猎学习。

进入倒计时，距离北京冬奥会开幕仅剩一个多月，我们可以胜任自己的工作吗？说实在的，这个时候我心里还是很没底。因为，我们还没有完成全部网络课程的学习，在国家安全、疫情防控、宣传技能、场馆知识等培训方面还需要进一步加强，还没有将碎片化知识联系整合为一个系统。同时，为确保疫情防控不出问题，虽进入寒假，但所有冬奥志愿者都要求在学校封闭管理，集中住宿，他们不能回家与父母亲人团聚，半年多没有见到亲人，他们的心理能承受吗？

长时间被一件事牵引着，极大磨炼一个人的意志。还好，我们都挺过来了！如果担心某些方面做不好，那就在这些方面持续不断地锻炼，学习，再学习！

2021年12月24日，我们召开冬奥集训动员大会，分配小组，布置任务，安排好寒假期间的集中住宿、餐饮、洗浴、疫情防控等工作，组织大家集中精力完成北京冬奥组委信息与知识管理平台上的冬奥培训课程学习，同时利用间隙开始筹备元旦联欢晚会。

2022年1月1日上午，我提前联系了食堂，组织大家包饺子，辞旧迎新。原来真的有很多同学不会包，食堂阿姨耐心教着大家，同学们互帮互助，互相学习。食堂的大师傅时不时来转转，我看到他脸上哭笑不得的表情，也注意到他悄悄把几位阿姨召集起来在后厨包了不少。作为一名厨师，同学们的作品实在是过不了他那一关，我感受到了一名厨师的责任。但同学们并不在乎，虽然有很多破的，依旧吃得兴高采烈。我想，这一天应该是大家最高兴的一天了。这天晚上，我们的联欢晚会经过精心准备也拉开了帷幕。有舞蹈、有歌曲、有小品、有相声、有朗诵，节目精彩纷呈，这时，我的心里踏实了不少。组织完成这样一台内容丰富、格调积极的晚会，实在考验一个团队的水平与凝聚力。我们都是好样的！我们一定能够完成任务。

再后面，召开冬奥测试赛经验分享会，学习省冬奥誓师大会精神，进行阶段性体能训练，举办制服领取确认仪式，举办国家安全专题讲座，举办志愿者宣传技能专题讲座，举办志愿者趣味运动会，举办志愿者交流分享会，全部完成IKM（Information Knowledge Management，信息与知识管理）平台学习，开展志愿者校园除雪活动，校、院领导慰问志愿者，举办出征仪式正式出征冬奥。同学们在持续的锻炼学习中，服务技能得到飞速提升，同时，大家也在领导的关心关怀下，调整好了身心状态。冬奥会，我们准备好了！

出征，责任与荣耀在心中翻滚

2022年1月25日，我们在学校西校区E创空间广场举行了冬奥志愿者出征仪式。学校党委书记郝玉龙、党委副书记赵炳坤、副校长王晓光及相关部门负责人、各二级学院相关领导参加了出征仪式。

“我志愿服务北京2022年冬奥会！弘扬奥林匹克精神，践行志愿服务理念，展现中国青年风采，恪守己责、团结协作，奋力拼搏、微笑服务，为祖国争光，为冬奥添彩！”伴随着铿锵的誓言，我们29名师生志愿者开启行程，奔赴崇礼。

那天，我们穿上了冬奥志愿者专属服装，很多送行的老师、领导纷纷跟同学们合影留念，学校贴心地为大家准备了过年的糕点、小吃，各种物资塞满了大巴车。那满满的都是爱啊！

为保证冬奥志愿者安全抵达目的地，我们还享受了警车开道的荣耀。廊坊的警车全程在我们前方带路，车辆经过的每个路口都是绿灯，每个路口都有交警执勤为我们的专车放行，在驶过高速入口时，一名交警非常庄重地立正行礼，那一瞬间，参与冬奥的责任与担当、光荣与自豪一起涌入脑海，浑身的血液仿佛沸腾一般。

我们学校是与廊坊师范学院一起出发的，两辆车由一辆警车开道护送，一开始我们在前面，看着前方闪烁的警灯，近距离感受着被专程护送的温暖。在进入一个服务区后，我与大家商议，出服务区后我们车辆让到后方，也让师院的同学们近距离感受一下警车护送的荣耀，大家都非常配合，异口同声地表示同意。

车辆快到崇礼时，廊坊的警车已经没有权限驶入，后续由崇礼服务冬奥的警车和人员接手继续护送我们。廊坊的警车随即返回，连吃饭的时间都没有。我们不忍他们那么辛苦，大家纷纷把学校派发的面包、火腿、卤蛋、饮料贡献出来，递给了一路护送我们的警察同志。同时，我们也把警察同志传递给我们的责任与担当深深留在了心底。请放心，我们一定不负期望，保证圆满完成任务！

带着这份荣耀与责任，我们来到了神圣的冬奥赛场。

工作，让志愿之光温暖世界每个角落

一台笔记本、一张办公桌、一坐一整天，是我的冬奥日常。在国家跳台滑雪中心志愿者之家，我负责激励、管理和宣传工作。统计每日志愿者到岗情况、编制志愿者业务领域每日工作信息简报、协助发放激励物资、建立激励专员信息沟通渠道、发布志愿者每日之星评选通知、制作每日之星动态H5海报。

图72 张博洋冬奥志愿服务期间工作照

作为志愿者主管，我从未因自己的身份而降低工作量，相反，每一份工作我都身先士卒，热情接待每一位志愿者，在制作宣传海报、编辑每日工作简报时，给自己分配的任务往往是最多的那份。在所有的任务中，工作量最大的是采编发布志愿者每日之星H5宣传推文。国家跳台滑雪中心平均每天推出约29名志愿者每日之星H5海报，我带领的团队在整个赛事服务期间共推出每日之星17期共400人次。在推文制作时需要收集、整理文本和照片资料，有时还需要与志愿者进行沟通，每一篇推文都要精雕细琢，尽力展现志愿者最精彩的一面，平均每篇H5动态海报制作需要花费半小时以上，非常耗时，制作团队也从最初的3人增加到5人。

在工作过程中，我接触并宣传了很多业务领域非常感人的事迹。在这里，大家没有身份的差异，无论教师还是学生都有一个共同的名字——志愿者。每一天我们都被爱包围着：驻地激励助理和团省委管理团队每天搬运分发激励物资、协调解决志愿者衣食住行、身体心理等遇到的各种问题；专属水杯、一枚枚精致的志愿者徽章传递着国家的关怀与温暖；面对严寒的天气，一套套小小暖贴满载着不同领域志愿者的关爱送到户外值守的伙伴们手中。一张张刻画着坚毅面孔的照片，一部部记录着忘我工作的视频，激励着大家倾情付出全力保障冬奥。我工作的意义，就是将大家的事迹记录下来，将满满的爱传递出去。

崇礼的天气真的很冷！每天上午刚一出门，睫毛上便布满了小冰晶，额头露出的头发上布满了白霜。如果你不戴帽子手套，裸露在户外的耳朵和手很快就冻得生疼！记得冬奥刚开幕，在体育业务领域服务的志愿者们晒出了他们寒冬中的照片，不经意透露了手脚被冻得失去知觉这一信息。第二天，其他业务领域志愿者们就将分配给自己的暖贴贡献出来200多套，直接送到了志愿者之家，希望我们转交给体育领域志愿者们。小小暖贴将我们的心紧紧连在了一起。

志愿者是播撒爱的蓝色精灵，在这无比温暖的大爱背后，有志愿者无私奉献的坚定信念，有众多战友温馨的互助支持，更饱含着国家和人民的深切关怀。我希望通过自己的努力，能够把这深沉热烈的爱传递到赛场的每一个角落，激励所有的志愿者时刻保持昂扬的斗志、美好的心情、温馨的微笑，奉献冬奥，服务祖国，温暖全世界！

冬奥会圆满闭幕的那一刻，回首这段难忘的时光，我感到非常自豪，全体志愿者零感染，我们圆满完成了冬奥志愿服务任务，我们将爱传递到了全世界。

志愿者的志愿者

——一名激励助理的故事

韩陛贤，河北农业大学经济管理学院教师，北京2022年冬奥会张家口赛区激励助理。

“你们去冬奥会都去现场看了哪些比赛啊？”“肯定经常见到明星吧，要到了谁的签名啊？”“开幕式你们去现场看了吗？”服务期间乃至回学校之后，这几个问题是被亲朋好友们问得最多的，但是很遗憾，我的回答都是：“没有。”

由于今年办奥环境受疫情影响较大，北京2022冬奥组委、冬残奥组织天才地创制了新的组织管理模式——“双闭环”模式，这种模式极大保障了办奥过程中的防疫安全，使得在严酷的国内外疫情形势下闭环内感染率降到了最低。但这一模式也限制了闭环内人员的流动，各个场馆的服务人员是不能去别的场馆的，我校志愿者作为张家口冬奥村的来源志愿者，也无法去竞赛场馆看比赛。作为激励助理，以服务场馆为驻地的志愿者，一个保障志愿者的志愿者，我甚至连我们服务的非竞赛场馆都没法进入。如果说志愿者是冬奥会的幕后人员，那志愿者激励助理则是“幕后的幕后”，当学校的志愿者师生们在场馆为运动员们服务的时候，一群来自各高校的激励助理们却在看不见的战场上默默为冬奥会的成功举办奉献着自己的力量。

一、分内分外，皆是奉献

抵达崇礼的第三天，下午在驻地和学生谈话时，突然接到了冬奥村除雪活动的通知，于是我主动要求带着两个学生一起到了张家口冬奥村。除雪现场志愿者领域副经理王军朝正在给志愿者们分工，刚刚到达的我们自然而然地加入到除雪大军的行列中。

除雪大军除我校外还有河北大学、河北医科大学及河北金融学院等4所学校的20余名志愿者。由于现在还不能穿着志愿者统一的制服，4个学校的志愿者都穿上自己学校的志愿者制服，浅蓝、深蓝、黑色、黄色，四色制服共同构成了冬奥村门口最靓丽的风景线。崇礼区天气寒冷，积雪已经冻成了又硬又厚的一层，志愿者们有的凿雪，有的铲雪，有的扫雪，各司其职、齐心协力，有条不紊地清理积雪，体现了冬奥会青年志愿者的使命担当。

寒风刺骨，志愿者们累了就暂时休息一下，没多久就又拿起工具继续工作，因为我们都知道，几天后将迎来期待已久的冬奥盛会，所有的付出，所有的汗水都是值得的！经过两个小时的不懈奋斗，终于将乘车点附近的积雪全部清理干净，我们的志愿者终于不用担心在赶车的路上滑倒了。

二、排忧解难，不辞辛劳

冬奥村信息专员刘同学是个可爱的小姑娘，凭借出色的能力和良好的形象，她获得了本岗位拍摄拜年视频的机会。上午8点左右，刘同学突然接到了拍摄通知，拍摄时间在下午2

点，要求穿志愿者服装，可那时的她已经在去冬奥村的班车上，而且没有穿志愿者服装。志愿者往返驻地是必须要坐班车的，只有这样才能最大限度地保证他们的安全，但是这几天中午还没有班车，只能等到下班的时间她才能回来，可那样就赶不上拍摄了。整整一个上午，刘同学非常着急，她不想错过这个千载难逢的机会。

为了让刘同学顺利参加拍摄，经驻地管理人员允许，我决定带上她的衣服前往冬奥村。两公里的路程，极寒的天气，我拉着她的装备争分夺秒地步行至冬奥村乘车点，待她取出要换的衣服之后又把剩下的衣服连同换下来的外套拉了回来。同学们问我累吗？累。但是志愿者们的无私奉献精神保障了冬奥会的胜利召开，作为他们的后盾，我更应该做好保障者的保障工作。

激动的心情已经化解了所有的劳累，我无比期待冬奥盛会在这一方土地、在我们并肩战斗的地方如约而至。同时我深知，我的身后还有千千万万个保障人员，还有14亿中国人民，他们不是志愿者，不是工作人员，但每个中国人都在为冬奥事业默默奉献着自己的力量，每个人都是时代的英雄！

三、学生后盾，坚实保障

一天上午，突然接到冬奥村电话，说我校一个学生刘同学在工作中扭到脚了，经冬奥村医院初步诊断为踝骨骨折，现在正准备送往定点医院进一步诊断。

听到这个消息我非常紧张，于是要求救护车途经一下驻地接上我，我要陪着她一起去。由于该同学行动不便，到达医院之后我将她抱上轮椅，推着她做完了CT，经过专家会诊，医生建议她做手术，但是该同学怕耽误工作，经与家长沟通后选择

图73　韩陛贤背受伤志愿者下楼

了保守治疗，打上了石膏。

回来时已经下午两点了，怎么上楼成了一个大问题。特殊时期电梯没法使用，刘同学的右腿又没有办法着地，我一开始打算把她抱上去，后来发现根本没法抱着走那么远，只能暂时借了医院的轮椅，把她推到了楼梯口，从楼梯口把她先背上去再用轮椅把她送到屋子里。

因闭环原因，驻地的医疗团队没有高级别的医疗设备，如果需要包扎或者复查只能去闭环内定点的北医三院崇礼院区，而且骨折在恢复过程中还要经过多次复查才能决定下一步的治疗计划，再加上疫情防控的需要，驻地电梯无法使用，没有办法通过轮椅接送她，只能由我背着上下楼。如此复杂的环境既不利于她的治疗也不利于她的恢复，在跟她家长商量后想让她提前移出，隔离手续履行完毕后送她回去，但她坚持要服务下去，她说能参与这次盛会是最大的荣幸，如果真的放弃了，会后悔一辈子。

受刘同学的精神感染，我决定成全她的坚持，答应会为她的伤病做好保障，在生活上重点照顾她，积极为她协调后续的治疗。直到冬奥会服务结束顺利正常移出，我共计陪她复查5次，每次去北医三院对她、对我都是严峻的考验，往往背到半路上就背不动了，但最后还是咬牙坚持了下去。

激励助理，一个永远不会站在前台的岗位，可谁能说站在幕后的不算英雄?!

我和我的冬奥故事

张静敏，承德医学院生物医学工程系党总支副书记，北京2022年冬奥会张家口赛区激励助理。

我是张静敏，承德医学院的一名教师，在北京2022年冬奥会中担任志愿者激励助理，服务于张家口赛区冰雪小镇文创商街驻地。很高兴能有机会跟大家分享我和我的冬奥故事。

一、2008—2022，我有幸参与的两项重大志愿服务

2022年3月13日，随着北京冬残奥会完美闭幕，北京真正成为全球首个“双奥之城”，永载史册。作为一个普通人，能够参与这场国家重大活动、国际大型赛事，我感到无比骄傲和自豪。2008年北京夏季奥运会时，没有能够参与其中，因为我参与了另一项重要的志愿服务。

那一年5月12日，四川省汶川县发生8.0级特大地震，6月份，团中央发布招募西部计划抗震救灾专项行动志愿者的紧急通知。那时已经被保送攻读研究生的我，第一时间报名，从河北师范大学200多名报名者中脱颖而出，成为被录取的7名志愿者之一。7月12日，我到达服务地——河北省对口援建的四

川省绵阳市平武县南坝镇中心小学，开启了为期1年的支教生活。那一年，生活条件很艰苦，但我所经受的历练和收获的成长却是最多的。我深刻体会到了将“小我融入大我，青春献给祖国”的人生价值，与一同参与服务的29名志愿者建立了“聚是一团火，散作满天星”的深厚友谊。“到西部去，到基层去，到祖国和人民最需要的地方去”的铮铮誓言至今仍在我的耳畔响起，“奉献、友爱、互助、进步”的志愿精神在我的心底深深扎根。

时隔14年，能够以志愿者激励助理的身份参加北京冬奥会张家口赛区志愿服务，与年轻、优秀、可爱的学生志愿者们一起并肩作战，我深感责任重大，使命光荣。14年，增长的是年龄，改变的是容颜，不变的是我对志愿服务的初心和热爱。

二、我和北京冬奥会的不解之缘

我和北京冬奥会的缘分开始于两年前。2020年6月，时任院系团总支书记的我，报名参加了学校挂职团委副书记的选拔。成功入选后，我开始负责北京冬奥会志愿者专项工作。打铁还需自身硬，我珍惜每次学习机会，先后3次参加团省委举办的“迎冬奥志愿者骨干交流营培训”和北京冬奥组委志愿者部组织的“IKM平台线上培训”“英孚英语线上培训”等课程，不断提高自身的综合素质和服务本领。

学校北京冬奥会志愿者的招募、选拔、培训、管理、激励、保障等各项工作，我都亲自负责、全程参与、倾情投入。先后组织志愿者面试4次，以“政治坚定、身体健康、专业过硬、心理坚强”为标准，选拔出最优秀的学生担任北京冬奥会志愿者；以线上和线下相结合的形式，组织开展志愿者通用知

图74　张静敏在承德医学院冬奥志愿者出征誓师大会上发言

识培训、专业知识和岗位培训百余次；因地制宜，创设条件，以学校第三届冰雪运动会、“开学返校　护航有我”校园疫情防控志愿服务、“文明交通　青春同行”交通引导志愿服务等为契机，不断提高志愿者的实践能力和服务水平；组织开展体能评估和训练，不断增强志愿者的身体素质和抗寒能力；发挥骨干志愿者示范作用，组织开展交流分享会，划分服务小组，开展团队建设活动，不断增强团队的凝聚力和向心力。在学校招募激励助理的通知发出后，我又第一时间报名。凭借丰富的志愿服务经历、学生工作经验和心理学专业背景，我成功入选，成为所在学校唯一的教师志愿者。

担任志愿者激励助理后面临的第一个挑战就是要在2021年12月1日带领28名学生志愿者到崇礼参加“相约北京”国际雪联跳台滑雪洲际杯/北欧两项洲际杯测试赛，加上赛后隔离时间，需要离家27天。2008年时，我孤身一人，可以按照自己的意愿来一场说走就走的志愿服务旅行，而现在已经为人妻、为人母的我，要离家将近1个月就要考虑许多，做好周密计划。

我和爱人的老家都在外地，儿子不满5岁，家中没有老人帮忙照顾，我一走，照顾家庭、孩子的重担只能全部压在爱人的肩上。得知我要去张家口工作将近1个月的时间，爱人通情达理，向我保证："你放心去吧，孩子我能照顾好！"儿子虽然想我，却很懂事，他知道妈妈是去参加一项非常重要的工作。记得在离开他第六天时，我跟他视频，问他想不想我，他回答："才第六天，不想呢，我到第二十七天再想你！"因为他知道，我第二十七天时就能回家了。回家后，他总是很黏我，睡觉也要让我抱着。因为他知道，妈妈这次能在家里待20多天，1月23日，妈妈又要离开家了，那时要50多天才能回来。家人的理解和支持，是我能够做好志愿者激励工作的坚强后盾。

三、志愿者激励助理的具体职责和工作内容

志愿者激励助理是个什么岗位，具体做些什么呢？我将激励助理的角色定位为"冬奥辅导员"和"志愿者的志愿者"。要带领同学们安全到达驻地，与他们同吃同住，配合驻地志愿者管理团队落实疫情防控政策和管理措施；与服务场馆密切联系沟通，组织志愿者有序上岗；做好志愿者的思想引领、人文关怀和心理疏导，协调解决好志愿者工作生活中的"关键小事"，让志愿者没有后顾之忧地投入到冬奥志愿服务中去；在隔离期间因地制宜，线上举办形式多样的党团活动和文体活动，丰富志愿者的隔离生活；在隔离期满后，带领志愿者们"一个都不能少"地平安返校。

同学们说，有我在，他们感到很踏实，很安心。在驻地，我就是他们最亲近、最信任的人，开心的、难过的、委屈的事都愿意跟我分享，有什么困难、问题、诉求也是第一时间跟我反映。让他们安心、顺心、舒心地投入到志愿服务中去，就是我工作的最大心愿，为志愿者做好服务和保障，就是在为冬奥会做贡献，我的工作很有价值，我感到很自豪！我的服务意识、专业素养、奉献精神得到场馆和驻地管理团队的一致好评。服务结束后，驻地管理团队向学校发来表扬信和喜报，对我的工作给予了高度肯定。

我和46名冬奥志愿者认真负责地开展各领域志愿服务，以实际行动践行承医精神，展现了承医师生坚定的政治立场、过硬的专业本领和良好的精神风貌，为北京冬奥会的顺利举办贡献了承医力量！我们组成的承德医学院冬奥志愿服务团队荣获2022年“承德青年五四奖章集体”“‘承德新发展　青春再建功’先进集体标杆”等2项市级荣誉，荣获“北京冬奥会、冬残奥会河北省先进集体”1项省级荣誉，程成同学荣获“北京冬奥会、冬残奥会河北省先进个人”荣誉称号。

四、弘扬北京冬奥精神，凝聚团结奋进力量

2022年4月8日，北京冬奥会、冬残奥会总结表彰大会在北京人民大会堂隆重举行，对突出贡献集体和突出贡献个人进行了表彰。习近平总书记发表重要讲话，回顾了北京冬奥会、冬残奥会筹办举办的7年艰辛历程，总结了北京冬奥会、冬残奥会能够如期、安全、顺利举办的成功经验，展示了北京冬奥会、冬残奥会取得的亮点成绩，阐释了北京冬奥精神的内涵：胸怀大局、自信开放、迎难而上、追求卓越、共创未来。作为

亲历者、参与者、见证者和贡献者，我怀着激动澎湃的心情全程观看了表彰大会，内心久久不能平静。我和学生们在线上分享心得体会，展开热烈交流。同学们说：“从未如此近距离地感受到祖国的强大，我们和祖国的爱是双向奔赴。”

志愿者工作只是北京冬奥会和冬残奥会整体工作中的一个环节，党中央的坚强领导、国家的繁荣富强、中国特色社会主义的制度优势、全国人民的关注支持、奥运健儿的拼搏奋斗、所有参与冬奥筹办的工作人员的辛勤付出，共同绘就了北京冬奥会和冬残奥会的壮美画卷，为世界贡献了一场“简约、安全、精彩”的冬奥盛会。我为伟大的祖国点赞，为生活在这样一个伟大的国家而感到骄傲、自豪！

一次冬奥行，一生冬奥情。北京冬奥会和冬残奥会虽已落幕，但北京冬奥精神永不过时，深深地印刻在了我们每一个人的心中。我们必将弘扬北京冬奥精神，践行志愿服务理念，在自己的学习、工作岗位上精益求精、孜孜不倦、踔厉奋发、笃行不怠，为实现中华民族伟大复兴的中国梦而不懈奋斗！

用行动擦亮新时代青年志愿者名片

李婧语，张家口职业技术学院团委书记，北京2022年冬奥会张家口制服和注册分中心志愿者、张家口职业技术学院带队教师。

2019年，当张家口职业技术学院作为冬奥志愿者来源高校，准备开展冬奥志愿者的招募选拔及储备培养工作时，作为一名资深志愿者，我主动扛起了这面大旗，成为北京2022年冬奥会“馆校对接”张家口职业技术学院志愿者工作人员。作为一名“90”后中共党员、青年教师及学院团委时任副书记，我非常希望能够为家门口的奥运盛会尽自己的一份力量，所以在投身志愿者的选拔及培养工作后，我先后起草制订了《张家口职业技术学院2022冬奥会志愿工作实施方案》《张家口职业技术学院冬奥会赛会志愿者培训工作方案》等一系列文件，为学院顺利完成志愿者招募选拔和培训工作奠定基础。

在我院深入推进冬奥会储备志愿者培训工作中，我积极推动学院志愿者培训工作，采用线上与线下、教学与实践相结合的方式，开展了专题讲座、研讨交流、素质拓展、实景演练等多种形式的校内培训课程，帮助大学生志愿者们在历练中快速成长。同时，我还先后带领大学生志愿者骨干多次参与各级各类大型体育文化活动志愿服务，连续3年参与服务崇礼论坛、服务北京延庆世园会、第五届中国数坝暨第三届全国大学生大数据技能大赛总决赛、2021年第三十届世界脑力锦标赛、河北省第十五届运动会、河北省旅发大会、冬奥会倒计时宣传活动等。我在实践锻炼中积累了丰富的经验，志愿服务大型赛会的能力得到全面提升。此外，我还配合学院策划开展了丰富多样的迎冬奥系列活动，积极推动冬奥进校园、冰雪运动进校园，在培养志愿者专业技能的同时，让志愿者在体验中感受冰雪文化与奥运精神的魅力。

积跬步至千里，汇小流得河来。3年备战，经过辛勤努力、层层遴选、严格考核、全面培训，我早已为服务冬奥做好充足准备。作为为张家口制服和注册分中心提供服务的19名学院赛会志愿者团队负责人之一，从2021年11月8日开始奔赴场馆，到2022年3月13日北京冬残奥会完美收官闭幕，126个日夜，我每天都在加深着对志愿者的理解，对冬奥的理解。

在我看来，冬奥志愿者不仅仅是一个为冬奥会提供志愿服务的群体，他们更是国家的窗口、名片，是全世界了解中国的快速通道。正像习近平总书记所说的那样，志愿者们“要让各国参赛人员充分感受到中国人民的热情好客和文明礼貌，感受到春天般的温暖”。就是这些从100多万人中精挑细选出来的不到两万人的冬奥会志愿者，他们担此重任，以最忘我的努力、最无私的付出和最美丽的微笑成为冬奥中最温暖的光。在张家口制服和注册分中心，我院大学生志愿者们得到了来自各方的赞誉。

于我而言，亲手招募了他们、亲身陪伴着他们、亲眼见证了他们在冬奥志愿服务中的成长，我很激动，也很欣慰。因为，这些志愿者已经通过冬奥这个平台，与更广阔的世界舞台有了更真实的联结，对更自信的大国风范有了更深切的理解，对作为新时代中国青年人的自我认同与责任担当有了更刻骨铭心的体悟。冬奥志愿者，我想，对于这些孩子而言，已经成为相伴他们一生的印记。

在志愿者们全力以赴、咬牙坚持、忘我付出的这段时光中，他们更好地学会了以自信、从容、大气的姿态去诠释责任、尊重、理解与担当。从初来乍到服务冬奥场馆的陌生、对于一张证件的诞生之旅、一套制服装备的发放流程充满好奇，到能够上手打印制作证件、发放制服到各类人员手中，在裁切时的留白对称，贴标时的指定位置，塑封时的特定温度，发放制服的快速精准等种种严苛要求下，一张张证件的完美呈现、一个个数据的检验核对、一份份文件的交纳整理、一件件制服的无误发放……这些都是无数片“小雪花”聚合在一起交出的冬奥答卷。他们学会了以自己的方式去讲述中国的故事、中国青年的故事、正在蓬勃成长的“冰新一代”的故事。

张家口制服和注册分中心是北京2022年冬奥会首个运行场馆，我所服务的注册领域是张家口制服和注册分中心首个启动的运行领域。2021年11月8日，作为张家口赛区第一批到岗的场馆赛会志愿者，在岗前培训阶段，我一直在持续学习业务领域岗位知识，明确自身岗位职责，熟悉场馆内流线，严格掌握服务标准，充分了解工作程序，不断提高志愿服务的专业性。看似简单的制证工作其实要求非常高，一张证件需要经过10余道程序才能完成。测试赛期间，我在注册业务领域的制证岗位担任小组长，我带领注册1组的13名团队成员为张家口赛区云顶场馆群和古杨树场馆群4场测试赛制作证件，这是冬奥工作中最基础、也是最重要的一项工作，看似简单却需要有清晰的头脑和强健的体魄，以及强大的团队协作精神。制证过程需要我们团队耐心细致、团结协作，对每一道工序都精益求精，才能在最终质检后完成证件的交付。每位来场馆服务的赛会志愿者，都是各志愿者来源高校内优中选优的青年骨干，大家的思想觉悟很高，遇到问题一起解决，没有地域、师生、学校的区分，我们在场馆共同为北京冬奥会服务着，以充沛的感情投入到细节工作当中，践行着志愿者无私奉献、不求回报的精神。参与冬奥，奉献冬奥，竭尽所能。

冬奥会与冬残奥会期间，我被调岗到注册业务领域综合运行岗工作，配合场馆管理和场馆运行，实现上传下达，积极与各业务领域进行沟通对接，并统筹注册业务领域各项工作，确保注册团队整体运行良好。在日常工作中，我主要负责各类简报及阶段总结撰写、证件数据信息报送、文件流转收集办理等工作。在冬奥会与冬残奥会转换、收尾工作中，全面负责各类文件资料的整合归档、阶段总结汇总、影像资料留存等工作，确保了注册业务领域各项工作资料有据可查，全部人员有影可依，为注册团队保留了珍贵的奥运遗产。

让我记忆犹新的是在2021年12月7日北京2022年冬奥会和冬残奥会张家口制服和注册分中心召开的志愿者工作阶段性总结汇报会上，我荣获场馆志愿者一等奖表彰。场馆主任亲自为我颁发优秀志愿者激励物资：冬奥吉祥物冰墩墩、雪容融，我把它们一直摆放在我工作岗位的办公桌上，以此激励自己不忘初心、不辱使命，圆满完成全部冬奥志愿工作。

在服务好冬奥赛事的同时，作为学院场馆赛会志愿者临时

图75　李婧语在撰写场馆简报

党支部书记及一名青年团干，我始终坚持以党建引领带动学院冬奥志愿工作，结合志愿服务和驻地建设工作实际，先后在党团员志愿者中组织开展专题组织生活会，及时了解掌握冬奥志愿者的工作、学习、生活情况，经常性开展谈心谈话，疏解工作压力、掌握思想动态，并以个体自学、集中研学、小组讨论、心得分享和未来展望相结合的形式，设计和举行各具特色的党、团活动60余场，进一步增强了党员、团员志愿者的归属感和光荣感，提升志愿者的工作积极性。

此外，在冬奥志愿服务团队管理工作中，我创造性地建立理论研习与实践学习相结合、专业技能与素质拓展相结合、体能训练与心理指导相结合的立体化管理模式，分别就驻地志愿者的学业需求、身心健康和文体娱乐等方面积极谋划开展学业辅导、党建思政、趣味竞赛等活动，解决学生存在的实际困难，满足学生驻地保障个性化和专业化的需求。同时引导志愿者们做好自我照顾，凝聚朋辈力量，学会积极求助，营造自我关爱和互帮互助的支持氛围，全程做好志愿者的心理陪伴和支持工作，使学生志愿者能够以良好的精神面貌长时间参与到冬奥志愿工作之中。

经过层层选拔和培训后踏上北京冬奥会志愿服务征程的我们，离不开学院的关怀与培养。在2021年11月的出征仪式上，学院为每名志愿者准备了行李箱、保温杯、冲锋衣、双肩背包等10余件价值3 000元的志愿者保障物资。冬奥赛时闭环管理前，学院党委书记冯印涛亲自率队，两次赶赴张家口制服和注册分中心，与我们共同举办集体生日会、共度中国传统节气——冬至。同时，在除夕这个特别的时刻举行新春团拜慰问活动，通过视频连线向冬奥会一线志愿者及志愿者家属们致以新春问候，并通过指导策划场馆文艺晚会、送春联、包饺子、话团圆活动丰富志愿者生活。我们志愿者们也通过给家长写信、连线送祝福活动，一起度过了一个快乐祥和、为冬奥添彩、意义非凡的春节。

在张家口制服和注册分中心，我的身份不只是一名高校教师，更是一名北京2022年冬奥会志愿者，代表的不仅是河北青年的形象，更是中国青年的形象，不论身在哪一个岗位，我们都在书写着属于自己的冬奥故事。冬奥虽已结束，但是我会继续践行好全心全意为人民服务的宗旨，不忘初心，牢记志愿者的职责与使命，为国家志愿服务事业继续贡献自己的光和热，展现出张职院教师的精神风貌和当代青年的责任担当！

梦照亮的地方，雪花也燃烧

张睿琦，河北地质大学博物馆教师，北京2022年冬奥会和冬残奥会张家口赛区国家越野滑雪中心赛事服务领域看台引导服务主管。

曾几何时，我以为服务冬奥会只是一个遥远的梦想。而今，回首冬奥，一幕幕场景浮现，温暖又充满希望……

我是张睿琦，河北地质大学的一名教师，也是北京冬奥会和冬残奥会张家口赛区国家越野滑雪中心赛事服务领域的一名志愿者，工作岗位是看台引导服务主管。

第一次听说学校在选拔冬奥会志愿者还是在2020年，我带的志愿讲解团的学生问我："要不要一起去参加冬奥会志愿活动?"我当时毫不犹豫地向学校团委报了名，从此与冬奥会结下了不解之缘。

作为学校的老师，我从开始就参与了学生志愿者的选拔和培训工作。为同学们进行了冬奥知识及英语口语培训。此外，我还参加了河北省迎冬奥骨干志愿者交流营，到张家口赛区进行了实地踏勘，这让我更加深入地了解了冬奥会志愿服务工作。全方位拓展了志愿服务知识，也更加深入地认识到自己的任务和使命。在备战冬奥会的日子里，我们老师和学生步调一致，团结一心，一起为了我们共同的梦想而努力着，我们的友情也在此期间疯狂滋长……

我在家收好行囊，整装待发。然而，就在1月23日，临走的前两天，我家楼栋突然因为有一位新冠肺炎次密接者被封了！事发突然，我不免有些不知所措，赶紧联系我们学校的团委书记，看有没有什么其他的方法。团委书记一面宽慰我，一面积极帮我联系。在焦急的等待下，团委书记给我回电话说，如果不能和学校的大部队一起走，团省委那边会协调让我和别的学校一起出发，居委会那边也联系到我，说如果全员两次核酸都没有问题就可以解封了。1月25日上午11点，我终于盼来了解封的消息，却正好错过了我们学校的出发时间，而且我也得知，已经没有学校再有志愿者去我们的驻地了。我不禁担心，难道就是和冬奥会这么没有缘分？这时，团委书记的电话来了，她说在团省委的积极协调下，我可以和经贸大学的车队一起出发，让他们专门绕道送我去驻地。当我独自一人坐在专门为我绕道的大巴车上看到张家口美丽的蓝天时，我还依然有些不敢相信我真的顺利抵达了这个梦想中的地方。

现在的我仿佛也还能听见冰玉环上的风声，第一次走在上面的时候，感觉路可真远啊，但景色又真的好美，远处的崇山峻岭、下面的蜿蜒赛道组成了如画的景象。

冰玉环的尽头就是我们日常工作的地方，三十几天，我们在这里从白天坚守到黑夜。

冬奥会正式开始前，为了应对可能发生的突发情况，我们制订了各种应急预案，并一次次地进行模拟演练，以求遇到情况能够顺利解决。

正式开赛后，作为一名主要服务看台观众的志愿者，为了让观众们能有满意的观赛体验，每天比赛开始前3小时，我就开始带领同学们做一系列的准备工作，包括检查座位号是否脱落、座位是否隐含潜在危险、场内环境是否干净整洁等。座位上有雪我们会一个个擦掉，座位下方的铁丝开口了，我们也会跪下把它绑好。观众开始入场时，我们分区划分入客通道，以保证观众可以安全、有序、快速进场并随时维护观众观赛秩序，如发现观众未按照防疫要求正确佩戴口罩、未间隔就座、滞留通道、横跨座位席、未文明观赛等行为，及时纠正。比赛结束后，我们依然会引导观众有秩序离场，热情地向每位观众告别，他们的笑容和感谢就像给我们打了强心剂，给本已疲惫的我们注入力量。每次赛前赛后，我们都会开会进行工作计划和总结，把出现的问题和收获的经验一一汇总，力争让下场比赛更加顺利。

由于天气等原因，我们经历了多次需要紧急处理的特殊情况。2月16日，越野滑雪中心进行了两场比赛，比赛间隔原本只有30分钟，我们需要在30分钟内引导第一批观众离场，再引导下一批观众入场。结果当天第一场比赛比预计时间长15分钟，使原本就十分紧张的时间又大大缩短了。不止如此，我们还在当天被通知，由于转播需要，我们要把原本坐在105、106两区的观众均分到104、105、106三个区域，座位号全部打乱。在这样的压力之下，我们赛事服务领域志愿者通力协作，毫不慌乱。我指挥看台志愿者全员上场维持秩序，分区管理，确保进场、退场观众不交叉，又想出了制作临时座位票的解决方法，派人到检票区为每一个进场观众发票，并提醒观众按照临时票入座，使当天进退场十分有序，效果很好。

图 76　张睿琦在大雪中坚守岗位，随时观察看台整体情况以做出合理安排

2月19日，观众全部入场后，我们接到比赛推迟1小时的通知。此时已有观众进入看台落座，我带领学生志愿者及时跟他们沟通说明情况，让观众们有序进入暖棚休息。大批观众集中入场时，合理安排志愿者点位，并和通道控制志愿者沟通，使近500名观众迅速有序入场。

在张家口的低温下，看台的工作其实十分艰苦，尤其是晚上的比赛，温度经常低至零下十几乃至二十几度。但只要看台上的观众在，我们就会在。为保证学生志愿者不被冻伤，我制定了“三班两运转”的换班制度，每名同学工作30分钟休息15分钟。但作为主管，我经常没有休息时间，甚至没有吃饭时间，对冬奥的热情帮我克服了这些困难，让我以饱满的姿态投入到工作中去。我们离赛场最近，却从没有拍过一张比赛的照片，没有正面看过一场比赛。这样的看台团队多次收到了上级领导们的赞许。

时间好像施了魔法，离开的日子仿佛一下就到了。比赛结束后的第一天，也是我们志愿服务的最后一天。我们几名教师给学生们放了假，独自回到工作区收拾物品。看着这间屋子渐渐变空，我的心也跟着变空了似的。我们在回去的路上还和每天结束一样，欢声笑语，追逐奔跑，甚至还合伙把人推到了雪堆里。然而坐在离开场馆的大巴车上，不舍之情终于直抵眼眶。

作为一个泪点很奇怪的人，在这里我其实常常眼含热泪——中国队员经过全场欢呼的时候，运动员们冲过终点倒在地上累得起不来的时候，最后一名队员坚持不懈冲线的时候，冠军站在领奖台上的时候，音响播放《大中国》的时候，主持人和大屏幕感谢志愿者的时候，观众们说“你们辛苦了”的时候……

张家口的大风真冷啊，眼泪经常就冻在脸上，但凉不了的是我们的热血。我想起我们迎着风，顶着雪，对观众们说出一句句欢迎、帮助的话语，也让全世界感受到了我们的用心和热情。我想起看台的小伙伴们，一直坚守自己的岗位，就算生病了也不愿意多休息一天。我想起看台组长和通道上的同学经常因为人多没时间换班，一站就是几小时；楼梯上下的同学为了服务观众只能迎风站立，脸被雪打得生疼，口罩的哈气都结了冰，但我从没听任何人说过苦，说过累。我们都在用自己的热情温暖着这个场馆……

我最后看了一眼冰玉环，静悄悄地，灯也不亮了。曲终，谢幕。那就愿我们在下一个舞台上继续挥舞梦想、绽放光芒吧，毕竟有梦的地方，雪花也燃烧！

激情的冰雪　燃烧的约会

崔涛，河北金融学院法学院团总支书记，北京2022年冬奥会和冬残奥会张家口冬奥村管理团队临时团支部书记、河北金融学院带队教师。

我叫崔涛，河北保定人，目前担任河北金融学院法学院团总支书记一职，北京2022年冬奥会和冬残奥会期间作为带队教师全面参与了志愿服务工作。回想起1月17日从学校出发的那一刻，内心仍然感到无比激动和兴奋。在索契冬奥会、平昌冬奥会期间看着中国短道速滑选手冲刺的那一刻，我的内心非常激动，从那时起就想有朝一日能以志愿者的身份参加一次冬奥会，在赛区亲身体会冰雪运动的魅力。

2020年，我被选派为学校冬奥志愿者队长，全面负责志愿者工作。对我来说，这是一份荣誉，是一种责任，更是一种动力。

为了能尽快熟悉这份工作，我先后4次参加了冬奥组委与共青团河北省委组织的迎冬奥志愿者骨干培训，不仅学习了冬奥会志愿者礼仪与技能、冬奥闭环管理政策和志愿者自我防护等基础知识，而且对冬奥会场馆设施、赛事设置、志愿技能也有了更深刻的认识。大家来自不同的院校，起初都有点儿不太好意思，随着素质拓展训练、分组讨论、实地踏勘环节的开展，大家逐渐熟悉起来，并互相称对方为“战友”，那种团结互助的精神让我记忆犹新，我也把这种精神传递给我校的学生志愿者，为办成一届简约、安全、精彩的奥运盛会贡献自己的一份力量。

冬奥志愿者报名期间，全校师生热情高涨，约4 000人报名，都希望为祖国增光添彩，但分配给我校的志愿者岗位只有37个，如何在众多志愿者中挑选出37名政治素质过硬、业务能力强的志愿者，这对于我来说不是一件小事。在志愿者选拔期间，学校组织开展了志愿服务礼仪、体能训练、心理素质、外语口语等方面的培训，努力打造一支有执行力、战斗力、奉献精神的志愿者团队。2021年暑假，我配合冬奥村物流、行李、收费卡、居民服务领域的经理完成了学校志愿者选拔工作，最终遴选出37名师生代表学校出征北京2022年冬奥会和冬残奥会，开展志愿服务工作。当时我开玩笑地跟他们说：“你们可是100∶1选出来的，要珍惜这次机会，要给自己、给学校、给国家争光，让世界见证中国志愿者的风采。”现在，我仍然能回想起大家脸上洋溢的喜悦与自豪。

2022年1月10日，学校组织召开了志愿者誓师大会，党委书记杨兆廷深切嘱托所有志愿者做好疫情防控，加强心理建设，积极应对一切可能遇到的困难和挑战，学校和16 000余名师生永远是你们坚强的后盾！听到杨书记对我们的嘱托，激动之情溢于言表，感谢学校对我们的信任，我们一定完成任务。

报名参加冬奥志愿服务工作，我得到了妻子、父母的支持。去崇礼的日子越来越近了，心里也越来越舍不得这个家，看着妻子挺着5个月的大肚子，内心愈发愧疚。1月17日，妻子开车送我到学校，久久不肯离去，我说："没事，你回去吧，有这么多志愿者陪着我呢，放心吧。"临别之际，妻子对我说："老公，家里的事你不用操心，你这是为了国家，好好加油，我跟孩子都会好好的，放心吧。"家人的理解和朋友的帮助给我注射了强心针，让我在投身志愿服务工作时尽自己最大努力回馈这份期盼与信任，把愧疚化为动力，在属于自己的赛场上展现出中国志愿者的风采。

到了张家口崇礼，延崇高速太子城互通主线一号桥、奥运五环、冰墩墩尽收眼底，有些困意的志愿者一下子兴奋起来，能在家门口见证如此盛大的赛事活动，实属不易。赛事服务期间，我被张家口冬奥村临时团委任命为管理团队临时团支部书记，期间开展了"光盘行动""文明倡导""青年文明畅想会"等系列活动。2022年2月12日一大早，张家口赛区普降大雪，为保障志愿者上下车的安全，我和时任张家口冬奥村临时团委书记王军朝、河北农业大学带队教师李垚带领志愿者快速行动，利用扫把、雪铲等工具有条不紊地工作，铲除积雪，铺设地垫。天气虽然寒冷，但丝毫没有阻挡志愿者的热情。

随着张家口冬奥村开村的时间日益临近，各国代表团相继抵村，代表团接待中心面临着人手不足的压力。得知情况后，我第一时间向张家口冬奥村志愿者经理白金请示，请求到一线参与志愿服务工作。上岗前，我严格执行防疫要求，穿戴厚重的二级防护服，佩戴好口罩、防护手套、脚套、面屏等防护设备，每次接到运动员、随队官员有疑似阳性病例的通知时，我都没有退缩。身为一名共产党员，我要充分发挥先锋模范带头作用，第一时间冲到前线，在做好个人防护的同时为他们提供

图77　崔涛（左二）在代表团接待中心为中国残奥运动员提供志愿服务

热情周到的服务，各国代表团纷纷向我们竖起了大拇指。

虽然不能回家过年，但每位志愿者都在工作岗位上度过了一个不一样的春节。大年初一，学校党委常委、副校长韩景旺，校团委书记康绍大为我们带来了新春的祝福，希望我们保重身体，圆满完成冬奥会和冬残奥会志愿服务工作，为每一位服务对象提供高水平服务，不辱使命，展现河金风采。志愿服务期间正赶上董子桢、樊朋豪、苏芃瀚3位志愿者过生日，驻地为他们准备了生日蛋糕和长寿面。因疫情防控要求，我们没有为他们准备生日宴会，但这个生日对于他们来说是弥足珍贵的。

2022年2月20日，随着冬奥会闭幕，为期1个月的志愿服务工作暂时告一段落，12名志愿者因工作需要提前返校。在离别的那一刻，他们眼含泪水，依依不舍。在张家口赛场上，我们见证了谷爱凌、苏翊鸣、徐梦桃的夺金时刻，也遇到了巴赫主席、小萨马兰奇，以及爱吃豆沙包的马耳他女孩，结识了来自不同学校的战友，这一刻我们终生难忘。剩下的25名志愿者仍然要坚守在志愿服务岗位，热情不减、全身心投入到冬残奥会志愿服务工作当中。

3月13日晚8点，北京2022年冬奥会和冬残奥会正式结束，心中五味杂陈，闭幕式里，我们用最热烈的掌声、最激动的泪水与冬奥告别。对于我们来说，此次冬奥之行不单单是一次志愿服务活动，更是难忘的人生。我们同它一起前进，一起成长，全心全意，竭尽所能。因为冬奥我们结缘、相识、相知，我们珍惜这段缘分，感恩国家、感谢学校给予我们这次难得的机会。此次志愿服务经历对我的影响是潜移默化的，感谢学校领导对我的信任，我们圆满完成了志愿服务工作。作为一名教师志愿者，能够参与到北京2022年冬奥会和冬残奥会志愿者工作中，我感到无比荣幸，也感慨生逢其时。志愿服务期间的所见、所闻、所想我会铭记一生，并通过三尺讲台不断将志愿精神传递下去。

2022年4月6日，我回到了学校，迎接我的是即将生育的妻子、许久未见的爸爸妈妈，以及时刻关心我们的领导。今年是学校建校70周年，参与冬奥志愿服务的37名志愿者也想尽自己的微薄之力为学校做一点贡献。冬奥虽闭幕，新的征程仍在等着我们，激情的冰雪，燃烧的约会，让我们一起向未来。

忆精彩卓越的冬奥盛会

郝跃，张家口学院冰雪学院教师，北京2022年冬奥会张家口赛区云顶滑雪公园激励助理。

新年伊始，万象更新，对我来说，今年注定会是不平凡的一年，在中国农历的正月初四，世界人民迎来了第二十四届冬季奥林匹克运动会——北京2022年冬奥会。很荣幸，我能够作为一名志愿者参与到这场世界级赛事中，能够有机会为自己、学校乃至国家增光添彩。

从2019年12月开始招募志愿者到现在，这近乎两年半的时间里，我对冬奥的热情只增不减。经过漫长的学习和准备，我终于在2021年成功入选冬奥志愿者，作为一名激励助理服务于张家口赛区云顶滑雪公园。

简单说，我的工作是在学生志愿者与比赛场馆及驻地三者间架起沟通的桥梁。这项工作看似简单，但在实际工作中，却会因许多突发情况而变得异常复杂。从学生志愿者的起居到场馆工作，我成了学生的宿舍管理员、心理辅导员与诉求传递员。一切为了志愿者，为了志愿者的一切，这让我感受到重大的使命感和责任感。

1月24日，我带领10名学生志愿者进入张家口赛区云顶场馆群景泰山麓驻地。原以为此次进入驻地会很顺利，但在经历了1个小时车程抵达驻地后，我发现驻地仍有许多准备工作需要完成，直到深夜我才安顿好所有志愿者。这让我明白这项工作可能会困难重重，也让我时刻准备好迎接即将到来的各种挑战。

正式上岗前，志愿者们完成了语言、滑雪、急救等诸多方面的培训，他们不只要完成自己的工作任务，还需要接受各种额外的挑战。学生志愿者大多服务于技术领域，内容集中在计时记分及成绩系统助理、成绩打印分发等相关工作。日常工作时，他们需要和OMEGA团队用英语交流工作内容，英语专业学生发挥自身优势，帮助队友协调沟通。除此之外，志愿者们有时需要在寒冷的天气下长时间站立，解答各种问题，这也是不小的挑战。

每天工作结束后，我从志愿者口中听到他们在工作中的见闻，激动之余有些心疼与担忧。他们能用自身所学服务冬奥，何其幸运！同时，我很心疼这些不畏辛苦、尽心服务的弟弟妹妹。每当我问他们有什么困难的时候，得到的答案总是："尽管工作比较累，但是心里很是满足，很荣幸自己能够为冬奥贡献自己的力量。"我与志愿者是相互成就的关系，我是他们的坚实后盾，他们的奉献精神也时刻鼓舞、激励着我。

印象很深刻的一件事，是看到学生志愿者的一张照片，它让我真真切切地感受到了身边的志愿精神。在男子自由式滑雪空中技巧决赛中，中国选手齐广璞夺冠，学生志愿者当晚在场地服务，我在驻地观看了这场直播。学生一直到晚上11点多才回到驻地，由于一直在室外，他们的手脚早已冻僵。看到他们的照片，我的眼泪夺眶而出，他们在雪中笔直地站立，眼睫毛上布满霜雪。这让我深刻体会到志愿服务的真正含义，他们就像一片片雪花，温暖了整个冬天。

在场馆工作时，他们是认真负责的志愿者；在驻地时，他们是需要聆听和指引的弟弟妹妹。习近平总书记讲话中曾提到："天下大事，必作于细。'尽精微'亦是成事之道，伟大的事业注定不会一马平川。"而我的角色，正是技艺精湛的雕刻家派来的检验员，在伟大的作品中精雕细琢。

作为带队老师，我带领队伍中的两个男生协助驻地搬运物资，这项看似简单的工作实则也需"尽精微"。首先，我们需要将这些物资一件不落地从运输车搬运到驻地大厅。我组织男生们筑起一道人形链条，他们一件一件地将物资搬起、传递、放好，整个过程井然有序。其次，是物资的分发。由于数量较大、涉及防疫相关要求，我们不得不寻找更加高效的物资发放方案。经过与相关人员商讨，我们按照激励小组发放物资，进行得十分顺利，这个方案的可行性也得到了证实。

2022年的春节，于我而言是非同寻常的，当然也意义非凡。虽然不能像往常一样与家人团聚，但是在这里我仍然能感受到家的温暖。2022年1月31日是中国农历除夕，我和我的志愿者朋友们一同来到后厨，制作我们的年夜饭。小小的厨房尽是"蓝精灵"们的身影，大家脸上都洋溢着幸福的笑容，我也因此感到欣慰。一名学生端着一碗热气腾腾的饺子来到我的面前说："老师，您吃碗饺子。"这一刻，我忘记了平日的辛苦，心里十分满足。当天，我收到了学生志愿者制作的视频，视频中记录了我们从最初的相遇到现在的每一件事，看完视频后我热泪盈眶。很幸运我们能因冬奥相遇，这个新年，我将终生难忘。

冬奥的脚步匆匆，我和我的志愿者朋友们在景泰山麓的工

图78　郝跃在冬奥期间的工作照片

作、生活转瞬即逝，虽然这段日子给予我们最难忘的回忆，但是天下哪有不散的宴席？2022年2月28日晚，我们来到位于闭环外的多乐美地驻地，开始为期14天的隔离生活。

志愿者工作是冬奥会筹备工作的重要一环，也是青年志愿者实现素质提升、促进全面发展的重要契机，而作为“志愿者的志愿者”，我在这次冬奥之行中更加意识到要充分发挥志愿精神，以最佳状态、最高质量在冬奥舞台上诠释青年担当，唱响《一起向未来》主旋律。我严守纪律，坚守安全底线，牢固树立安全意识与责任意识，严格遵守疫情防控及场馆、驻地的要求，为冬奥的顺利开展尽了自己的一份微薄之力。我把握住机遇，锻炼了综合素质，将奥运梦想与时代使命相结合，在服务冬奥的实践中厚植家国情怀，强化使命担当，实现了人生价值。

如今，冬奥服务已经结束，我依然记得初踏入云顶场馆那一刻紧张而期待的心情。何其有幸，生逢其时，我们在这场举世瞩目的体育盛会中坚守平凡，传递最真诚的温暖；脚踏实地，展现中国青年的良好风貌。我们在实践中学习、在小事中历练，也将努力把这片志愿雪花的故事讲下去，让纯洁的志愿之雪洒满中国大地，努力成为可堪大用、能担重任的栋梁之材！

笑中带泪的小事

王骁，廊坊师范学院校团委副书记，北京2022年冬奥会张家口赛区交通设施志愿者主管。

丰年迎瑞雪，冰河踏梦来，纵横通途，尽是青春壮怀！经过长期系统的培训，我很荣幸成为北京2022年冬奥会张家口赛区交通设施志愿者工作主管，与廊坊师范学院79名师生共同奔赴“双奥之城”的梦想终于实现，这是历经14年等待的圆梦时刻。

2008年我因高考错过了成为北京夏季奥运会志愿者的机会，那次的失之交臂成为一个念念不忘的遗憾。如今，经过为期1年的紧张学习、踏勘，我已在白雪皑皑的崇礼，带领着来自11所高校的147名志愿者，每天奔波于14个场站之间，在进行科学、高效的人员调配的同时全心全意地在物资发放、心理疏导、应急处置等方面为志愿者们提供周密的保障。

这场世界瞩目的冬奥盛会，壮观且伟大，有千里冰封的雪山和巍然屹立的雪如意，有鸟巢开幕式上璀璨无双的绚烂焰火，有铺天盖地的中国红，有永不言败的华夏风骨！这些足以让每一名中华儿女壮怀激烈，豪情满志。今天，我想和大家分享一些冬奥期间的小事，一些让我动容、让我感怀、让我笑中带泪的小事。

充满“惊吓”的生日

2月2日那天，我们像往常一样对14个场馆、交通线路进行踏勘，回到宿舍已是繁星满天。我和葛老师对一天工作进行总结，并规划第二天的工作内容。简单洗漱后，躺下时已经是夜晚11点钟，刚要睡着，一名学生的电话来了，跟我谈了谈最近几天的工作收获；放下电话没几分钟，又一名学生的电话也来了，跟我说了说最近几天的心路历程；这刚又放下电话，另一名学生的电话也跟着来了，跟我畅想了一下未来冬奥工作的愿景。就这样，连续十多个人给我打电话，真的挺让人头皮发麻的。我盯着手机看，看了一会儿手机也没响，我还拿起来确认自己是不是出现幻觉，最终还是没有手机铃声响起。

正当我全神贯注地盯着手机时，突然几声响亮的敲门声吓得我一哆嗦，一瞬间，我感觉我的头发都要立起来了。缓了缓神，我懵懵地打开了门，迎面看到一群一脸灿烂笑容的学生，欢快地喊了一声：“姐，生日快乐！”然后就唱着生日快乐歌涌向屋里。一刹那，我是边笑边哭，笑的是这帮孩子唱歌至少有一半跑调跑得找不到北，让我泪眼蒙眬的是这惊喜的告白和长情的陪伴。进屋后，孩子们拿出用有限的食材做出的各种美食，有酸奶水果沙拉、爱心长寿面、手工蛋糕等，青春的笑脸上那股得意劲儿，别提有多神气了！葛老师也神秘兮兮地拿出了珍藏许久的美食，一场充满创意与深情的生日party欢乐登场。

在聊天中我才得知，这群孩子在大家登记身份证号的时候

图79　2022年2月13日晚8点，王骁在交通站点值班

就用心记下了每个人的生日，为的就是给伙伴和战友过上一个充满意义的生日。在闭环志愿服务期间，我们共为7名团队成员过了生日。平时习以为常的生日，在冬奥志愿服务中、在闭环内，被赋予了独特的意义。原本属于每个人的节日变成了所有人彼此关爱、彼此守望的时刻，让小小的生日变成了大大的怀抱，温暖着每一个人。

正月十五小团圆

正月十五那天，我们在雪如意场馆进行交通疏导，漫山遍野的皑皑白雪，雪如意镶嵌其中，浑然天成。工作中，我们看到不远处一队穿着和我们一样志愿者服装的“蓝精灵”，也在繁忙地指挥着现场秩序。由于穿着统一的蓝衣服，戴着一样的口罩，头上也都戴着大大的雷锋帽，一群人站在一起，高矮不一，胖瘦不同，就像一排俄罗斯套娃一样，根本分不清谁是谁。我们常开玩笑，就算我老公穿着这一身衣服和我擦肩而过，我都认不出来。

但不知道为什么，突然一种熟悉的感觉扑面而来，我们就盯着他们看，他们也好像注意到了我们，我们都朝彼此慢慢走过去。我们之间隔着一条长长的护栏，就这么互相望着，突然一句话从我心中闪过，我朝对面喊了一句："厚德博学。"对面的"蓝朋友"明显一愣，几秒钟后，用激动的声音喊出："弘毅致远。"然后就是一幕让我无法忘怀的场景，十几个一模一样装扮的人，隔着百米的围栏，喊着"厚德博学，弘毅致远"，一边痴痴地笑，一边偷偷地哭，泪水冻结在睫毛上、眼角边，在白雪的映衬下闪着光。这句校训凝结在我们心中，成了廊坊师范学院人心中的魂，我们在这魂的指引下，在举国大团圆的美满时刻，实现了廊师人的小团圆。

独特的乡音

在真正奔赴冬奥之前，我对奥运会的印象更多地停留在北京夏季奥运会的种种画面，那时候的志愿者、北京百姓、各行各业都掀起了一股学英语的热潮，为的就是增强与外国友人的沟通能力，给各国代表团提供更好的服务。出发前，我总在心里盘算着，一定要让外国友人多带一些中国特产回去，那就是中国话。

在冬奥志愿服务过程中，我们时刻都在与外国友人打交道，沟通过程颠覆了我原本的想象。冬奥会的各个角落不再是

“hello”“thank you”的天下，而是几乎人手必备的“你好”“谢谢”，甚至许多外国官员、记者、运动员，能通过肢体语言的辅助，用汉语与我们交流。

最有意思的是，不同地域的“歪果仁”说起中国话来充满了独特的乡音，有东北味儿的“唉呀妈呀，老妹儿，G3车站咋走”，有北京味儿的“您好呀，找您扫听点儿事儿，介冰丝带儿，该往哪溜儿呀”。我们答复完，他还来了句“得嘞，您呐”。

是不是有一种油然而生的民族自豪感和民族自信心？我们的母语已经走向世界舞台的正中心，全世界人民对汉语的认同就是对中华文明和中国发展的认同。一句小小的“你好”，其实就是中华民族坚毅挺拔的肩膀；一句轻轻的“谢谢”，其实就是华夏儿女依靠的臂膀。我们投在慈母的臂弯里，站在巨人的肩膀上，温情满怀，登高望远，在这场举世瞩目的盛会中展现着中国形象，收获着中国骄傲！每每想起，嘴角都会不自觉地扬起自豪的微笑，眼角也会不自觉地浸满幸福的泪水。

丰年迎瑞雪，冰河踏梦来，纵横通途，尽是青春壮怀！我们奔走在冬奥的激情里，成长在冬奥的梦想中，满载着收获，踏上回家的路。回家之时，正值疫情危急关头，这条回家的路离廊坊越近越显清冷。但当大巴拐入校门的那一刻，我们看到所有学校领导率领着家人等我们回家，所有归家的孩子都灿烂地笑着，同时也都洒下了团圆的眼泪！我们回家了，满载收获，满怀理想！我们定会带着这份祖国和学校赋予的成长和荣光，继往开来，守正创新，争当奥运精神的传承者和发扬者，以实际行动诠释廊师青年践梦精神，为学校跨越式发展贡献青春力量！

后　记

《燃烧的雪花——北京冬奥会和冬残奥会志愿者的闪亮瞬间》由共青团河北省委、河北省青年志愿者中心、河北省青年志愿者协会组织汇编。全书共分七篇，分别从赛会保障、运行支持、赛场服务、语言沟通、医疗保障、文化展示和志愿激励七大方面展示了北京2022年冬奥会和冬残奥会志愿者们的真诚奉献和成长点滴。71位倾情奉献的青年，71段生动鲜活的事迹，恰是成千上万冬奥志愿者的缩影。

在茫茫的雪天里，在刺骨的寒风中，在万家团圆的除夕夜，有一群人却默默坚守在冬奥赛场内外，即使手脚冰凉，睫毛成霜也无人退缩。那一抹抹最美“天霁蓝”的身影，那一片片燃烧的“小雪花”，用自己的光和热温暖了整个北京冬奥会，温暖了来自世界各国的友人。

时代各有不同，青春一脉相承。新时代的中国青年志愿者生逢其时、重任在肩，施展才干的舞台无比广阔。相信在未来的人生路上，他们将继续谱写奉献、友爱、互助、进步的新时代篇章，以小我融入大我，用青春奉献祖国，在民族复兴征程上激扬青春、挥洒汗水，奔跑出属于青年志愿者的青春足迹。

本书在编写过程中得到了共青团中央青年志愿者行动指导中心、北京冬奥组委志愿者部的悉心指导，得到了共青团北京市委的大力支持，得到了张秀峰、张丽娜、任炜、房红涛、刘冲、韩墨、李晓庆、张艳、杨广辉、赵东磊、马钊等各位老师及张家口赛区全体冬奥志愿者的全力支持，在此致以诚挚的谢意！

由于水平有限，疏忽遗漏之处，恳请广大读者批评指正！

本书编委会

2023年2月

燃烧的雪花

1=F $\frac{4}{4}$

♩=117

2022年北京冬奥会和冬残奥会的志愿者歌曲

王平久 作词
常石磊 作曲
陈茂华 记谱

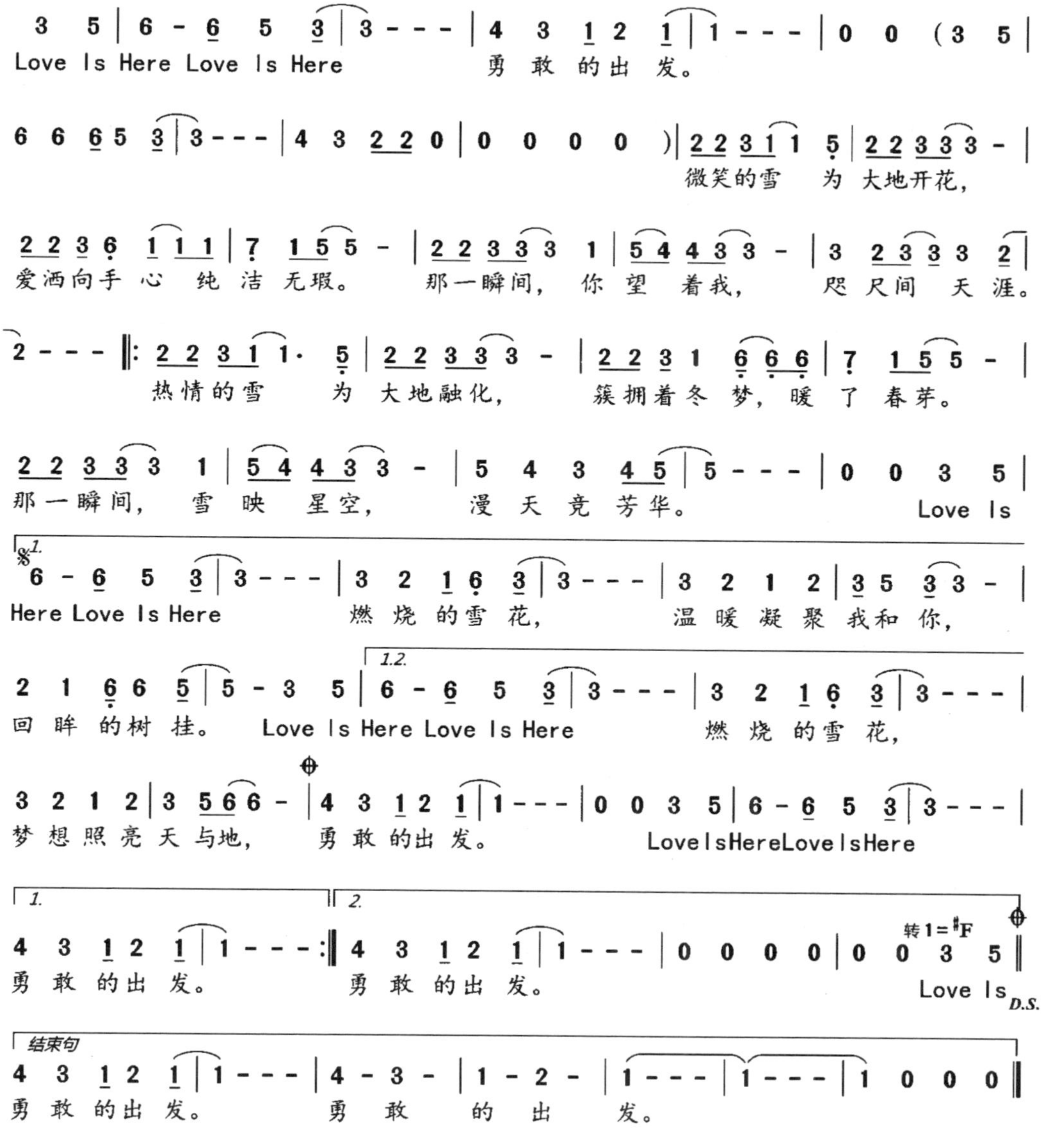

国际奥委会主席托马斯·巴赫致2022年冬奥会和冬残奥会志愿者的感谢信

亲爱的志愿者们:

今天，你们各自冬奥志愿工作之后的隔离期都已结束。我能想象到，当你们重新投入家人怀抱，与好友久别后重逢，这样的场景是多么动人。请尽情地享受这一时刻，欢畅地与大家分享你的冬奥记忆。

北京冬奥会、冬残奥会的志愿者们，在此，我想向你们所有人致以最诚挚的感激和最深厚的敬意!

北京创造了历史，成为世界上首座既举办过夏奥会又举办过冬奥会的“双奥之城”！在奥林匹克运动的历史书写下这一伟大篇章的过程中，你们是至关重要、不可或缺的一分子。你们可以以此为豪！

是你们让北京冬奥会、冬残奥会成功、圆满举办！你们做到了！

你们为奥运会奉献了真情与激情，你们的表现和行为真正暖人心灵。运动员感受到了你们的温暖，我们在奥林匹克社会中的每一个人都感受到了你们的温暖。我们为此将永远感激你们!

正如运动员一样，你们同样向全世界展现，只有大家团结在一起，我们才能跑得更快、目标更高、变得更强!

亲爱的志愿者们，我代表全部奥林匹克社会，向你们道一声感谢，感谢你们为北京冬奥会、冬残奥会的伟大成功做出了自己的卓越贡献！你们的一张张笑脸温暖我们每个人的内心。

在此，我想再重复一次我在北京冬奥会闭幕式上所言：谢谢你们，志愿者！（Thank you，volunteers！）谢谢你们，中国朋友！（Thank you，our Chinese friends！）

2022年4月7日，洛桑

托马斯·巴赫